世界文学经典

蒙田随笔
精选集

[法] 蒙田 著
茜茜 译

中国华侨出版社
北京

图书在版编目（CIP）数据

蒙田随笔精选集／（法）蒙田著；茜茜译 . —北京：中国华侨出版社，2020.2
ISBN 978-7-5113-8185-9

Ⅰ. ①蒙… Ⅱ. ①蒙… ②茜… Ⅲ. ①随笔—作品集—法国—中世纪 Ⅳ. ①I565.63

中国版本图书馆 CIP 数据核字（2020）第 020054 号

蒙田随笔精选集

著　　者／	（法）蒙田
译　　者／	茜　茜
责任编辑／	王　委
策划编辑／	周耿茜
责任校对／	刘　坤
封面设计／	一个人·设计
经　　销／	新华书店
开　　本／	880 毫米×1230 毫米　1/32　印张／12　字数／241 千字
印　　刷／	天津旭非印刷有限公司
版　　次／	2020 年 7 月第 1 版　2020 年 7 月第 1 次印刷
书　　号／	ISBN 978-7-5113-8185-9
定　　价／	45.00 元

中国华侨出版社　北京市朝阳区西坝河东里 77 号楼底商 5 号　邮编：100028
法律顾问：陈鹰律师事务所
编辑部：（010）64443056　64443979
发行部：（010）64443051　传真：（010）64439708
网　址：www.oveaschin.com
E - mail：oveaschin@sina.com

译者序

　　蒙田是法国文艺复兴后著名的人文主义作家,也是一位人类感情的观察家。蒙田身份特殊,他是法兰西国王的宫廷近侍,十分熟悉公众事务,看待事情又非常客观。在朋友们的鼓励下,他别出心裁,引经据典,才有了我们今天看到的《蒙田随笔》。

　　这部书包罗万象,既有书本知识,又有生活阅历,享有"生活的哲学"之美誉,更是和《培根人生论》《帕斯卡尔思想录》一起,被誉为欧洲近代哲理散文三大经典。

　　这部书原分为上中下三卷,共一百零七章,涉及日常生活、传统习俗、人生哲理等内容。本书译者从中选取了富有哲理、可读性较强的部分,翻阅了大量资料,力求翻译得准确、易懂,力求让读者体会到蒙田从人文主义出发,想要人看清什么,然后正确地对待自己、他人和自然。

致读者

各位读者,这本书充满了真诚。我必须先申明一下,我完全是为了我的家庭和个人才写这本书的,没想过会不会有益于你,也没想过荣誉加身。对此我有心无力。我写这本书是考虑到我的亲人和朋友,当我离开这个世界时(这是很快就会发生的事),他们会重新想起我的个性和特点,进而更完整、更持久地了解我。假如是因为其他原因,我就会精心装饰一番,会更加做作浮夸。不过我更愿意把一个普通的形象展现给读者,而将任何人为的努力放到一边,因为我是对自身的描绘。书中将再现我的不足、我幼稚的文笔,并秉承维护公众的原则。如果我依然身处要遵循大自然原始法则的国度,无拘无束,那么我可以肯定我非常乐意更完整地描绘我自己。所以,各位读者,这部书的材料就是我。既然这是一部没多大意义的书,你就应该把时间花在更有意义的事情上。再见!蒙田,1580年3月1日。

目录
Contents

第一章　异途同归 / 001
第二章　论悲伤 / 007
第三章　感情比命长 / 013
第四章　论撒谎 / 025
第五章　论预言 / 035
第六章　善恶的观念主要取决于个人的看法 / 043
第七章　论恐惧 / 076
第八章　死后才能定论人的幸福 / 081
第九章　探讨哲学就是学习死亡 / 086
第十章　论想象 / 117
第十一章　相同的建议导致的结果差异 / 132
第十二章　论儿童教育 / 145

第十三章　论友谊／196

第十四章　论寿命／214

第十五章　论人的行为多变／220

第十六章　论书籍／235

第十七章　困难会增大我们的欲望／260

第十八章　论信仰自由／270

第十九章　万事皆有时／276

第二十章　论发怒／280

第二十一章　论盖世英雄／290

第二十二章　论功利与诚实／299

第二十三章　论悔恨／319

第二十四章　论交谈艺术／339

第一章
异途同归

若是我们有一天落入敌人之手，而对方过去还曾遭受过我们的羞辱，那此时我们就如同砧板上的鱼肉，只能任人宰割。想要打动他们，可以采用一种比较普遍的办法，就是放低身段请求对方原谅，请对方大发善心放过自己。不过，还有一种截然不同的方法，有时候也能产生非凡的效果，那就是继续保持坚强不屈的态度。

过去很长一段时间，我们的居耶纳地区都处在威尔士亲王爱德华的统治之下。而他那一生的际遇和经历之中，确实有很多值得发掘的、伟大的闪光点。利摩日人曾经狠狠地羞辱过他，而他的反击就是直接武力攻占了对方的城市。之后他肆意屠杀城中居民，没能逃走的妇孺儿童都未能幸免于难，那些人跪在地上高声祈求他的原谅，但他对此充耳不闻；不过，当他带领部下乘胜攻入城中的时候，发现有三位法国贵族依然坚持抵抗,即便单枪匹马也沉着地应对追击,不由得被他们的勇气打动,十分钦佩对方的精神。于是亲王怒气消散,对这三位贵族礼待有加,甚至不再追究全城其他居民的责任。

伊庇鲁斯的国王斯坎德曾追击一个逃亡的士兵。这名士兵低声下气地哀求了很长时间,希望能够打消主人的怒气,但这样做根本没起到任何作用,最后,士兵不得已拿起宝剑决心抵抗。可他的这番举动平息了国王的怒火,国王看到士兵决一死战的雄心,不由得钦佩不已,也就宽恕了他。(或许有些人未曾读过这位国王的光辉事迹,看了这个例子会产生另外一种看法。)

巴伐利亚公爵盖尔夫在被康德拉三世围攻的时候,不管怎样卑躬屈膝地哀求,对方都不肯宽恕他,只肯允准跟公爵一起被困的贵妇人们带着自己能够带走的财产物品徒步离开。没想到这些女人们都非常深明大义,竟然背着丈夫、孩子和公爵本人一起走。皇帝康德拉三世被她们贤淑的行为打动,并为她们高尚的品格感怀落泪,因此也就愿意宽宥公爵本人,不再追究过去那些深仇旧恨,反而对公爵和他的家人温和相待。

上面所讲的两种方式,都会让我觉得深受感动。不过,由于我本人天性宽和,很容易同情别人,更是心软至极,所以相比于钦佩之感来说,我的性格更偏向于怜悯他人。不过,在斯多葛派看来,怜悯他人是邪恶的,这是不好的情感,他们倡导人们对那些不幸的人提供帮助,而不是表现出心软或者怜悯之类的感情。

  我觉得这些例子其实非常恰当,特别是当看到人们面对这两种方式,心灵被不同的情感所击中时,能铁石心肠地应对其中的一种方式,丝毫不被触动,却情不自禁地在另外一种方式面前缴械屈服,主动低头。那么是否可以做出这样的判断:动恻隐之心就代表着温和、软弱,那些本性柔和宽厚的人,比如女人、孩子,更容易偏向于这样的感情;而那些更加坚韧崇高的灵魂,常常看不起哭泣和哀求的举动,却十分钦佩大丈夫凛然不屈的美德,倾向于赞扬和爱戴这种不屈不挠的英雄气概。

  但是,对于那些算不得高尚的灵魂来说,惊讶和钦佩的感情也会对他们产生同样的作用。我们就拿底比斯人来举例吧。一些将军在自己任期结束后不愿意交出兵权,民众强烈要求法庭对这些人判处极刑。面对众人的控诉,佩洛庇达选择了屈服,他苦苦哀求,向众人恳求饶恕,发誓自己永不会再犯,勉强得到了众人的原谅。可伊巴密浓达[①]选择了截然不同的做法,他大肆吹嘘自己以往所建立的功勋,并以此为傲,大放厥词,要求老百姓铭记他的功劳。聚集在法庭的百姓们听完他这些话,都没有心思投票处罚他了,后来还对这位英雄的勇气和胆略赞不绝口。

---

① 古希腊城邦底比斯的将军与政治家。——译者注

老狄奥尼修斯曾进攻勒佐,经过长时间的苦战,最终擒获敌方的统帅菲通。菲通是个非常正直的君子,过去曾不屈不挠地领导过反抗战役,老狄奥尼修斯对他采取了残酷的报复。他先是告诉菲通,前一天自己已经下令溺毙了菲通的儿子和亲族。菲通则平静地回答,他们死得很幸福,比自己幸运得多。随后老狄奥尼修斯又吩咐刽子手扒光菲通的衣服,还要押着他赤身裸体地在城中游行,用鞭子狠狠地抽打他,用各种恶毒的语言侮辱他。可菲通都勇敢地接受了,泰然自若地应对了一切。他甚至非常严肃地公开宣讲,自己绝不会屈服于让暴君统治这个国家,甚至为此付出生命也在所不惜,这是他愿意献身的光辉事业;还说,对方这样的做法,一定会招来神明降下的惩罚。老狄奥尼修斯注意到,自己的部下和士兵们十分钦佩菲通的勇气,他们并没有因为这位败军之将的言辞而气愤不已,反而因此蔑视自己的长官,轻视本国取得的胜利果实。菲通不同寻常的勇气震惊了他们,让他们不由得深受感动,这埋下了反叛的种子,他们甚至极有可能冲进牢狱劫走菲通,所以老狄奥尼修斯只能下令,不再折磨菲通,而是暗地里派人将他丢到海里淹死了。

毫无疑问,世人都非常善变、虚荣,人心更是变幻难测。所以很难用统一的标准去评价所有的人。过去,庞培尤其不喜欢马墨提人,却由于一位马墨提公民芝诺——他愿意独自一人承担众人的罪责,甘心为之领受责罚——改变了看法,放过了全城的居民。苏拉也在佩鲁贾城中做过同样高尚的事情,虽然这对他们自己和他人来说,丝毫没有什么利益可言。

　　不过也有跟前文提到的例子完全不同的人,那就是亚历山大。这位最有勇气的征服者,更愿意宽容地优待那些战败的俘虏。他曾在袭击加沙城的战役中经历了一番苦战,当时遭遇的对手是守城大将贝蒂斯。亚历山大包围城市的时候,亲眼看见过这位英雄所表现出来的无与伦比的勇气,可如今他孤身被困,手下的将士们已经四散溃逃,他的武器损坏了,受了很重的伤,鲜血染满全身,四周是几个虎视眈眈的马其顿人,真是四面楚歌、八方受敌的境况,可他依旧坚持战斗,负隅顽抗。虽然亚历山大最终获得了胜利,可也损失不小,他自己受了两处新伤,还损失了很多其他东西,所以他愤怒极了,告诉被俘的贝蒂斯说:"即便你一心求死,我也不会如你所愿的,贝蒂斯,你听好了,我会让你受尽酷刑,所有用在俘虏身上的刑罚都要让你亲身感受一遍。"贝蒂斯听完这话依旧面不改色,甚至非常傲慢,对耳边的威胁无动于衷,沉默着始终不肯屈服。亚历山大看到他这自傲的态度,沉默了一段时间,说道:"你难道没有屈膝求饶过吗?好吧,我一定会用尽办法,让你开口求饶,即便你还是这样一言不发,我也不会放过你,最起码也得让你惨叫呻吟!"他被激怒了,于是吩咐士兵们把贝蒂斯的脚跟刺穿,绑在一架飞驰的车辆后面,活活把他拖死,尸骨无存。

　　难道说,在他的眼中,勇敢并不算什么值得惊讶的品德,所以不会欣赏敌人的英勇,更不会尊重对方?又或许他只承认勇敢是他自己本人的天性，当看到别人身上也有同样的特性，甚至不输于自己的时候，就觉得非常妒忌？也或许，他本人就是这样残暴的一个人，根本无法自控？

不过客观地说，倘若他能够克制自己的脾气，那么在占领底比斯城的战役中，有那么多英勇的战士被他打败，成为刀俎下的鱼肉，任他宰割的时候，他完全可以这样做，不过那次的勇士们都被杀了，场面惨烈至极。亚历山大当时屠杀了六千人，但没有任何一个人选择逃跑或者哀求，他们都选择了截然不同的道路：每个人都不把死亡放在眼里，在战争中溃散的时候还故意迎上胜利的敌军，挑衅他们，力求光荣地死在战场上。即便受了重伤也依旧不屈不挠，只要还活着，就想方设法地去报复对方，拼尽最后的力气杀掉敌人才肯瞑目。这种场面无比悲壮，可亚历山大并不曾对他们产生过丝毫怜悯，他整整屠杀了一天的时间，还觉得不足以报仇雪恨，一定要杀光所有敌人才肯停止这场屠杀。最终，只有那些放弃抵抗的人、妇孺、老人和孩童才得以在这场屠杀中幸存，而其中有三万人都成了他的奴隶。

第二章
论悲伤

我是一个不怎么会悲伤的人,可能属于伤怀最少的那种人吧。虽然人们对这种情感推崇备至,可我对它的感觉说不上喜欢,也并不怎么欣赏。人们经常会为悲伤披上一层外衣:称其为明智、美德和良心,不过这是极其愚蠢而可怕的装饰。意大利人的表述更是恰如其分,他们用这个词语指代邪恶的意思。因为悲伤始终是一种善良却荒唐、怯懦而卑鄙的情感,斯多葛人不允许他们的先贤哲人有这样的情感。

据说,埃及国王普萨梅尼图斯在与波斯国王冈比西的战争中失败并被俘之后,亲眼看见自己的女儿成为阶下囚,任由波斯人差遣,要穿着奴仆的衣服去汲水,她从这位国王面前经过的时候,他身边的朋友都为此伤心流泪,痛哭哀号,可他自己站在那里无动于衷,沉默着一声不吭,只盯着地面发呆;接着,他又亲眼看见自己的儿子被敌人拉走并处死,仍然没有什么反应，还保持原来的姿势一动不动；可是，当他在一群俘虏中看到自己过去的一位男仆人时，却开始捶打自己的脑袋，表现出痛苦到极点的样子。

无独有偶，我们的亲王身上最近也发生了类似的事情。他在特朗特获悉了长兄去世的消息——长兄是他们整个家族的光荣和支柱；没过多长时间，又得知他家的第二希望——自己的二哥——也已经不在人世，他以惊人的毅力承受了这两个哀痛的打击，面色如常。可没过几天，他的一个仆人死了，他得知消息之后，新的打击瞬间击溃了他，使他陷入极度的悲痛与悔恨之中无法自拔。有的人拿这个作为论据，说他只被这最后一次的打击所震撼。但是实际上，两位兄长相继去世已经让他悲痛欲绝，此时他已经到达痛苦的顶点，不管多么小的刺激，都会摧垮他的坚强，打碎他忍耐的围墙。

我觉得，可以用同样的方式去评价我们的历史。这回我们要拿冈比西来举例子，他曾问过普萨梅尼图斯，为何他面对自己孩子的悲剧时表现得无动于衷，却对朋友的不幸表现出万分悲痛？对方回答说："为朋友遭受的不幸而产生的悲伤感情，用眼泪就可以表达出来，可为子女们的遭遇而产生的悲痛感情，是任何方式都无法表达的。"

关于这个话题，我们以古代一位画家的创造来举例说明吧。这位画家创作伊菲革涅亚①献祭一画的时候，对画面上的

---

① 悲剧人物，阿伽门农和克吕泰涅斯特拉之长女。——译者注

人进行了详细的刻画：他依照每个人对那位美丽少女无辜殉难的关心程度，来描绘众人悲痛的表情和姿态。画家做出了最大的努力，也运用了各种各样的绘画技巧，可是，当画到少女父亲的时候，他选择让父亲用手遮住脸的方式来表达，仿佛没有任何方式可以表现出他悲痛的程度。这也能说明，为何诗人们只能采取虚构的办法去描绘那位母亲——悲惨的尼俄柏①，她先是痛失七个儿子，随后七个女儿也都丧失了，她伤心欲绝，悲伤过度，最终变成一块石头。

她痛苦得变成了石头。

——奥维德

我们无法承受某些意外发生的事情，当它来临的时刻，只能感觉到痛苦、呆滞、心灵瞬间枯槁，仿佛朽木一般，除此之外，再无其他办法可以表达出这样的悲伤。

没错，当人们痛苦到极点的时候，极端的悲痛会使我们的心灵过度震惊，使其无法自由行动，这就跟我们突然听到一则噩耗的时候会惊得目瞪口呆，魂飞天外，甚至什么都做不了，只能待在那里一动不动，只有到放声大哭和悲哀诉说之后，心灵才能回过神来，平静下来认真思考事情一样。

---

① 希腊神话中底比斯王安菲翁的妻子，为人十分傲慢，后来变成了痛苦和悲伤的代名词。——译者注

痛苦到最后终于哭了出来，发出了声音。

——维吉尔①

  国王费迪南一世在布达附近讨伐匈牙利国王的遗孀的时候，在战役中，一具骑兵的尸体被运送到大家面前，这位死去的战士在战斗中表现得十分出色，所以德国军队的统帅雷斯西亚克看到之后，就跟大家一起为他哀悼。出于跟别人同样的好奇心，他也想知道死者的身份，当死者的铠甲被卸掉之后，他才认出这原来是自己的儿子。众人都悲痛地哀哭起来，可只有他直着身子站在那里，没有说一句话，也没掉一滴眼泪，双目呆滞地盯着儿子的尸体，过度的悲痛使他停止了呼吸，直挺挺地倒在地上死去了。

  能够描述出来的火焰，燃烧得并不猛烈。

——彼特拉克②

  正如情人之间要表达那种难以忍耐的爱欲之火时，这样描述道：

  可怜的我啊！所有的感官都丧失了能力。

---

① 奥古斯都时代的古罗马诗人。——译者注
② 意大利学者、诗人、早期的人文主义者，被认为是人文主义之父。——译者注

> 当见到你的那一刻，累斯比，
> 所有的言语和灵魂，
> 都消失得无影无踪。
> 微妙的火焰从我的四肢百骸升腾起来，
> 耳边只剩下嗡嗡的轰鸣。
> 情不自禁地闭上双眼，
> 看见沉沉的夜幕低垂。
>
> ——卡图鲁斯

因此，当感情发展到最激烈最炽热的时刻，我们是很难通过悲哀的叹气或者言语倾诉来表达我们所经历的痛苦和相思的，为此，我们的精神会被压抑得喘不过气来，躯体也会因为爱情而变得忧郁软弱。

有的时候还会出现一些意料之外的事情，会让失去分寸的恋人突然间失去感觉，因为他们相爱到了极点，爱欲之火正盛，即便正处在温馨的拥抱之中，也会突然间冷下来，如坠冰窖。所有能够拿来回味和忍受的情爱，都只是一些微不足道的感情，平凡至极。

小的悲伤很容易表现出来，而大的悲恸则是难以表现，非常安静的。

——塞涅卡[1]

---

[1] 古罗马政治家、斯多葛派哲学家、悲剧作家、雄辩家。——译者注

我们也很容易因为突如其来的快乐而感到大吃一惊。

> 她看见我被特洛伊军队簇拥着走过来，
> 突然间就失去了心智，目光呆滞，神游天外，
> 脸色惨白的她昏倒在地上，
> 过了很长时间才能开口说话。
>
> ——维吉尔

  还有很多人因为过度高兴而猝死。上面所讲的这位罗马女人，就是看到自己的儿子竟然安然无恙地从打了败仗的卡尼战场回来，太过兴奋而一命呜呼；索福克勒斯和暴君狄奥尼修斯也是因为这样死去的；塔尔瓦则是在得知罗马元老院要给自己授勋之后，立即就在科西嘉殒了命。我们当下这个世纪也有这样的例子：利奥十世教皇一直期待着攻克米兰，当他听到最终的捷报传来时，不由得欣喜若狂，突然就发高烧死去了。还有一则例子更能证实人类的愚蠢，根据前人的记载，辩证学理论的权威学者狄奥多洛斯，是因为在经院给众人宣讲时无法回答人们提出的问题，最终因为太过羞愧才当场猝死。

  我很少能感受到这种强烈的情感。毕竟天性本就迟钝，更加上每天用理性来约束自己，于是就变得更加迟钝木讷了。

第三章
感情比命长

有的人指控众人总是盲目地向往未来的一切，教导我们一定要抓住眼前的利益，安于享受当下，因为我们根本无法左右未来的事情，未来要比过去更难驾驭。大自然会驱使我们去做那些它尚未完善的事情，甚至在我们的心灵上烙印上假象——包括让我们注重行动甚于意识的假象，倘若他们胆敢将这种天性的赐予称为谬误的话，那么不得不说，这些人是一语中的，道明了人类最普遍的错误。我们从来不会安于现状，我们一直追求超越，追求未来。担忧、欲望和希望都会推着我们走向未来将发生的事情，使我们改变对现状的重视，转而对未来乃至本身都已经消亡的事情忧虑忙碌。"忧虑未来的人是非常可悲的。"（塞涅卡）

"做你自己的事情，要先自知心灵"，这句箴言非常重要，且人们经常将它归功于柏拉图；这一句话中的两部分，概括了我们所要承担的责任，似乎又是互相共存的。当一个人要做自己的事情，就要看到他首先要学的第一件事情就是认识自我，弄清楚自己是什么人，应该做些什么事。人只有在认识了自我以后，有了自知之明，才不会去多管闲事，把不相干的事情揽到自己身上；自尊自爱，反省自身，是人活着最大的事情；不再碌碌无为，做一些劳而无功的事情，不会去冒出什么毫无益处的念头或者说些不合适的话。"愚昧的人即便已经得到了自己渴望的东西，也还是不会甘心的；富有智慧的人则乐得满足于现状，不会主动自找烦恼。"（西塞罗）

伊壁鸠鲁不让他的智者去为了未来的事情担忧，也不让他们去预测。

在那些关于死亡之人的众多法律中，我认为最有道理的一条是：君主的功过要留给后人去评定。即便这些人并不能主宰法律，可他们也是法律的朋友。正义无法触及他们真实的生命，但是能够影响他们的名誉或其继承者的利益，这也是有价值的——我们有的时候看重声誉和利益比看重生命更甚。愿意尊重这种惯例的国家，往往能够获得许多不同寻常的好处，贤明的君主们是最愿意遵循这一传统的，毕竟，他们不愿意别人将自己与那些昏君们放在一起作比较。在任何一位君主面前，我们都必须表现出服从的样子，时刻听从对方的指令，这是因为人们尊重他们履行自己的职责；但是人们对他们尊敬和爱戴与否，则只取决于他们是否建功立业，有着贤明的德行。从政治角度上来讲，为了维护社会的秩序，我们可以表现出足够的耐心来忍受这些君主们不称职的现实，帮助他们掩饰恶习，并且对他们庸碌的政治举措提出自己的忠告。可一旦不存在这样的君臣关系的话，就没有任何理由可以放弃追求正义，拒绝表现出自己真正的感受，特别是没有任何理由去抹杀那些忠臣良将们所奉献给国家的功劳——他们深知君主身上的缺陷，却依旧尽职尽责、忠心耿耿地为君主建功立业而工作着，如果不这样做的话，就会让后代的人少去这样一个榜样。有一些人会因为自己个人的好恶，将一位昏庸无能的君王称作贤良的君主，为之歌功颂德，这是违反社会公道和公众正义的。泰特斯·李维说得一点也没错，王权统治下的人们，他们在表达的时候总是借用充满炫耀和虚伪雕饰的语言，所有人都在竭尽所能地为自己的君主歌功颂德，夸张这些君主们所建立的丰功伟绩，简直要把他们吹捧上天。

　　我们可以直接谴责那两个当着尼禄的面进行顶撞的士兵，说他们这样的行为实在不够光明磊落。其中一个人被问及他为何要刺杀尼禄的时候回答道："过去我崇拜你，是因为你值得崇拜。但是自从你变成一个彻头彻尾的不值得爱戴的人，成为一个杀人犯、放火者、表演家、马车夫，我就恨透了你，这是你应得的报应。"另一个人被问及原因时则给出了这样的理由："我再也找不到其他的办法，可以阻止你继续为祸人间了！"可是在尼禄去世之后，他的恶行被所有人都铭记在心，他变成了一个专横跋扈、荒淫无道的暴君，而后代人永远唾弃他的暴政。对社会现实有所了解的人，难道会对此进行否定吗？

斯巴达国家的政治体制已经非常先进睿智了，但就是在这样的国度中，也依然存在一些虚伪的礼仪，这一点我非常不喜欢。国王们去世之后，所有的邻国盟友，所有的国家奴隶，不管男女老少，都要在额头上割一道口子，表示自己内心的悲痛之感，并悲情地哭诉，本国的国王不管生前的品行如何，都是这个国家最贤德的君主，并且被歌功颂德，那些距离当下时代越近的君主，在他们的表述中得到的称颂越高。

亚里士多德对一切都提出了质疑，他曾经借用梭伦所说的那句话："不管是什么人，在他活着的时候都不能称他是幸福的。"提出了自己的疑问——倘若这个人的名声非常差，又假如说他的后代非常贫穷，将要世代受苦，这个人确确实实生活过，度过了他的岁数，然后正常地死去，那么是否就可以说这样的人是幸福的呢？我们还活着的时候，总是特意去做一些自己喜欢的事情，去一些让我们感到愉快的地方，可是如果躯体都不存在了，那我们跟现实存在之间也就没有任何联系了。所以应该这样反驳梭伦，既然人只有在从世界上消失之后幸福才会存在，那么人是绝对没有幸福可言的。

没有任何人会一下子步入死亡，
谁都会对未来将要发生的事情充满希望，
既然不能从这里离开，也不能抛弃不管

被死亡袭击的躯体就是这样。

——卢克莱修

贝特朗·迪·盖克兰在围攻朗东城堡的时候阵亡了，虽然这座城堡就在奥弗涅的布伊城不远处。被围困的人后来缴械投降，可他们只能把城堡的钥匙搁在已经死去的贝特朗的躯体之上。

巴托罗米厄·阿尔维亚诺是威尼斯军队的一位将领，在布雷西亚战场中为国牺牲。人们准备将他的遗体运回威尼斯，可途中必须从敌方的领土维罗纳经过。当时有人提出可以向维罗纳人申请安全通行的权利，而且威尼斯部队中大部分人都同意了这则预案，可是泰奥多罗·特里伏尔齐奥说服了所有人，他以个人之力消除了众人的异议，他认为，此次一定要强行过境，即便决一死战也在所不惜。他这样对大家说道："将军活着的时候，他这一生从来没有对敌人示过弱，难道他死了以后，却要让他表现出对敌人的惧怕吗？没有这样的道理。"

确实，在希腊的法律上也曾出现过这种类似的习俗，如果有人向敌人提出要求，索取自己人的遗体以便好好安葬，那么就代表着他在这场战役中自愿放弃了胜利的可能，从此以后他再也没有权利向他人炫耀自己取得的战果和功劳，而他的敌人也就完全获得了胜利。过去，尼西亚斯虽然在跟科林斯人的战役中占有明显的优势，可最终就是这样败北的。

而与之相反,阿格西劳斯二世①在对奥舍人之间的战争原本没有太多获胜的机会,可最终胜利属于他们。

像这样的事情,我们或许可以说有一点稀奇吧,但是事实上跟其他各个时代相比,就不足为奇了,因为每一个时代的人们都总是想着去延续我们身后的事情,并且坚信,上苍的恩泽即便在我们死后埋进坟墓,也依旧长盛不衰,与我们的躯体同在。历史上像这样的例子其实不胜枚举,在此我们就不必再用自己当下的现实来表述了,以免太过赘述。曾经英格兰国王爱德华一世和苏格兰国王罗伯特之间进行了长时间的战争,双方僵持不下,战局十分不明朗。英格兰国王爱德华一世发现,每次只要自己亲自挂帅出征,战场形势马上就会出现好的转机,他是位常胜将军。所以他在临死的时候强迫儿子发誓,在他死后要把他的遗体放在水中炖煮,把骨头和肉煮烂分开,皮肉入土埋葬,而要将他的骨头残骸带在身边,每一次与爱尔兰人打仗的时候,都必须跟部队一起出征。在他的想法中,似乎胜利一定跟他自己的身体密切相关。

约翰·维斯卡为威克利夫犯下的错误进行辩护,最终导致波希米亚发生动乱,当时的状况非常混乱,他要求别人在他死后剥下他的皮肤,制作成一只很长的战鼓,在与敌人对阵的时候带在身边,觉得这样就能像他活着的时候一样,鼓

---

① 斯巴达历史上的传奇国王(前399~前360年在位)。也翻译为阿吉斯拉斯,阿格西劳二世,阿格西莱二世。——译者注

舞着他的部队继续获得胜利。有一些印第安的部落,在抗击西班牙人的时候也随身带着自己部落中某个优秀首领的残骨,期盼能够得到这名福将的好运气。这个世界上还有很多其他的民族在打仗的时候,也带着那些阵亡在疆场上的英雄遗体,以此来祈求命运眷顾,给予他们好运,并从中得到战争的勇气。

上面所说的一些例子,只不过涉及一些人把自己生前的荣耀保留到死后,惠及身后的人们。而下面要举的例子,则是想要讲明,他们死后还会产生巨大的作用。最能说明这种状况的例子就是贝亚尔将军的故事。当时他在战场上被敌人打中了一枪,自己知道性命难保,有些人奉劝他从战场上撤离,可是他坚称,自己绝不会在最后一刻逃跑,把后背留给敌人,他拼死战斗,直到精疲力竭,实在坚持不住从马背上掉了下来,就这样他还坚持让自己的马夫协助他躺在一棵树边,保证他的面孔像活着时候一样,正面对着敌人,虽死犹生。

说到这里,我还要谈及另一个像他一样优秀的人,也就是马克西米利安一世①皇帝,他是菲利普二世国王的曾祖父,一位品行高尚的人,而且相貌非常英俊。他有一个不同于其他君主的小脾气:有很多君主遇到紧急公务的时候,即便是坐在马桶上也会把那当成王座,积极来处理问题;可他绝对

---

① 神圣罗马帝国皇帝,罗马人民的国王,奥地利大公。——译者注

不允许这样的情况发生，他去换衣间的时候，绝对不允许任何管家跟在身边。即便他要小便，也是悄无声息地去，就好像处女一般守护着自己的身体，不肯袒露给任何人看，不管是医生或是任何人，他都不愿意向他们暴露自己应该隐蔽的部位。我这个人虽然在言语上比较放肆，个人性格却是非常腼腆害羞的。除非出于某些迫不得已的原因或者太过强烈的情感冲动，否则我是绝不会在别人的面前表现出一些不礼貌的肢体动作，或者行为失常的举动的。我自己认为，这对一个男人来讲，特别是像我这样有身份有地位的男人来讲，是非常不合适的，所以每当要这样做的时候就会很不舒服。可是马克西米对此迷信至极，他甚至专门在自己的遗嘱中叮咛，当他死亡以后，一定要为他穿上衬裤；并且还在遗嘱中追加了一条，要求帮助他穿裤子的人必须蒙着眼睛。居鲁士大帝二世曾明确作出规定，不允许他的子女以及任何其他人在他死之后去看或者触碰他的躯体。我将这种情况当成他自己个人的希望，毕竟在他有生之年，他本人，以及所有的史学家都始终在宣扬对宗教的虔诚及他自己本人的执着。

我有一位亲戚，不管是在平时还是在战场上，他都是个声名远播的人。有一位亲王曾跟我讲起他的故事，可我听完之后非常不高兴。他年老的时候因为患了结石，必须忍受极大的痛苦，他在宫廷生活的最后一段时光，每天都在想着如何为自己准备一个体面而隆重的葬礼。他要求到这里来看望他的贵族们接受他的请求，保证必须加入送殡的行列，并且恳求前来看望他的那位亲王，一定要携全家去参加他的葬礼，并为此列举了很多例子和理由，来表示他有这样的权利，可以得到这样的待遇——毕竟他是一个地位很高的人。最后，在明确得到了对方的允诺，且确定身后事都已经按照自己的意愿安排妥当，所有的葬礼规矩、程序都合心意了，才安详地死去。我从未见过比他更固执虚荣的人。

在我自己的家族之中，也出现过很多完全不同的怪事，这次似乎是一件堂兄弟身上发生的事情，他非常用心地安排自己的葬礼，每一件事情都斤斤计较，哪怕是多买一个仆人或一盏灯笼，也要犹豫不决，再三盘算。我发觉，确实有一部分人很赞赏他这样的举动，也赞赏马库斯·伊米利厄斯·李必达的决定——他禁止自己的继任者按照传统规矩将他风光大葬。我们现在自然已经不知道当时的情况，更不知道微不足道的花费和欲望是怎么产生的，但避免这样做，总算得上一种节制和俭朴吧？像这样的改革非常容易实现，也花不了什么太大的代价。如果一定要对这种事情给出明确的规划，我觉得，每个人在对待这件事情所采取的做法上，可以像处理生活中其他的琐事一样，只要依照自己个人的财力来决定就好。哲学家里科的做法就十分睿智，他叮嘱自己的朋友们，将自己的遗体安葬在他们认为最合适的地方，葬礼不必太过铺张浪费，也不需要全按照呆板的传统举行。在这件事情上，我只按照风俗就行了，把这事情托付给了谁，就全凭他做主好了。"在这件事情上，我们自己还是洒脱一点就好了，不过您自己的亲属则做不到这一点，还是要为他们着想。"（西塞罗）有一位圣人是这样说的，也非常有圣洁之风："葬礼的仪式和排场、选什么样的墓地，如何讲究送殡，让死者极尽哀荣，更多地算得上是对活人的安慰，而不完全是对死者表示的赞颂。"（圣奥古斯丁）

苏格拉底去世之前，克里托曾请教他关于他的葬礼如何安排，他是这样回答的："依照你的意思就行了，随你的便。"倘若必须在自己死去之前操心这些事情的话，那么我认为比较洒脱的做法，就是效仿那样的人。他们在健康活着时就兴奋地为自己的墓地、葬礼等事宜耐心筹划，非常愿意瞧见自己的名字被雕刻在大理石上，观望自己死亡之后的样子。那些满足于享受人生以及感受自己的、比较迟钝的人，在活着的时候就奔着死亡去生活的人，岂不是活得很幸福。

每一次当我想到雅典人的卑鄙与非正义的时候，就会情不自禁地憎恶所有民众专制的制度，尽管它们在表面上看来是非常公正的制度。雅典人的将领曾经在阿基努塞群岛附近进行了一场海战，他们的对手是斯巴达人，毫无疑问，雅典人获得了最终的胜利。那场战役是希腊人所进行的所有海战中，最有争议、最为激烈且耗费巨资的一次战役。他们积极地抓住了胜利的机会，坚持继续推进追击敌人，没有留出时间去整理战场，埋葬阵亡将士。雅典人毫不留情，甚至都不愿意听那些敌方首领们辩护，就直接处死了他们。狄奥默东在这场审判中的做法，使这一判决变得尤其令人憎恶。他其实是其中一位要被处决的将领,本来有着极高的政治地位和军事威望。他在听完雅典人对他的判决之后,走上前去发表了自己的看法,此时整个法庭上鸦雀无声,他并没有借助这个宝贵的机会为自己所进行的战争进行辩护,也并没有直接表明这场残酷的判决一点也不公正,而是全心全意、极尽阿谀地去维护法官的决定。甚至祈祷诸神在看到这份判决时,依旧要保佑敌人。他还公开讲述了他和自己的伙伴们为了感谢神明和光辉的命运而许下的心愿,否则神灵就会降罪于他们。之后他再也没有说什么其他的话,沉默而坚定地走上了刑场。

没过几年,命运女神也依照相同的原因对雅典人进行了报复。在雅典海军的将领卡布里亚斯对阵斯巴达海军的战役中——这场战役发生在纳克索斯岛,斯巴达海军将领波利斯是他们的对手。这场战役可谓决定了雅典人的事业,对他们来说胜利是无比重要的,当时虽然雅典海军略占优势,可是为了避免蒙受上一桩案件的不幸,他们胜利在望的形势居然产生了巨大的反转,尽显颓势。只是因为他们不愿意抛下几具漂浮在海水中的战友尸体,竟然导致一大批活着的敌人安全逃生,并且进行了最后的反扑,让雅典人亲身体会到了这种迷信所造成的严重的后果。

你想知道等你身死之后将会去向何方吗?
你会去到出生之前所在的地方。

——塞涅卡

另一位诗人则说出下面这些话，让一个丧失灵魂的肉体得到了最终的安息。

终于，躯体不再有生命，也就摆脱了所有的苦难，
不需要坟墓和栖息地，不需要停留的地方。
　　　　　　　　　　　　　　——西塞罗

自然法则就是这样告诉我们，有很多已经失去的东西，似乎还在跟活着的一切保持着神秘的联系。地窖里埋藏着的葡萄酒，会因为酿造时采摘的葡萄属于不同季节而产生不同的味道。而且据说，那些在缸里腌制的野味也是这样——野兽活着时候的状态，也会影响到腌肉的制作方法和味道。

第四章
论撒谎

谈到记忆力的话，估计任何人都要比我更有资格去谈论这个话题。因为我的大脑中似乎并不存在任何记忆，没有一丁点儿迹象能表示我本人记忆力不错。恐怕这个世界上再也找不出任何比我记性更差的人了。在其他方面，我的品质也是非常卑劣而平庸的。可是我非常相信，自己的记忆力着实与众不同，实在不多见，值得细致描写一番，让它为天下人所知。

记忆是一个人必不可少的才能，柏拉图说得非常有道理，把它称为有权有势的女神。我记性不好是与生俱来的。除此之外，因为在我的家乡，当一个人不太聪明的时候，大家就会说他记性差。所以当我抱怨说自己记性不好，人们就会用异样的眼光去责怪和怀疑我，仿佛我在指责自己傻得无可救药。在他们的经验里，似乎不明白记忆和聪明之间确实存在着区别,这往往使我的情况变得更加糟糕。

其实他们对我的指责是对我的误解,毕竟经验告诉我们,恰恰相反,良好的记忆力和低弱的判断力总是相辅相成出现的。此外,他们还错怪我不看重友谊,可我向来友善待人,珍惜朋友之间的情谊,他们异口同声地说我有这样的毛病,就是在说我无情无义了。由于我自己记性不好,他们就觉得我缺乏热情,那么这就是把一个天性中的弱点当成一个品德上的问题了。他们说我早就把自己做出的承诺或者别人的请求给忘到脑后了,说我从来也不会记得为朋友们做点什么,也从来想不起要为朋友帮忙说话或者保密些什么之类的。的确,我这个人记性不怎么好,经常会忘掉一些事情,可是那些朋友交代我要做的事情,我绝不会忘记的。希望大家能够接受我的这些缺点,不要认为我这种无能是一种恶意,毕竟我天性就不是一个狡猾的人,这跟我本来的性格是完全不同的。

不过我虽然记性差,但还是为此感觉到十分欣慰。毕竟这个弱点教会我一点道理,有助于克服我身上可能产生的另一个更为严重的缺点,那就是"名利欲望"。一个热衷于社交的人如果记忆力很差,那可能是决不能被容忍的缺陷。不过自然界的发展中,有不少例子都可以证实,记忆力的衰退,会导致身体其他部分的功能不断加强。倘若我记忆力比较好,那就只会记住别人创造出来的独特观点,进而容易受别人的影响,失去了自己的独立思想和判断能力,俨然众人,缺乏活力和主动性，不能发挥自己的真才实干；我说话也会更简短，毕竟从记忆得来的词语量和观点，远比从创意中得来的东西多。倘若我一直记忆都很好，那我一定会滔滔不绝地讲个不停，甚至把他们的耳朵都给震聋了，并且说些闲话是很容易借题发挥修饰自己的言辞的，使其变得热烈而又极具吸引力，精彩绝伦。

其实这真的可以算作一件没有办法的事情，我曾经认真观察过自己的好朋友。他们每个人记忆力都还算不错，能够把一件故事的始末完整讲述出来。从最初的线索一直说到最后，所有不相关的细节也都能全盘说出来。不过他们的故事本身还算充实，加上细节讲述也可以算得上很精彩，但很多故事本身就不怎么样，就需要责怪他们记忆力太好，或者着实不懂怎样判断好赖。只要讲述的人开了尊口，那就极难让他收住自己的话匣子。想要观察一匹马脚力如何的最好办法，就是观察它能否干净利索地收住前进奔跑的步伐。我还发现，有一些说话本来很有分寸的人们，当一开始讲述某件事情的时候，即便是自己想要停下来，却总是没办法立刻截住话头。他们想尽各种办法，想要结束这段谈话，但还是不自觉地说些废话，继续拉拉扯扯地讲下去，就像快要晕倒的人一样，总迈着拖沓的步伐。老年人则更可怕，每次说些什么，总是避不开往事和回忆，明明已经啰里啰唆讲了很多次，但是自己记不清这样的现实。我自己亲身体验过，确实有一些非常有趣的故事，但是当一个领主亲口讲述出来的时候就会让人莫名厌烦，这是因为他身边的所有人，都被迫听他讲述过这个故事不下上百遍了。

第二个原因，就像一位古代的先贤曾经说过的，记性差就可以忘记那些曾经遭受屈辱的经历。否则，如果不是我自己记性太差的话，我就得效仿波斯国王大流士的举动，为自己过去变成雅典人俘虏时忍受的屈辱，专门创造出一种纪念仪式。每一次，在他走到餐桌边准备吃饭的时候，就安排一名皇宫侍从站在他身边连唱三遍："陛下，请你不要忘记雅典人给你带来的耻辱。"现在我又重新翻看这本书，去了同样的地方，却有一种从未来过的新奇之感。

还有的人说，倘若有人觉得自己记性太差的话，那就千万别撒谎。我觉得这样的话说得非常有道理。在我的概念中，清晰地知道语法学家定义的"不说真话"和"说谎话"之间，存在着很大的差异。并且明确地界定了"不说真话"表示说话的人讲述的本来是一件虚假的事情，可是他本人不知道这并非真相；可"说谎话"这个词语在拉丁语（法语源自拉丁语）的语法中包含了"违背自己的天良"这种意思，所以它所代指的意思就是那些"明明知道真相，却故意说跟自己认知不同的话"的人，我在此指代的就是这样的人。因此，我们所讨论的全都是一些胡编乱造的人，他们要么捏造了事情的主要部分，要么捏造了全部，或者故意掩饰和隐瞒真实现实。不过，有人对你隐瞒或者歪曲事实的时候，最简单的辨别他们的办法，就是要求他们将同一件事连续讲述几遍给你听，这样他们就会自然而然地露出马脚，因为事实的真相已经借助真实的记忆和体验先入为主，烙印在记忆里，根深蒂固地构建出了稳定的基石。可是虚构出来的事情没有办法在人的大脑中站稳脚跟。当你每次需要对一件事情进行重复的时候，最初获悉的真相就会不间断地出现在脑海中，会使我们忘记那些经过伪造或者歪曲的谎言，尤其是那些虚假的伪造的细节，是最容易被冲刷掉的。

而至于那些纯粹属于捏造性的故事，特别是因为根本没有相反的例证和真实事实，来戳穿整个事情的虚假真相，他们就觉得可以胡编乱造而高枕无忧，因此胡说八道起来一点敬畏心都没有。可是也就是因为这样，他们所虚构出来的内容是非常空洞乏味的，而且说起来不着边际，倘若讲述者本人记性不太好，那么估计很容易连自己都会忘记过去编造的情节。

我经常碰到这样的人，但是非常滑稽的一点在于，那些善于随机应变的人，却经常蒙受重大的损失，本来他们说话的时候总是伺机而动，随时改变说辞，有的时候要努力去促成一桩生意谈成，有的时候则要巴结发表演讲的大人物。他们的道义和天性是千变万化的，不管在什么样的情境中都能变换自如，说出来的话在每个时刻也各有不同的意思。相同的一件东西，他们一会儿把它说成黑的，一会儿把它说成白的；在人前是这样一套说辞，在人后又是另外一套说辞；两面三刀，巧言令色。如果把他们所表述出来的这类互相矛盾的说辞放在一起比较一番，那么这一杰出的本领最终又会面临怎样的结局呢？我们先不谈他们自己本人经常陷入一段尴尬的境地；而他们自己在面对同一件事情的时候，往往编造了各种各样完全不同的情节，那他们要保证自己的记性多么好，才能把这些编造出来的故事一一记住呢？我发现，现在也有很多人都很渴望得到这种谨慎行事才能获得的赞誉，他们才不会觉得这是一种徒有虚名的恶果。

事实上，说谎话是一个让众人痛恨不已的坏毛病。语言让我们聚集成群，相互维持着人群之间的关系。倘若我们能够充分认识到撒谎的危害以及它的邪恶性，那么在面对它的时候，就要严肃惩罚犯了这种罪行的人，甚至要远比处理犯下其他罪行的人时更严肃。我发现人们通常会对小孩子所犯下的一些不值得追究的过错进行重重的、不合时宜的惩罚，对孩子们做出的不会造成任何不利影响的行为进行折磨。说谎话这件事情，甚至还有更轻一点的固执，我认为这两点必须加以控制，尽量避免这种缺点的萌芽和滋生。像这样的缺点会跟随着孩子们的长大而不断成长变化。它一旦让一个人说出并不诚恳的谎话，想要摆脱这一习惯就简直难如登天了。所以我们经常会发现，有一些特别正直的人在说了谎之后，也难以抽身而退。我有一位非常称职的裁缝伙计，是个不错的年轻人，只是我从来没听他讲过什么实话，即便那实话对他有利，他也不愿意说。

倘若谎言像真理一样只有一张面孔，那么我们和它之间的关系就会相对简单一些。因为这样的话,我们就能够直接界定谎言的范围,完全把其对立面当成正确的。可事实是,与真理相对应的反面,包含着无数张难以辨别的面孔,以及无法限定的范围。

毕达格拉斯学派曾经发表过善恶观的看法,认为善是确定而有限的东西,而罪恶则是无限和不确定的东西。自古以来,达到目标的道路唯有一条,而其他千万条都是歧路。可是,如果依靠一本正经地说出无耻的谎言,能够让自己避开一场极其严重的冒险,那么我也没有办法做出承诺,保证自己肯定能够说得出来。

过去有一位神父说过这样的话:宁愿与一只熟悉的狗为伴,也不要和一个使用不同语言的人待在一起。"在别人眼中,陌生人根本不能被当作人。"(普林尼)在人群之中说谎话,要比沉默不语更令大家难以接受。

弗朗索瓦一世①曾经自我夸耀,说自己曾经轻易戳穿了弗朗西斯克·塔韦纳的谎言,让对方张口结舌、走投无路。塔韦纳是受命于他的主人——米兰公爵弗朗塞斯科·斯福扎来到这个国家的,暗地里充当着大使的职务。他是一个非常能言善辩的人,而他此行的目的就是为了一件造成严重后果的事情来向法国国王道歉的。具体事情的经过是这样的。

大约在一段时间之前,弗朗索瓦一世被驱逐出意大利,

---

① 又称骑士国王,法国历史上最著名也最受爱戴的国王之一。——译者注

可是他想要从意大利甚至包括米兰公国那里得到一些秘密的消息,所以就提出建议,让人在公爵的身旁派一个大使潜伏下来,这人担任着独特的使命,可在表面上要装作处理个人私事才留在这里的。除此之外,米兰公爵还有很多细枝末节的事情需要查理五世皇帝来帮他做成,特别是当时米兰公爵正打算和皇帝的侄女订立婚约,皇帝的这位侄女地位比较特殊,她是丹麦国王的女儿,也是洛林公爵去世之后享有继承权的寡妇。所以,为了保证自己不遭受巨大的利益损失,必须保证这人不会让他人察觉跟我们还有私下接触和来往。最终找到了一个特别恰当的米兰贵族来完成这件事,这个人就是帮助国王管理王家马厩的总管,他的名字叫作梅维伊。接着这个人就带着任命他为秘密大使的国书以及国王的指令来了,甚至为了掩护身份还特意向公爵送来了引荐信,以此来掩藏自己的特殊使命。可是他在公爵身边待的时间太长了,导致查理五世对他产生了猜忌;随后发生的事情也就可想而知了,我们觉得肯定跟这一点有莫大的关系。

公爵故意制造了一个谋杀的假象,安排自己的杀手趁着月黑风高砍掉了他的头颅,并在两天之内把案件告结。但是毕竟弗朗索瓦国王当时已经跟所有信仰基督教的国家亲王以及米兰公爵本人送来了询问函,想要了解其中的因果,而弗朗西斯克·塔韦纳对此早就准备好了一份胡编乱造的长篇大论,以此来强词夺理维护自己的利益。

一天早晨他去觐见了国王,并把他对整件事情的看法讲述给国王听,还列举了很多似乎可以令人信服的理由,他的说辞是,他的主人一直以来都认为,这位使者来到米兰主要是来办私事的,就像国度中其他的普通人一样,这人除此之外再无用过其他的身份。塔韦纳直接否认自己知道这个人,更不愿意承认自己知道死者与国王早就相识,所以他认为自己并没有把对方当成一位使者来对待。弗朗索瓦一世针对他这些长篇大论的解释提出了不少质疑,一直死死地逼问于他,最终,强迫他必须回答是否在夜间趁机杀死了那位法国使者。此时塔韦纳已经被逼无奈,走投无路,只能把所有的事情和盘托出,说因为公爵比较尊敬国王陛下,他本人不愿意让这样的事情公布于众,只好秘密处决。现场的情况大家可以自行想象,他当时是如何在法国国王的逼问之下哑口无言,难以自圆其说,以致陷入无端尴尬的境地。

朱利乌斯二世教皇想要怂恿英国国王,让他来对抗弗朗索瓦一世①,所以为他安排了一位特殊的使者。当这位使者把此行来的目的表述出来之后,英国国王直接回答他说,要与这样强大的国家为敌,需要做很多前期的准备工作,这些都是相当困难的,为此他还指出了几点理由,而这位使者则告诉英国国王说,实际上这些困难早就在自己的预料之中,而且教皇也是知道的。

大使的本意是鼓动英国国王马上参与战争,可正是由于

---

① 根据《七星文库·蒙田全集》标注,此处应为路易十二。——译者注

他这样不恰当的回答，导致自己不能完成使命，英国国王并没有立即启动对法国作战。这一点是完全与他自己担负的使命背道而驰的，如此一来，反而让英国国王钻了空子，他事后总结出一条非常严重的罪名，那就是使者本人私心更偏向于法国。他把这件事情秘密告诉了教皇，导致这位使者所有的钱财都被国王收了回去，差一点连自己的命都保不住。

第五章
论预言

早在耶稣基督降临人世之前的很长一段时间,神的旨意就已经开始丧失它们的威名了,毋庸置疑,毕竟我们亲眼看到西塞罗曾经认真探讨过神域衰落的各种原因:"为何是在德尔斐岛上出现了呢,不仅是现在,并且很长时间以来,从来没有发现过神明的旨意变成现实,所以除了它,还有别的什么更值得被轻视呢?"(西塞罗)

而有关于其他一些占卜形式,有的依赖于拿牲畜来祭祀神灵,通过对它们的骨骼进行细致分析来进行占卜(柏拉图曾说过,真是幸亏有了这项祭神的活动,才让人们能够充分了解动物的内部骨骼结构),有些人则依靠鸡或者鸟的动作(西塞罗说过:"我们猜测,或许有些鸟的存在就只是为了达成占卜的目标。"),比如一只飞禽的顿足、飞翔等姿态,或者雷电、河流的变化进行占卜(占卜师可以预测很多事情,占卜也能够预测未来；甚至他们从神明那里得知很多非常重要的事情，通过占卜、托梦或是一些奇迹的景象来预示。——西塞罗）古代的人不管处理公事还是私事，都会把占卜当成主要的依据，借助神域的力量，虽然现在我们的宗教已经不允许这样做了。可直到现在，依然有人借助于星宿、神灵或者鬼魂、身体上出现的一些预兆、梦境等各种方法来进行占卜——说实话，这可以算得上人们天性中自找麻烦的绝佳例子，人们总是担忧未来，乐于为将来的事情操心，仿佛现实中出现的那些操心事儿还不够他们烦恼的。

主宰奥林匹斯山的神灵，你为什么要用一些残忍的寓言，
来断言凡人所要遭遇的不幸呢，
让他们陷入惊恐之中，让他们陷入雪上加霜的境地，
你想要惩罚他们，为何不直接搞突袭呢？
让他们在对未来懵懂无知的状态下接受一切命运
让他们在恐惧的绝境，依旧心存期待！

——卢卡努

"了解未来将会发生的一切，可以说是没有什么意义的。毕竟白白地杞人忧天，为了将来的事情担忧，就是一种悲剧的做法。"（西塞罗）可是尽管这样，人们还是非常喜欢通过预言来预测将来。

所以也是因为这个原因，我认为弗朗西斯·德·萨吕佐

侯爵的例子最能证实这一点。他被国王弗朗索瓦一世安排在阿尔卑斯山担任当地的驻军司令，是国王最为信任的宠臣，并且他十分感念国王的恩德——当时他所承袭的侯爵领地正是以前他兄弟的领地，被收归国有之后，国王就把这块地赏赐给了他。那个时候，尚未到达背叛的时机，而侯爵本人也不愿意背叛他的国王，可即便这样，后来的事实表明，当时风行于民间的一个寓言让他忧惧不安，那个预言是这样说的：查理五世皇帝会夺取战争的胜利，法国必将成为败军之将。

那个时候意大利满城风雨，都在传言法国即将战败的消息，在罗马的人听说了这个消息以后，大量兑换银行钱币。最开始，侯爵感觉到法国的皇族就要遭遇不幸，而他那些在王室中担任要职的朋友们将面临悲惨的境地，所以他经常在自己的心腹面前长叹，没过多久他就背信弃义，抛弃了王族，改换了门庭。事实上，不论当时的预言是怎样的，他这样做都没有得到任何的好处，灾难即将到来。

只是，他当时表现得仿佛备受折磨，痛苦不已。毕竟当时整个城市和军队都在他的手中，安东尼奥·德·莱瓦带着他的大军就守在边境不远处，并且我们始终相信他的忠心，没有提防，他本来可以再恶劣一些，给我们造成损失的。可是，他的叛变并未给我们的国家带来更多的伤害，连兵士也没有丧失，只是失去了福斯诺这座城市而已，并且是在经历过长期抗争之后才失去的。

神说出他的预言,
故意掩饰未来的一切,
嘲笑人们
在面临这些预言时手足无措的窘境
那些确有主见的人是这样做的
认真过完当天,就只评价自己:"活着一天!"
只有这样珍惜当下,才算把命运握在自己的手中,
不论上帝怎样安排,
明天的天空是阴霾还是晴朗,
这都是无关紧要的,难道不是吗?

——贺拉斯

在当下就享受到快乐的人,
绝不会因为未来的事情烦闷不已。

——贺拉斯

但是有的人犯了这样的错,他们坚信完全相反的观点:"他们认为,既然存在确实的占卜行为,那么神就是存在的;而神的存在,就表明必定存在占卜的预示。"(西塞罗)在这一点上,帕库维尤斯的表达是比较有道理的。

对那些擅长从鸟儿那里了解的一切的人,
从动物的心脏中汲取智慧,甚至比从自己内心获得还多的人,

> 我愿意听他们闲言碎语，却无法信任。

意大利托斯卡纳有着闻名世界的占卜艺术，这种艺术起源于一个故事。有一位农民在耕地的时候，犁子不小心在地里耕得很深，于是就从地里捡到一个半神塔霍，这是一个长着孩子一样的面孔，却非常有智慧的半神。所有人都跑到这里来竞相观看。当时，他说出口说的话，就是关于如何进行占卜的关键原则及手段。在长达好几个世纪里，他智慧的言语都一直得到了妥善的收藏和保存。果然，时代不同，编造的故事也是大相径庭。

如果让我相信可以用托梦的形式来处理面前的难题，还不如叫我用骰子抽个签出来呢。

说来也很稀奇，每个国家都相当信任抽签占卜的方式。柏拉图在自己想象的国家中，也安排人们通过抽签决定很多国家大事，而且他要求在一群好人中间，众人通过抽签的方式来判定恰当的婚姻，他非常看重这种完全偶然的选择，并且做出明确的规定——只有这样通过抽签结婚生出来的孩子，才能享受本国的一切权利生活在这里；而其他不是通过这种规则降生的孩子，则被视作邪恶驱逐出国境。不过，如果这些被驱逐出境的少年们在成长的过程中也表现出了优秀的品质，那么也可以迎接他们回国；而在国内的那些人幼年时就发现他没有出息的话，也会把他从国境中驱逐。

并且我发现，那些一直致力于对预言进行研究和解读的人，似乎想尽各种办法希望能够证实预言确有魔力。事实上，他们的预言几乎不可能完全是真的，总是有真有假。"如果一整天都在等着抽到合适的签，那么重复那么多次，谁都能抽中一次。"（西塞罗）即便真的有几次他们所说的预言成真了，也不会让我对他们更加尊重。反而更确定，倘若在这件事情上可以完美地圆上自己的谎言，在别的事情上也会更容易继续理直气壮地说假话。换句话来说，根本没有人真的去计较他们算得不准，毕竟这样的事情实在太多，大家也都习惯了。只有那些罕见的、稀奇的、出乎人们意料的预言才有价值，值得被宣扬。

有人曾经在萨莫色雷斯岛，指着那些在海难中幸免于难的人所捐赠的图画和许愿标志，向无神论者迪亚戈拉斯挑衅，询问他："你一直认为众神根本不在乎人间发生的事情，可是你看啊，有这么多人都是因为出于他的仁慈才得以挽救生命。这怎么解释呢？"他直接回答说："你说得不错，的确有不少人幸免于难，但是还有更多的人没有被救下来，他们都死在海里了，因此不能在此捐献图画。"西塞罗说，在所有已经认可神之存在的哲学家中，只有来自科洛丰的色诺芬尼不愿意接受形形色色的占卜和预测，立志于消除这种形式的存在。不过看到我们国家所有的君主也都沉浸在这种子虚乌有的事情之中，这些也就不算奇怪了。

我本人也曾经读过两本稀奇古怪的书：其中一本是加拉

布里亚教士约西姆所写，他在自己的预言书中写明了将来教皇的名字以及生活习惯；另外一本则是利奥皇帝所写，预测了希腊的皇帝和主教。可是，我曾亲眼看见过，民众遭遇厄运的时候惶恐迷惑，惊讶于自己的经历，所以不得不投射于迷信活动，想要通过天的旨意来弄清楚自己必须忍受灾难的理由。时至今日，他们已经成功说服了我，使我相信他们在这样做的时候会觉得很幸福，那些想法敏锐却百无聊赖的人，总能找到其中的门道，并逐渐精通，也自然能给出这些人想要得到的答案。不过，这些漂亮浮夸的游戏主要是由于预言活动中所说的语言比较晦涩难懂，虚无缥缈，预言家并没有明确说清自己的意思，总是含糊其词，所以人们也无法了解其真实动机，只能凭自己的心意去揣测。

苏格拉底在言辞中提及的魔鬼，或许就正是一种思想上的冲动，是没有经过理性的思考、突然萌发的念头。或许事情是这样发生的，像他那样单纯、谨慎而又品行高洁的人，一直致力于思考智慧和道德的内涵，早就被净化了，或许他随心所欲的做法即便有些荒唐轻率，还是确有用处的，值得大家对此进行讨论和借鉴。

我们每一个人都会感觉到，在自己的身上会突然出现一些激烈的冲动，让自己不得不直接而激情地提出自己的观点。虽然我根本看不起那些预言或先见之明的事情，可是人的这种冲动让我十分看重。虽然这些冲动缺乏理性，却总想着迫不及待地去说服或劝阻其他人，苏格拉底更是这样一个人。事实上，我个人也受到了这种倾向的影响，并为我带来了极大的便利，我觉得或许这也可以被认作神明的预示。

第六章
善恶的观念主要取决于个人的看法

古希腊有一条格言是这样说的：人通常是被自己对事物的看法所困扰着，而并非因为事物本身而苦恼。倘若大家都接受这个观点，把它当成真理的话，那么人类的不幸处境就可以得到缓解了。这是因为，倘若某些坏事的发生只是凭借我们自己的判断，才得以进入我们的世界，那么我们也完全可以发挥自己的能力，选择对这些事情嗤之以鼻或者将它们变成好的事情。倘若能够被我们支配，那么我们为何不能对它们加以利用、为我们创造利益呢？倘若那些萦绕在我们心中的烦恼和罪恶，其实本身并不是烦恼和痛苦本身，只是由于我们自己的想象给予它特殊的性质，那么这一切就可以由我们自己进行改变。

倘若所有的选择权都在我们自己的手中，不必受到任何人任何事的强迫，那么我们还让自己成天陷入烦恼中，被疾病、困苦以及蔑视等一些事情弄得忧愁困苦，自寻烦恼，那我们简直蠢得无可救药。我们完全可以乐观地对待这些事情，命运只不过对我们展示出了它本质的内容，但是我们可以选择使用怎样的方法和形式去对待它。这样的话，我们所指代的罪恶的事情，它本身并不是坏的，即便它本身是罪恶的，无论如何也应该借助于我们的认知赋予它另一种含义，使它脱离恶的范畴。因为这本来就是一回事，只不过换一个角度来看问题而已。

假如说我们所担忧的事情，从本质上说，都会令我们被迫接受、无可奈何地任由其摆布的时候，那么所有人都处在相同境地——它既然会摆布我们，自然也会摆布别人。所有的人都是同一类物种，虽然大家在思考判断的能力和天赋高低的程度上有所区别，可是都会对事物产生自己独立的看法。这一点非常清晰，能够证实一点，也就是：当事物本身在到达我们的内心之后，就被我们自己重新组合理解了。即便其中的一个人理解了事物本来真正所要表达的含义，另外上千人也会根据自己的理解，给出一个崭新的、完全不同的含义。

我们一直把死亡、贫困以及苦痛作为人生中的主要对手。

有的人说，死亡是一件最为可怕的事情；但是殊不知另一些人则称呼死亡是终结人生痛苦的唯一港口；还说它是大自然中最为杰出善良的支配者；是人生得到终极自由的唯一依靠，也是迅速起效治疗所有病痛的良药。有一些人战战兢兢地等待死亡的降临，但另一些人认为，死亡要比活着更能让他们能够忍受。

还有一些人则抱怨死亡总太过轻易地来临。

死神啊，求你放过那些懦夫们吧，
只向那些不怕死的人索取代价，让他们死去吧！

——卢卡努

我们暂且不谈这些值得夸赞的勇气吧，狄奥多罗斯在面对威胁着要杀死他的莱西马库斯时说道："即便你再厉害，也只是斑蝥之力，随便刺中罢了！"大多数的哲学家要么早就准备好了随时面对死亡，要么时刻催促着，等待死亡早日来临。

过去大家也曾看到过，有很多普普通通的人在面对死亡的时候，就像苏格拉底一样走向了最终的结局，他们的死并不普通，而是夹杂着耻辱和怨恨的，可是他们在死亡的路上始终非常顽强，或者出于天真，或者出于从容，或者由于自己光明磊落，还跟平时相比毫无异样，显得总是那么泰然自若，他们吩咐自己的家人为他们处理后事，还嘱咐朋友为他唱歌，同百姓友好相处，宣传自己的观点和主张，跟其他的人交谈，有的时候他们甚至愿意跟大家开开玩笑，跟某个认识的人举杯告别。有一个人在要被押往刑场的时候还提出要求，他不愿意从某条街经过，希望刽子手押送的时候避开那条路，因为那里很可能有一位朋友走过来拽住他的衣领，问他讨要一笔旧时未还的老账。还有一个人对刽子手说，希望行刑的时候不要碰到他的脖子,他是一个非常怕痒的人,如果碰到就会情不自禁地笑个不停。还有的人在对忏悔神父诉说的时候,听到对方谈及死亡的当天可以跟天主共进晚餐,他则笑着回答神父说:"如果想去你就自己去好了,我愿意守斋。"还有一个人向行刑的刽子手要水喝,对方喝完了之后递给他,他却不愿意喝了,说自己不想喝他剩下的水,怕染上梅毒。

庇卡底人的故事应该是众所周知了:当时他已经被押上了绞刑架,人们给他带来了一个年轻的妇女(当时我们的法律也允许这样做),倘若他愿意娶这位姑娘,就可以赦免死罪。但是这人仔细打量了那位姑娘一会儿,发现她是个瘸腿,就直接说道:"快点把我绑起来吧,脖子上绳子快点套好吧!她的腿是瘸的!"

听说丹麦也发生过类似的事情,有一个人经过判决要被砍头,当时已经走上了行刑的断头台,人们跟他提起相同的条件,让他娶一个女孩,但是他也决然拒绝了,只是因为人们带来的那个姑娘脸颊比较扁,鼻子尖锐,他嫌弃这位姑娘面相不好。在图卢兹,有一个仆人被人指控是个异教徒,人们之所以这样指责他,唯一理由是说他像自己的主人一样信仰异教,他的主人——那位青年学者跟他一起被迫沦为阶下囚。可是仆人宁死也不愿意相信他的主人犯了错、触犯了宗教的法规。我们还曾经看到过有关阿拉斯人的故事,当路易十一最终侵占了这座城市的时候,很多人宁可被挂在绞刑架上吊死,也不愿意说出那句:"国王万岁!"

即便在今天,纳森克王国还保留着往日的习俗,如果一位教士去世了,那么他的妻子就要随死者一起被活埋;而其他的女人在丈夫死后则要在葬礼上陪同火葬,被活活烧死,此时她们还必须表现出愉快的神色,还要相当从容平静。这个国家的国王去世之后,遗体被火化,所有他的宠妃妻妾们,包括大批的官员,都高高兴兴地跳进火葬的火堆,对他们来说,能够陪着国王的遗体一起被火化,是一种非常光荣的事情。

有一些擅长奉承巴结别人的小人物,就算在临死之前也不愿意放弃自己的伪装,继续插科打诨。其中有一个人,当刽子手推着他上刑场的时候,居然大喊大叫着说:"开船吧!"因为他经常把这句话挂在嘴边。还有一个人,被放在火炉前的草垫子上奄奄一息了,医生询问他还有哪里感觉疼痛,他说道:"挨着凳子的地方和靠近火焰的地方比较痛。"那位神父需要为他做临终祈祷,所以在他的身上寻找他那因病而萎缩的双脚,好为他涂上圣油,他则说道:"您可以到我的大腿根儿找找啊。"人们劝说他祈祷上帝保佑,把一切都托付给神明,他说道:"是谁要往那儿去呢?"

另一个人回答他说:"如果上帝允许的话,马上你就会见到他了。"

"那但愿我明天晚上到他那儿去吧……"

"您还是祈求上帝保佑,把自己托付给他,很快你就要去他那儿了。"

"要是这样的话,"那个人说道,"还是我自己当面告诉他吧。"

我曾经听我的父亲讲过,近来在跟米兰所进行的几场战争中,很多城市陷于战火,几次失而复得,反复遭受不同军队的蹂躏,百姓们实在难以忍受多舛的命运,所以决定一死了之。那个时候根据坊间传闻,起码有二十五个家族的长老选择在一个星期内主动结束了自己的生命。据说克桑西城中也有类似的事情发生,那个时候克桑西人被布鲁图人围困,城中所有的人,不论男女老少,都想以身殉国,他们纷纷奋不顾身地从城门中冲了出去,急切想要死在敌人的刀下,绝不愿意苟活于世,最终布鲁图人花费很大力气才拯救了极少一部分居民的生命。

不管是怎样的观念,都会表现出强烈的作用,导致人们甚至不惜以死亡为代价也愿意接受。在米底亚战争期间,希腊人曾经郑重宣誓并且严格遵守他们提出的精彩誓言,其中的第一条就是,宁愿以死亡换取自身永存,也不希望让波斯人的法律取代希腊本国的法律。在土耳其和希腊所进行的战争中,我们又看到,有无数人心甘情愿地奔赴死亡,也不愿意改变宗教习俗行割礼而不是洗礼。

这一点也可以证实,没有宗教做不到的事情。

卡斯提尔王国的君主们曾经一度把犹太人赶出了自己的国家,葡萄牙的国王若昂二世则允许犹太人们到他的国家避难，但是每个人要交八埃居的保护费，并且要求他们在某一天之前全部离开；国王承诺愿意为这些犹太人提供船只，将他们送往非洲。规定的日子一结束，那些不愿意服从约定的犹太人将变成奴隶，可是由于葡萄牙国王准备的船只严重不足，那些上船的犹太人被船员们粗暴对待。船员们对他们进行了各种各样的侮辱，甚至在海上故意耽搁，戏弄他们，船只在海上一会儿往前，一会儿又撤退，一直到犹太人身上所带的干粮都被消耗干净了，只能被迫向船员买吃的，船员们则通过高价来敲诈他们。而且等到犹太人最终上岸之后，整个行程已经比约定的时间往后拖延了很长时间，而他们身上所有的钱财也都被敲诈干净了，分文不剩。

还在岸上尚未动身的犹太人听说了船上的同胞们所遭遇的非人待遇，所以他们大部分人都宁可委身为奴隶，还有一部分人假装改变了宗教信仰。

曼努埃尔一世继承王位之后，最先做的就是让这些犹太人们恢复自由，后来他的心意又改变了，依然规定这些犹太人必须在限定的时间内离开自己的国度，并且指派了三个专门的港口，让他们尽快出海。近代最杰出的拉丁史学家奥佐里乌斯是这样评价的，新国王没有感化犹太人，让他们愿意皈依到基督教的门下，所以国王愿意为他们恢复自由，希望通过这种方式让他们改变宗教信仰。于是，他想的办法就是，希望留在岸上的犹太人像自己的同胞一样，经历船上艰难困苦的旅行、被水手们敲诈掠夺、从自己已经过惯了富裕生活的国家中背离、走上陌生的国度……这样的艰难困苦会让犹太人放弃离开的决定，回心转意，主动皈依基督教。

可是他没有料到的是，所有剩余的犹太人都下定决心要从海上离开，新国王不得已决定关闭其中两个已经许诺过的港口，甚至延长了整段海上航行的时间，使犹太人在旅程中更为不便，迫使部分人重新考虑离开的主意；甚至将这些人集中关在一个地方，以便对他们实行早已制定好的计划。他所采取的这个办法就是，下令将所有十四岁以下的犹太儿童从他们的父母那里抢走，把他们送到没有办法接触和看到父母的地方，在那里用"我们的"宗教去改变他们，对他们进行洗脑。据说这种做法造成了可怕的景象，当时的状况惨烈至极，父子之间的亲情，以及他们对犹太古老宗教信仰坚定不移的热情，促使他们对这个粗暴的命令进行了抵抗。到处都可以看到：成双成对的父母选择了自杀和死亡；更为可怕的是，有些父母出于对孩子的怜爱，冲动之下把自己的孩子投入水井，以逃避法律对他们的蹂躏。此时新国王为犹太人们设定的离开期限已经到了，但依然没有找到其他的解决办法，这些犹太人只得重新变成了奴隶。但也有一部分人皈依了基督教。到现在已经一百多年过去了，虽然习惯和时间比任何约束都更有威力，犹太人也在长时间的控制之下改变宗教信仰，表现出很顺从的样子。不过，只有极少部分葡萄牙人真正相信，这些犹太人和他们的后代的的确确改变了信仰；大多数人还是质疑的。"从历史上我们很可以多次看到，不仅

是那些宁死不屈的将领,甚至整个部队里的士兵,都充满激情地奔向必死的结局!"(西塞罗)

我自己就有这样一位好友,一心想要求死,这个念头在他的心中已经埋藏了很长时间,充满了无比的热情,深深扎根,我想尽各种办法也无法劝阻他。一旦他发现一些带着神圣光环的死亡机会,就会丧失理性,疯狂地投身而去。

即便是我们当下这个时代,也有很多这样的实例,有很多成年人,甚至孩子,因为一点点挫折就选择了自杀。关于这一点,有一位古人曾说过这样的话:"如果我们连胆小鬼选出来的避难所也怕个不休的话,那么到底还有什么东西是我们不害怕呢?"

在比较和平的年代,各种各样的人们甚至不分性别、学派,甚至地位,都在故意等待着死亡或者自愿去寻死,那些寻死的人,除了出于逃避现实生活的艰辛之外,也为了逃避当下这个时代里称心如意的生活;还有一些人希望能够获得来生,在另一个世界里找到更好的生存条件,像这样的人比比皆是,简直数不胜数。事实上如果把那些贪生怕死的人总结到一个清单上面的话,估计比总结这些不怕死的人要方便得多。

现在我们只谈论哲学家皮浪的故事吧,有一天,他在海上航行的时候遇到了很大的风暴,看到周围的人全都惊慌失措,就跟他们说,要以船上一头无忧无虑的小猪为榜样,鼓励大家不必在乎风暴来袭,更不必担惊受怕。所以,我们到底能不能大胆自豪地夸赞自己是万物之灵或者众生之王呢？虽然我们有自己引以为傲的理智，但是这些理智理性有什么用呢？难道是为了让我们心绪不宁，产生敬畏和恐惧吗？在不知道实情的时候，我们的内心总是平静安宁的，可我们确定了自己的真实处境之后，会慌乱不已、坐立不安，也就是这样，我们当下的处境甚至比皮浪所描述的那头小猪还糟糕得多呢，如果是这样的话，了解真实的一切又有什么意义呢？我们努力去获取智慧，是为了得到更大的利益，可是现在，难道我们要把这些智慧用于毁灭自然规则，抗衡整个宇宙的自然规律吗？难道这不是在自取灭亡？而且，宇宙真正的普遍规律，难道不是说要每一个人都竭尽所能利用自己的才能来谋求福祉吗？

好吧，或许会有人对我说，你所讲述的那个规则只是刚好在死亡这个话题上比较适用，可是对于贫困又是怎样呢，你将如何解释？还有病痛等，在大部分哲学家，像亚里斯提卜、希罗尼姆等的观点中，都觉得病痛才是人们所经受的最残酷的苦难，虽然他们嘴上没有表达出这样的意思，但心里无疑都是这样想的，如果是这样的话你将怎么解释呢？波西多尼乌斯曾经得了一种非常厉害的急性病，这种病使得他痛苦万分。庞培过来看望他的时候，先是向他道了歉，说自己选择这个时间来跟他一起探讨哲学问题实在不合时宜。但波西多尼乌斯则马上回答他说："真是感谢上帝，虽然让我得了这么重的病痛，还没有完全压倒我，使我连哲学问题都无法探究。"所以他开始忍着病痛探讨对痛苦不屑一顾的这个哲学话题。可是，他的病痛还是继续折磨他，最终他忍无可忍，对着自己的身体大声喊道："痛苦啊！如果我不把你当作不幸，那么即便你发作的这样厉害也是徒劳无功！"这一则故事传扬到后世，大家都对他的品格夸赞有加，可是他对疼痛如此不屑一顾，又带来了什么呢？他只是嘴上说说罢了，倘若他真的没有感觉到这些疼痛，或者说疼痛没有给他造成太大的困扰，那么他为什么要中断谈话呢？为何他还要说，不将疼痛当作一种苦难，是一件非常了不起的事情呢？

事实上，我们在这里所谈的一切都并非凭空想象。对于其他的事情，我们可以随便说出我们自己的看法，但这一点是毋庸置疑的，这是科学得出的结论。我们自己的感官也在进行也在进行判断。

倘若感官有错的话，那么人的理智也就彻底崩溃，不会成立了。

——卢克莱修

难道鞭子打在我们的皮肤上，我们可以让自己相信这只是在挠痒吗？难道我们能够欺骗自己的味觉，使自己相信芦荟和格拉夫葡萄酒有着同样的味道？事实上，我们如果用皮浪的小猪来举例，它或许不会害怕死亡，可是如果有人痛打它，它也会因为感觉到疼痛而叫喊起来。在这个世界上，不管是什么样的生命，在面临疼痛折磨的时候都会瑟瑟发抖，难道我们这种生灵就可以完全超越这一普遍的天性吗？就连树木在受到折磨的时候也会发出痛苦的呻吟呢。而死亡只是通过人们的理性才令人感知的，那是非常短暂的一瞬间的行动。

死亡是属于过去或者未来的，它并不属于当下。

——拉博埃西

死亡本身带来的痛苦，根本比不上等待死亡时所感受到的痛苦。

——奥维德

有许多牲畜和人宁愿选择一死，也不愿意被人威胁。事实上，对于死亡，我们所惧怕的并不是它本身，而是在死前一般要遭受的痛苦。

可是我们倒可以信奉某一位圣人曾经说过的话，"人死亡所带来的痛苦，全都是死后的痛苦。（圣奥古斯丁）"不过我所提出的观点还要更为朴实一些，我认为，不管是在死亡的时候还是死亡之后，其实都已经无关死亡这件事情本身了。我们常常为自己犯下的错误进行自我辩论。我自己的经验告诉我，或许我们因为忍受不了想象死后所要经历的事情，才无法忍受那些病痛，或者还是由于在病痛中包含着潜在的死亡威胁，使我们更加焦虑惶恐。可是在这个时候，理性又会责备我们过于懦弱无能，不应该为这样一件突发的状况、无可奈何的情景以及毫无知觉的事情担惊受怕，所以我们就会主动去寻找其他更站得住脚的借口。

如果一种疾病只有痛感而不带来其他的危害，那么我们通常会认为它并没有什么危险性。牙疼或者风湿，不论那种疼痛有多难熬，只要不会伤害到我们的生命，基本上没有人会把它看作疾病。然而我们可以这样假设一下，倘若我们通过死亡所看到的一切就只是疼痛而已。正如一贫如洗的人惧怕自己无法摆脱贫寒，始终要遭受饥渴、寒冷以及无处容身的苦楚。

那么咱们就以此来让我们直接面对疼痛本身好了。将疼痛当作人生在世必然遭遇到的最大的苦痛，我非常愿意这么做。因为我是一个非常怕疼的人，可能世上再也找不出其他比我更怕疼的人了。我时常逃避痛感，因此我得感谢上帝，他使我至今尚未生过什么大病、经历过什么大的疼痛。不过疼痛本身就埋藏在我们的身体中，虽然我们无法消除疼痛，也可以通过耐心的忍受，使它变得稍微轻一些。当人们的身体疼痛难熬的时候，努力让自己的灵魂和理性保持坚强不屈。

倘若不是这样的话，在我们这些人中间，还会有人去相信道德勇气、力量、宽容以及坚定的信念吗？倘若放弃了向疼痛挑战的机会，那么又如何展现这些优秀的品德呢？"勇敢的人始终渴求危险的降临。"（塞涅卡）倘若不必再风餐露宿，不需要全身披挂依旧忍受烈日的暴晒，不需要生食驴马肉充饥，也不必看到自己即将粉身碎骨，从骨头缝里一次次捏出残忍的子弹，忍受缝合、烧伤或者导管所带来的痛苦，那么人类群体中这些高尚的、优良的品质又是从哪里培养起来的呢？我们又是如何战胜平庸的呢？

那些贤德的人教导我们，千万不要逃避那些艰难痛苦的事情，在所有值得去做的高尚事情中，越是艰难困苦的事情，越值得我们去努力。"到处寻找浅薄的快乐，整日与嬉笑和玩乐为伴，那些完全是轻浮不堪的，若真的与它们待在一起是感受不到快乐的；那些处在逆境中，依然保持坚定，百折不挠、保持从容淡定的人，却往往是更为幸福的。"（西塞罗）

在这一点上，我们很难使自己的祖先相信，在战争中依靠武力的对决来得到胜利，远不如依靠阴谋诡计获得胜利更为便捷。

那些实现起来越困难的道德品行越美好。

——卢卡努

除此之外，我们还有一点可以安慰自己，从生理角度来讲，越强烈的疼痛延续的时间越短，而比较轻的疼痛延续的时间更长，"疼痛感越强烈，它消失得就会越快；疼痛感越轻，则会缠绵越久"（西塞罗），倘若你已经感觉痛苦过了头，不久这些痛苦就将全部结束。要么痛苦本身消失无踪，要么它直接让你送命，不过这二者其实是一回事。倘若你无法忍受这种痛苦，它就会战胜你，将你带离这个世界。"你要牢记，那些剧烈的痛苦，最终都将被死亡画上句点，而最小的痛苦总是断断续续的，我们可以主宰的只是那些不大不小的疼痛。我们忍受自己能够忍耐的，面对那些无法忍受的痛苦，我们可以直接躲开，结束令我们厌恶的人生，就好像从戏园子里离开一样，结束自己的生命。"（西塞罗）

我们大家之所以不能耐心地去忍受痛苦，是因为我们并不擅长从心灵层面得到主要的满足，也并不期待痛苦的来临，但实际上，它是我们现下状态和行为的唯一尊崇的主宰。身体只有一种方式和状态，只是表现程度不同罢了。心灵却是精彩绝伦的，充满各种各样的变化。不管身体上有什么感觉，或者外界出现了什么样的刺激，心灵在感觉到这些之后都会迅速给出反应。可是需要对心灵进行细致的探究，以唤醒其内在强大的活力。不管是怎样的理性、制度以及强大的力量，都无法左右它的选择。在它拥有的成千上万种多姿多彩的反应中，它自己会选择一种最有利于我们平静生活的状态和反应，如此一来，我们不但可以不被任何外在的冲击所影响，甚至有些时候会对这些冲击表示欢迎，苦中作乐，鼓励这些痛苦的来临。

不管是怎么样的反应，心灵都能从中获得一定的便利。不管是错误还是梦想，都会像所有有利的事情一样被它不加区别地妥善利用，可以用来确保我们的安全，令我们心满意足。

其实不难看出，那真正使得我们内心感到痛苦或者欲望的，实际上是精神方面的锐利刺激。动物的精神世界无法表达，所以通过身体来直接表现，它们的身体表现出来的感觉都是本能的，所以我们可以通过动物们相似的行为中观察到，几乎每一种动物都有相同的感觉。

倘若我们不加干扰，把所有的主动权交回自己的肢体，让身体自由裁决一切，可以相信，那时我们的境况会比现在好转一点，大自然会让我们的肉体通过本能，对痛苦和欲望产生一种自然、真切、适度、适量的反应。

在大自然面前，所有的人类和动物都是相同的，并没有区别对待，所以其反应也是非常恰当的。但是，我们人类自己已经脱离了自然规则的某些束缚，借助于自己精神层面的想象力胡作非为，那么起码可以让我们自我拯救一下，把所有的精神都转化为去思考那些愉快的事情。

柏拉图忧虑我们会因为陷入痛苦和欲望之中无法自拔，进而束缚自己的灵魂，过于依赖肉体。可我不同意他的观点，认为这样反而会导致肉体和心灵之间脱离开来。

正如敌人瞧见我们退缩的时候会更加气势汹汹，痛苦看到我们表现出恐惧的模样也就必然得势猖狂。如果有人在面对痛苦的时候坚持抗争不愿屈服，那么痛苦的气焰就会软弱下去。一定要坚决与它做斗争。退缩和恐惧反而会导致毁灭性的威胁。要把身体绷紧才能越坚强，抵挡更加尖锐的冲突，而灵魂也是这样的。

不过下面我们还是举几个例子，来说一些像我这样心灵比较软弱的人。我们可以发现，痛苦就像宝石一般，全凭我们把它放置的位置，在不同的背景衬托下会显得它的颜色鲜艳或暗淡，同样地，痛苦也是如此。痛苦的程度取决于我们对痛苦的认知和看法。圣奥古斯丁曾经说过，"他们越是想到疼痛的感觉，他们就越痛苦。"外科医生拿起手中的手术刀随便一划，我们就感觉简直要比在战争中挨了十剑还要疼。医生和上帝都认为女子分娩的时候遭遇了十分巨大的痛苦，我们为此也安排了很多仪式，可是有些种族毫不在乎这些事。

先撇开斯巴达的妇女不谈，只说那些跟随我们步兵一起出征的瑞士妇女们，难道你没有发现什么不一样吗？你可以清晰地看到，昨天她还大着肚子，今天就已经把孩子挂在胸前，小步跑着跟随丈夫一起急行军了。在我们行军的途中，曾经接收过一些吉卜赛女人，她们才不是埃及本地的妇女，但孩子一出生，她们就会到附近的河流里给自己和婴儿洗澡。许多少女为了掩人耳目，都要悄悄怀孕分娩，甚至包括那位罗马贵族萨比努斯贤惠的妻子，为了保住某些人的利益，她悄无声息地生下一对双胞胎，没有求人帮助，也没有痛苦地喊叫。

斯巴达人在一时鬼迷心窍犯了错之后特别害怕羞辱，甚至比我们害怕受惩罚还严重。所以当一个斯巴达男孩偷走一只狐狸之后，把它藏到斗篷里，宁可忍痛被狐狸咬破肚子也不愿意让人发现自己的偷窃行为。还有一个人在献祭烧香的时候，不小心让炭火跌落在袖子里，为了不扰乱祭祀活动，宁愿让这把火烧到了骨头也不吭一声。

甚至有许多斯巴达人，他们所接受的教育其实就是考验个人的品德，七岁的时候要经常接受鞭打，即便是打死了也要保持面不改色。西塞罗曾经亲眼见过那些斯巴达人互相厮打，用牙齿咬对方，每个人都不肯服输，就算昏倒了也不能分出胜负。"人类的本性从来未曾被习俗所征服过，毕竟天性是不可能被打败的，可是由于我们自己喜欢安逸，厌恶劳作，整日百无聊赖、好吃懒做，导致自己的心灵受到了毒害，进而用一些偏见和罪恶的习惯腐蚀了自己的心灵。"（西塞罗）想必每个人都曾听到过穆西乌斯·塞沃拉的故事，他混进敌营，前去刺杀敌方的首领，但是行动失败了，于是他用了一种非常特别的办法建立自己的威严，替自己祖国辩护，他对自己试图谋杀的对象波塞那国王说出了自己的谋杀计划，还说在他的部队里，一大批罗马人跟他有着同样的志向，计划着杀死国王。为了在这个国王面前证实自己的勇气，他叫人拿来火盆，眼睁睁瞧着自己的胳膊被火焰烤焦，甚至敌人都不忍心看到那惨烈的场面，吓得赶紧叫人拿走火盆。

还有人在自己动手术的时候，竟然坚持继续读书，不舍得放下手中的书本。有的人则在受刑的时候，费尽心思嘲讽对方的手段太过轻微，对痛苦也依旧笑着面对，激怒那位负责为他上刑的刽子手，对方恼怒至极，狠下心来采用各种酷刑来折磨他，就这样连续几次，他都挺住了，刽子手也只好放弃了，承认了他的胜利。可是他本人其实还是一位哲学家呢。另外，恺撒有一位角斗士，在别人割开他的伤口为他疗伤的时候，依旧面色如常，谈笑风生。"哪一个普普通通的角斗士曾经在受伤后发出过痛苦的声音，或出现扭曲的神色？不论是堂堂正正地站着，还是倒在地上，哪一个曾叫人亲眼看见过他胆小如鼠的模样？哪一个在倒下之后，在临死前还要转过脖子逃避死亡的来临？"（西塞罗）

在这里，我们也可以谈及女人的例子。谁不曾听说过呢，巴黎有一位妇女为了让自己全身的皮肤变得细嫩光滑，竟然甘愿将全身的皮都剥掉呢。还有的人，为了让自己的声音更加柔和好听，或者使牙齿排列整齐，竟然将好端端的牙齿拔掉加以矫正。像这样蔑视痛苦的例子，真是不胜枚举。只要最终可以变漂亮，那么她们还有什么做不成的？她们还有什么可以恐惧的？

她们仔细地拔掉头上的白发，
抚平脸上的皱纹，为自己妆点上美丽的面容。
——提布卢斯

我还亲眼见过有些女人心甘情愿地吞吃沙子，吃掉烟灰，想尽办法折磨自己，故意破坏自己的食欲，不让自己吃饭，为的是让自己脸色苍白显得娇弱。为了获得西班牙女郎似的纤细身材，她们为此也受尽了苦楚，用束腰和夹板将自己的腰肢束缚得紧紧的，两侧的皮肉全都被压出了深深的口子。是的，有的时候几乎要把自己勒晕过去。

现在，在很多国家中经常可以看到，有些人为了表明自己是一个守承诺的人，也愿意故意刺伤自己。我们的国王亨利三世就曾分享过类似的例子，他在波兰为王的时候，曾亲眼看见当地发生过的突出事例。不过我知道，很多法国人也在模仿这样的事情。我曾经见过一个青年女子为了证实她爱情的誓言无比真诚坚定，决然取下头上的簪子，在自己的手臂上直戳了四五下，细嫩的皮肤顿时鲜血直流，皮开肉绽。

土耳其人为了向自己的情人证实自己的爱意，愿意在自己身上捅几刀，并直接拿火来烧灼伤口，使得火焰在伤口上停留很长时间，以便阻止出血，故意落下疤痕。有亲眼看见过这种场面的人记录了这种场景，并写信向我起誓确有其事。有的时候因为一点点蝇头小利，土耳其每天都会发生刺伤事件，会有人往自己的胳膊或腿上深深地划上几刀。

但使我欣慰的是，像这样的例子在我们这个国度就可以找到很多，完全不必去其他地方费心苦寻。在很多基督教国家也有相关的事例，即我们神圣的导师做出了榜样之后，曾经有很多信徒都心甘情愿地背着十字架表达自己虔诚的心意。我的一位非常值得信赖的朋友曾经告诉我们，圣路易国王总穿粗布衣裳，一直到垂暮之年，他的忏悔师才允许他把这苦行者的衣服脱下；此外，每到星期五他就会让神父用五根小铁链抽打他的肩膀，而这根铁链一直被他放在一个小箱子里随身收藏着。

威廉是居耶纳公爵的最后一位传人，他的女儿埃莉诺把公爵的领地交给了法国和英国王室。在他逝世前的最后十二年里，经常会在自己的教士服下穿一层厚厚的铠甲，作为赎罪的表达。安茹公爵富尔克一直步行走到耶路撒冷，目的是为了到神的圣墓面前，脖子里套上绳索遭受两位男仆的鞭打。而且在各个地方，我们不也看到很多类似的情景吗？每一年的耶稣受难日，全国各地很多信任宗教的男女都会互相厮杀，直至严重受伤才肯罢手。像这样的事我已经见过很多次，并且对此种现象并不看好。有些人说，那些带着假面具的人是为了拿到酬劳才会不顾疼痛，捍卫别人的宗教信仰，他们表现得越不怕疼，就表示心里越虔诚，花的钱也越多。

昆图斯·马克西默斯冷静地埋葬了已经成为执政官的儿子，小加图也冷静地为他刚担任大法官的儿子举行了葬礼，L.波勒斯在连续几天之内痛失两个爱子，他们表现得都非常镇静从容，脸上丝毫看不出悲伤的神色。早在几天之前，我曾经嘲讽过某个人，说他蔑视神圣的正义。他在一天之内接到自己三个大孩子横死的消息，正常来讲，这对他应该算得上是一个非常沉重的打击，可是他把这个消息当成神赐给他的福祉。我自己也曾失去过孩子，只是那两三个孩子都还在哺乳期，我当时感到十分遗憾，但起码并不算太过悲伤。而最令人悲痛的，莫过于意外发生的事故导致亲人丧失。我曾经见过很多类似的悲痛欲绝的时刻，倘若是它们发生在我身上，我会几乎察觉不到它的发生；倘若是过去的事情，我更是把它们全都置之脑后不加理睬，但是这些反应会遭到大家的痛恨和指责，所以我都不敢厚颜无耻地讲给其他人听。"所以这样就可以看出，痛苦和悲伤其实并不取决于人的本性，而在于人的看法和理念。"（西塞罗）

人的理念是一个强有力的对手，它无所顾忌，也不会进行自我节制。这世上所有人都想过安宁太平的日子，没有谁会像亚历山大或恺撒那样弄得天下大乱。西塔尔塞的父亲泰雷斯经常说这样一句话，在战争没有发生的时刻，他总觉得自己就是一个普通的马夫。

执政官小加图为了保证西班牙境内几座城池的安全，只是颁布法令禁止当地的居民佩带武器，于是很多人都为此选择了自杀："那些野蛮民族竟然认为，失去了武器就没有办法生存下去。"（李维）而根据我们的经验，又有多少人选择从自己宁静而甜蜜的家中离开，与平静的生活和相熟的朋友告别，去到荒无人烟的沙漠冒险，甚至愿意到绝境之处流离浪荡，还感觉到自己的生活其乐无穷、十分愉快。

波罗曼奥红衣主教近期在米兰去世了，他出身贵族家庭，正值壮年，而且家中也算财富巨万了，在意大利那种社会风气下，本来可以花天酒地纸醉金迷地过着奢华的生活。但是他这一生过着非常严肃刻板的日子，一年四季穿同一件袍子，冬天也只穿夏季的单衣，睡的是简陋的草褥子，在工作之余他总是虔诚地跪在地上苦心研究，废寝忘食，他的书本旁边只放了一些简单的水和面包，算作自己一日三餐的口粮，除此之外，一天之内再也不吃其他东西。

据我所知，有的人会把自己的老婆献给别人，并从中得到好处和晋升，这样的话如果公开讲出来，可能很多人会觉得非常震惊。

如果说视觉不是我们所有器官中必备的感官，那它起码能够使人感觉到快乐，不过在我们所拥有的器官中，最有用处、最令人愉快的似乎是生殖器。但是有很多人憎恶它们，只是因为它太招人喜欢，因为本身的价值和用处而被抛掷一旁不被提起。有的人宁愿挖掉自己的眼睛，也是出于同样的原因。

在这个朴素的人世间，人们最普遍也是最有利益的观点就是，儿女成群就是福气，多子多福；可是我和另外一少部分人觉得，没有孩子也可以很幸福。

有的人曾经据此询问过泰勒斯，为何他保持单身不愿结婚，他给出的回答是不愿意留下自己的后代。

我们通过自己的看法，给世间万物标上价码，这是显而易见的，从生活中的很多事情上可以证明这一点。我们并非关注事物本身，而是关注自己预定的价码，如此一来，我们最好就先考虑好自己的情况。我们不需要关心事物的价值和用途，只需要关心我们得到它们时需要付出怎样的代价；似乎这才算得上是它们本来的样子，并不是它们本身所具备的内涵被命名为价值，而是我们为它们赋予了价值。在这个层面上，我必须承认，我们很擅长管理自己的付出。付出了多大的代价，就认为这件事情有多大的价值。在我们的观念中，从来不会做无用的花费，让付出的代价白白浪费掉。金刚钻的价值取决于买卖，美好品德的价值在于难以得到，虔诚的价值则在于忍受痛苦，而良药的价值则在于它十分苦涩、难以下咽。

有的人为了让自己变成穷光蛋，就把所有的钱财都丢进海里，但同时在相同的一片海域里，却有很多人为了发财四处打捞、聚敛钱财。伊壁鸠鲁曾经说过，富裕的本质并不意味着轻松，而是为之烦恼的东西不断地改变了。说真的，匮乏并不是吝啬得以产生的原因，反而是富裕才导致了小气的出现。关于这一点，我想谈一谈有关自己的实际经验。

在我结束了自己的童年之后，我的人生经历了三个阶段。第一阶段的这种状况差不多经历了二十年左右，我没有稳定的生活来源，全靠别人的拨款和赈济过着朝不保夕的日子，拿不到稳定的收入。那个时候我花钱完全取决于钱财到手的难易程度，因而也就常常轻松愉快，没有操过什么心，一切随缘。在我的认知里，我从未像那个时候一样无忧无虑过。我的朋友们也从来没有拒绝过向我提供资助，因为我坚持要求自己，不管是再急的事情，我也得做到自己的承诺，就是在约定好的期限之前还清自己的债务。因此在朋友们的眼中，我为了还清债务做出了相当多的努力，所以便一再地愿意为我延长欠债的期限。而我也因此变得愈加诚实可靠，从来不会欺骗他们，以此来作为对他们的报答。

就我个人的性格来讲，我真的感觉到还债还是非常有趣的一件事，似乎从肩膀上卸下了一个惹人厌烦的包袱，也摘掉了自己受奴役的象征。所以我心里总是暗暗欢喜，觉得自己也算做了一件能让其他人高兴的正经事儿。不过那些需要讨价还价和编造故事来还清贷款的情况，不在此次讨论之列。因为如果这件事我没有办法托付别人只能自己做的话，那也就宁愿羞愧而没有教养地尽量拖延下去，避免引发双方的争执，因为我的性格脾性都绝对不适合这样做。

我十分厌恶讨价还价这件事，这纯粹是一种弄虚作假、厚颜无耻的交易，双方在长达一个小时左右的争吵和讨价还价之后，总会有一方因为五分钱之类的微薄利益选择放弃誓言、背信弃义。因此我借钱给别人的时候经常处于不利地位，我不好意思去对方家里催讨债款，就写信过去碰碰运气，这种做法事实上没有什么效果，也很容易被对方拒绝。在对事物的安排上，我更喜欢一切交给老天，这样做其实比后来依靠天命和感觉感到更加快乐和自由。

那些擅长管理家事的人，大部分都觉得这种生活在不确定中的日子太可怕了。首先需要指明的一点是，他们不明白这个世上大部分人都过着这样的生活。不论是过去还是现在，有很多老实的普通人故意抛弃了自己稳定平静的生活（并且很多人都在这样选择），转而去向国王或者机遇寻找缥缈无定的恩宠。恺撒为了实现最终的英雄恺撒，不仅把自己所有的财产都投入进去，倾家荡产，还欠了几百万两黄金的债务。而又有无数的商人卖掉了自己的庄园，准备好足够的资金，好到印度去经商。

经历了多少次的惊涛骇浪！

——卡图鲁斯

现在愿意虔诚地去做善事的人寥若晨星，而成千上万教会修道院的日子却过得很不错，每天都在向上天祈祷，为他们布施晚餐。

另外，他们并不知道自己赖以生存的这种确定性的东西，其实跟偶然的风险本身一样不确定，也是相当危险的。尽管我每年可以拿到两千埃居的薪酬，可是依然能够清晰地瞧见贫困就在眼前，似乎立刻就会扑向我，将我吞没。因为在滔天大富和一贫如洗之间经常是没有中间地带的，命运会在我们的财富之上打开上百个缺口，让我们直面贫困：

财富是玻璃做成的，它闪闪发光，但也很容易支离破碎。

——普布利流斯·西鲁斯

贫困会推翻我们所有的防线和堤坝。我看到有上千条造成贫困的原因，不管是在贫穷的人家，还是在富贵的人家，都可以看到这些原因。或许天下的人都一样贫困，要比部分贫困而部分富裕却共同生活在一起更为平静舒适。

财富大多是通过管理得来的，甚至要比自己的收入还重要得多："每个人都是雕琢自己财富的工匠。"（萨卢斯特）

在我看来，一个缺衣少食、每天被烦恼所占据、庸俗忙碌的富家子弟，要比一个纯粹的穷人活得更悲惨。"生活在财富中的穷人，是最为痛苦的。"（塞涅卡）

即便是最强大最富有的亲王，也经常会因为极端贫困和匮乏需要被逼入绝境。因为暴君和那些不公正的掠夺者总是想尽办法搜刮百姓的钱财，这难道不是被逼至绝境才想出的下下策吗？

我经历的第二阶段，是自己手中已经有了一定的金钱。我非常爱惜这些钱，没过多长时间就累积了一笔可观的积蓄。当时我认为，除去正常的日常开支以外还能存下的钱，才算得上自己占有的东西，而未来有可能得到的收入，即便希望再大也不能把它当成自己的囊中之物。因为我自己想，倘若我自己万一发生意外可怎么办呢？正是由于这种无知而古怪的想法，我对任何事情都会采取精打细算的做法，开始累积金钱以备不测，即便这是不必要的。有的人告诉我说，这个世界上难以预料的事情实在太多了，所以防不胜防。我还会振振有词地告诉他，即便不能防备所有的不测，就是应付一个或几个也是挺好的。存钱这件事真的要做起来，就需要花费很大的力气。我还得小心地保守秘密，我这个人就是这样，当谈到自己的时候什么话都说，但是谈到自己存的钱时，就会忍不住掰扯瞎话，鬼话连篇，跟其他人一样，从来不开诚布公地说出自己有多少财产，有钱的时候哭穷，没钱的时候装富。如此小心翼翼，现在想来实在是可笑至极，也羞耻至极。

每次我外出旅行的时候，总觉得自己安排得还不够。带在身上的钱越多，心里担忧的事情也越多。一会儿担心旅途中遭遇意外不太安全，一会儿又担心帮我运送行李的人不可信，就像我曾经认识的某个人一样，一定要把东西都放在自己眼皮子底下才能安心。倘若要把钱箱放在家里，自己又会疑神疑鬼，乱想些有的没的，更糟糕的是这些想法根本不能跟别人提起！可自己心里一直十分忧虑，始终惦记着这件事情。说到底，守住自己的积蓄要比挣到钱还要使人烦恼。

我在上面提及的这些事情，即便没有完全像我一样那么去做过，就只阻止自己这样去做也是很费神的。我手头宽裕之后也没有感受到富裕所带来的好处，甚至说一点用处都没有。我存的钱变多了之后，似乎就可以放肆花钱了，但是花钱对我来说也是非常沉重的压力。就像皮翁说的那句话，不管头上有头发还是没头发，你在他头上拔掉一根都一样会惹得他不开心。当你已经习惯了这种日子，把自己所有的幻想铺设在金钱堆上，那么这堆金钱就不会再服务于你了，你没有勇气去触碰它们。这些金钱似乎变成了一栋房子，会让你觉得，稍微一碰就会坍塌。逼迫你必须到万不得已的时候才会选择去动用它。

以前，在我日子过得紧巴巴，但尚未到如此紧迫的时候，我就会把自己的衣服典当出去，甚至卖掉一匹马，可是而今我绝不可能打开自己苦心积攒的宝藏、动一动我的钱包。可是，最大的危险在于，收藏好东西的怪癖应该得到应有的限制，可我很难为这种攒钱的欲望划定一个清晰的边界（当人们觉得一件东西非常好的时候，的确很难为它划定界限）。所有的东西都会经过不断的积累而变得越来越大、越来越多，甚至会把自己千辛万苦赚来的钱放在一边看管起来，却不会通过这些钱去享受、去使用。

按照这种花费金钱的方式，那么这个世界上最富有的人，可能是守卫城门和城墙的护卫们了。在我看来，有钱人都是精打细算的守财奴，斤斤计较。

柏拉图将人们的有形资产分成几类，并给它们排出了顺序：健康、美丽、力量和财富。他认为，财富并不是一种盲目的东西，当它在人们谨慎的追求中得到指引时，就会变得相当睿智。

在这一点上，小狄奥尼修斯的行事作风就显得非常有风度。有人曾经告诉他，一个在他治下叙拉古城生活的人，将一大批宝藏埋在地下。于是他命令对方把钱财送来给他，对方照做了，只是悄悄留下其中的一部分，后来带着这些宝藏躲藏到了另一个城市生活。可这个人到了那座城市之后就不再习惯于积攒金钱了，改掉了自己癖好，花钱也大手大脚起来。小狄奥尼修斯得知这件事情之后，就派人把另一部分财宝全数交还给他，并且告诉他说，既然现在他已经学会怎样花钱了，那么自己很愿意把剩下的钱还给他。

有几年我也是这种情况。也不知道是哪位精灵帮助了我，让我跟那个叙拉古人一样突然清醒过来，抛弃了疯狂攒钱的坏念头，开始疯狂花钱，到处旅行，把自己积攒的钱全部花光了。也就是这样，我开始了第三阶段的人生（我想到什么就说什么吧），当然在这一阶段，我感受到了更多花钱的乐趣，也有了更多的安排。我会尽量做到量入为出，有的时候稍微多花一些，有的时候少花一些，但是基本上收入跟支出比较平衡。我过着这样只顾当下的生活，只需要满足日常的生活开销就心满意足了。至于某些非日常的特殊需要，那么估计拥有全世界所有的物质也没有办法满足吧。

希望财富能够武装我们，让我们去与它进行抗争，这实际上是一种痴人说梦的想法。我们要利用自己的武器去与财富抗争。一些预料之外的突发事件总会出现的，把我们彻底出卖。现在我还会继续存钱，只不过这只是为了最近买些什么把它用掉，而不是去购买地产，我想买的是快乐。"不胡乱贪图就是拥有了财富，不随便乱花就是增加了自己的收入。"（西塞罗）

现在我并不担忧自己的资产会逐渐变少，也并不想让自己的财富继续增加。"财富的最终产物就是富裕，而最能代表富裕的东西就是满足感。"（西塞罗）

我非常庆幸，虽然在自己生理上已经步入守财奴的年龄，却还能改邪归正，纠正缺点，摆脱了老年人吝啬的通病——也就摆脱了人类最滑稽的弊病。

费罗拉斯曾经体验过两种不同的命运,他觉得财富的增加并不会让他吃饭、喝水、睡觉、拥抱妻子的欲望变得更多(反而给他增加了很重的财务负担,就像我一样),所以他决心让自己的一位忠心耿耿且立志于发财的贫穷青年满足自己的梦想,把自己多得用不完的财富全都送给了这个人,甚至包括他的主人居鲁士赏赐给他的东西和从战争中搜刮来的钱财也全都送给了他。而唯一所求的,就是要求对方要像款待客人和朋友一样供养着他,管他日常的吃住生活。后来他们两个这样交换了身份之后,对彼此的生活都相当满意,并且双方都感觉到十分幸福。像这样的美事,我也想鼓励自己去试一试。

我还要大力称赞一位老主教的冒险,我亲眼见证他把自己一生的积蓄、收入和所有的投资都托付了一个选中的仆人,或另外的经理人来打理,很多年以来都对这些财产不加理会,简直就像一个彻头彻尾的外人,似乎那些财富不是他的一样。信任他人是正直的,其实也是在证明自己的正直,因此上帝一定会赞赏他。我从来没有见过哪个人的家庭比他的家庭管理得更好、更加稳定。真正幸福的人,就是能够根据自己的财富能力合理安排满足自己的需要,不需要劳心劳力,也不用多去控制些什么,更不需要为了分配或管理财富而打断自己真正想去做的事情,应该全身心地去做那些让自己觉得舒适的事情。

因此,人们到底是富裕还是贫穷,完全取决于个人的看法，所谓的财富、荣光和健康，也只有占有者才会觉得那是无比快乐美好的事情。其他人认为是好是坏，全凭自己的感觉，冷暖自知。并不是别人的看法决定自己是否快乐，而是自己觉得满意才会快乐。在这一层面上，只有信念才是真实可靠的。

财富对于我们来讲，既没有好处也没有坏处，它只是为我们提供了物质和一些种子，如果我们的心灵想要变得比财富还要强大，那么就可以依照心灵的要求来主宰和利用财富，这一点，就是我们幸福与否、快乐与否的唯一缘由和主导。

正是由于有了内部的构造，外部的附加物才产生了独特的气味和颜色，这就好像衣服能够温暖人的身体，但是那热量并不是衣服带来的，而是我们自己的体温，衣服只是可以储存热量，达到保暖效果而已。倘若把衣服拿去盖在一件冰冷的东西上，它也可以维持同样的寒冷。雪和冰就是通过这样储存的。

同样地，对于懒汉来说，读书是一桩苦事；对于酒鬼来说，戒酒也是一种折磨；在挥霍的人看来，节俭是残酷的刑罚；对虚弱悠闲的人来说，锻炼则是对他们的体罚；其他的事物也是一样的道理。一件事物的本身并不痛苦，也并没有那么艰难，只是出于我们自身的软弱和恐惧，事物才变得痛苦且脆弱。要判断一件事是否伟大高尚，就得通过一个伟大且高尚的心灵去观察，否则我们就会把它当成卑微的缺陷，而其实这卑微只是我们自身的表现而已。正如把一支笔直的船桨放在水里，看上去它似乎变弯了。最重要的不是看到事物本身，而是去看待事物的方法。

上面我们讲述了很多长篇大论的道理，从不同的方面劝说大家对死亡保持不屑一顾的态度，坚持对抗痛苦，为何我们不从中寻找一个能够适合自己天性的道理去尝试呢？能够想出许许多多奇妙的办法去说服别人，为何每一个人不可以依照自己的本性，选择其中之一作用在自己本身呢？倘若他没有办法忍受烈性的、有腐蚀作用的药物来根治病痛，起码得先选一剂镇静剂减轻痛苦吧。"不管是在看待快乐，还是在看待痛苦方面，一种懦弱而缺乏价值的偏见总是控制着我们，当我们的心灵疲软，变得无力的时刻，就连被蜜蜂蛰一下也会大嚷起来，关键的问题在于要有足够的自制力。"（西塞罗）

现在，我们开口闭口都在谈论哲学，过分夸张地讨论痛苦的残酷以及人类本性的软弱。因为人们总是迫使哲学返回那些从未失败过的诡辩中：他们说日子过得非常艰难，那么就没有必要去生活了。

人是因为自己先有了过错，才会经历很长时期的痛苦。

倘若一个人没有勇气去面对死亡，也没有勇气面对活着，他不愿意反抗也不愿意逃避，那么我们对此又有什么办法呢？

第七章
论恐惧

> 我胆战心惊，毛骨悚然，什么话都说不出来。
>
> ——维吉尔

我并非像其他人认为的那样，是一位研究人类天性的学者，知道所有的答案。所以我对于人为何恐惧这一点，知道得并不多。不过这确实是一种非常稀奇的感受，依照医生们的经验和说法，这世上再没有其他任何的情感，能比恐惧更能让我们慌乱无错了。我的确亲眼看见过很多人在恐惧时失魂落魄，丧失理智；即便最为沉稳的人，一旦开始害怕什么事情，也会变得烦躁不安，战战兢兢。

在此我们就不讨论普通人了，他们有的时候害怕自己的老祖宗会裹着白色的尸布从自己的坟墓中跳出来，时而又担心自己碰上鬼怪、狼人、精灵之类的。按理说士兵可能是世上胆子最大的人了，可是他们也经常会因为害怕而把羊群当作自己的敌人，把芦苇和竹子当成手拿长矛的敌军，把自己的朋友错认为敌人，把白色的十字架当作红色的十字架。

德·波旁先生在进攻罗马的时候，在圣彼得镇防守的一名骑兵听见警报响起就吓坏了，失魂落魄地举着手中的旗帜，顺着一个坍塌的墙洞往城外跑，直接迎着敌人跑去，他还觉得自己正在跑向城市里躲避呢。德·波旁先生还以为是城中的人出来挑战他，所以就将自己的队伍依次排开，摆开阵势准备予以反击，而那旗手刚瞧见德·波旁先生身边整齐排列的队伍，立即就反应过来，马上转身又从原来的墙洞跑回城里去了，但当时他已经从墙洞里往外跑出三百多步远了。

那时，我们的圣波德莱昂城沦陷，德·布尔伯爵和杜·勒先生攻占了它，朱伊尔司令官的旗手也是那样惊恐不安，遭遇了相同的厄运，不过他没有那么幸运，当时为这场战争吓得魂飞魄散，惊慌失措地从城墙上的一个炮眼儿里往城外跑，而被攻城者的大炮炸得粉身碎骨。也就是在这一次围困圣波德莱昂城的过程中，城中的一位贵族受到惊吓，在从城墙的缺口处往外逃的时候被吓死了——虽然他浑身没受一点伤。像这种被吓死的事情倒是十分少见，值得一说。

有的时候，恐惧会在一大群人中蔓延，日耳曼的恺撒（德鲁苏斯）和德国人所进行的一场战役中，两支部队都同样地慌乱失措，大军交战之后立即背向而走，冲着敌人来时地方四散奔逃。

有的时候我们会因为恐惧跑得飞快，仿佛脚跟踏上了翅膀一样，就像我们前面所说的例子一样；而有的时候恐惧又让我们的双脚仿佛钉上钉子一样，动弹不得。我们以泰奥菲洛斯皇帝来举例子好了，当时他和亚加雷那人打仗，但是失败了，当时他整个人都呆住了，害怕得连逃命也想不起来："惊慌失措，甚至连逃跑都害怕！"（昆图斯·库提尤斯）

一直到他的一位重要将领马尼埃尔不停地晃动他、拽着他，似乎要叫醒一个沉睡的人，他清晰地告诉皇帝说："您现在不立即跟着我离开，我就把您杀死；我宁可让你立即死去，也不愿意看见你被敌人抓住，使整个帝国彻底沦丧。"他听到这些才突然惊醒过来。

恐惧会让我们丧失自己的勇气，失掉捍卫责任和名声的信心，可是，为了满足自己的利益，恐惧又会在某些时候展示出最后毁灭性的力量，迫使我们奋不顾身地产生勇气。森普罗尼乌斯执政官在罗马执政的时候，在跟迦太基的第一场正规对阵中失败，派出的上万名步兵因惶恐害怕而手足无措，不知该往哪里四处逃窜，在慌乱中甚至直接冲进了敌人的主力部队，不得不奋起拼杀甚至从那里突围，在那场战争中被杀掉的迦太基人简直多不胜数。虽然这是一次因为害怕引发的逃跑行动，却获得了一场无与伦比的胜利，洗刷了所有的耻辱，让敌人为此付出了足够的代价。当然这也是我最担忧的一种恐惧，我并不愿意与它直面相对。

所以，恐惧具有无边无际的威力，甚至要比其他任何的情感都要厉害。

庞培与朋友们在船上竟然目睹了一场大屠杀，还有什么比他们当时所产生的恐惧更加震撼、更加真切呢？可是在埃及人的帆船临近他们的时候，他们出于害怕而迅速把痛苦抛在脑后，立即行动，让他们的水手赶紧划船逃跑，一直跑到蒂尔，一切才恢复了平静，回想起之前在船上蒙受的巨大损失，才忍不住悲痛欲绝地哭起来，后怕极了。而在此前的那段时间，恐惧这种更加有威慑力的情感，则成功地阻止住了他们的眼泪和悲伤。

心中所有的勇气，那个时候都被恐惧所击散了。

——西塞罗

那些在战争中受了伤的人们，即便浑身都是伤口，浑身鲜血，可第二天还是会继续返回战场。可千万别把那些害怕敌人的士兵放在前线跟对方打仗，让他们直接对抗。还有那些总是害怕财产消失、自己被放逐或者被控制的人，每天都生活得郁郁寡欢，吃不下饭也睡不好觉。可是一贫如洗的人、流浪的人、农奴们，却经常像其他人一样过得开心愉快。有很多人因为难以忍受恐惧的折磨选择上吊自杀、跳河、跳崖等，这难道不也向我们证实了，恐惧是一种非常难熬的东西，简直比死亡本身还要更难忍受吗？

希腊人还认为，有一种并非理性失误所导致的恐惧，而是并无来由，只是出于某种上天的冲动才产生的恐惧。当这样的恐惧发生的时候，整个民族乃至整个部队都会突然间被恐惧感所笼罩支配。过去迦太基就曾出现过这种极端的恐惧，全国都陷入恐慌之中，到处都充满了非常恐怖的喊叫声。居民们似乎听见了什么警报一般，突然从屋子里跑到街上，互相打架伤害，彼此残杀，仿佛面临敌人入侵一般。整个国度都陷入混乱之中，一直到后来，这来自天神的愤怒被人们用祷告和献祭的方式逐渐平息下去。希腊人称之为邪魔的恐惧。

第八章
死后才能定论人的幸福

> 人的幸福要等死后才能定论，
> 在他在世的时候，尚未举办葬礼之前
> 任何人都无权界定它自己幸福与否。
>
> ——奥维德

年轻一代们可能都听说过克罗瑟斯国王的故事，当时这个国王被居鲁士俘获并判处死刑，在上刑场的时候他大声叫嚷："啊，梭伦！梭伦！"居鲁士皇帝听说了这件事情，就询问他其中原因，克罗瑟斯则告诉前来询问的传令官，以前梭伦曾经对他提出过相似的警告，而他以切身实践证明了这一点，这个警告就是：不管命运女神对他展露了多么美丽祥和的面孔，任何人都绝对不可以自认为自己是幸福的，必须到死的那一天，一切才会变成定论，毕竟世事无常，人类世界变幻莫测，稍有风吹草动马上就会变成另一种状况，与之前的情况完全不同。

有一个人曾经说过，波斯国王十分幸福，因为那国王年纪轻轻就可以掌管一个如日中天地发展着的国家，斯巴达国王阿格西劳斯则告诉他说："确实如此，但是普里阿摩斯在他这个年纪也很幸福呀，并没有遭遇不幸的事情。"接替了亚历山大大帝成为下一任国王的马其顿国王，过去还在罗马当过木匠和书记员呢。西西里的独裁者们也曾经在科林斯教书。而庞培本人，曾经是一代骄子，征服了半个世界，这位皇帝曾经统领过庞大的军队，如此伟大的人物，最后却落得个悲惨境地，垂死挣扎，需要可悲地对埃及国王部下的一个小军官苦苦求饶，才让自己多活了五六个月。

在我们的先祖那个时代，有一位吕多维可·斯福扎，他是米兰的第十任公爵，很长时间以来都在意大利境内呼风唤雨，叱咤风云，是个非常厉害的人物，但是后来变成了法国人的阶下囚，流落到异乡的洛什，他在那里度过了生命中最为悲惨的十年，最终死在了监牢里。不久之前，那位最娇艳的皇后，来自基督教最有权势国家的寡妇（苏格兰女王玛丽·斯图亚特），不也才死在了刽子手的刀下了吗？像这样的例子我可以举出很多，简直多不胜数。因为正如暴风骤雨最先打击的一定是那些骄傲孤高的房顶，天上的神灵也会对人间的大人物忌妒不已。

> 在冥冥中存在着一股强大的力量总是与人为敌，执政官手中的束棒和斧子被他们踩在脚底肆意嘲弄，变成了他们微不足道的玩具。
>
> ——卢克莱修

有的时候似乎命运偏偏要等待我们的生命到了最后的时刻才显示它的威风，把我们费了多年心血才建造出来的一切毁于一旦。令我们在拉布里乌斯以后发疯，大吵大闹："毫无疑问，今天我就不应该活着！这真是我生命中最多余的一天！"（马克罗比乌斯）

所以梭伦对那位国王说的警告是有一定的道理的，也需要我们理性地看待。不过，他是一个哲学家，在他看来，命运对人宠爱或不宠爱，其实并不代表着幸福与否，他轻视声名荣耀和权势。我觉得，事实上他的眼光要更长远，如果说我们的生活或许取决于那些受过良好教养的人安详知足的心境和果断自信者面对人生的从容练达，那么倘若个人尚未在生命这出戏剧的最后一幕退场——这也是最难的一幕戏了——就不能评定他到底是否幸福。

除此之外，所有的事情都存在外部的掩饰。哲学中有很多好听的漂亮话，只是为了让我们行事体面有风度。可是那些突然发生的事情并没有触及最要紧的真相，使我们可以继续神色如常地面对一切。可是当我们必须面对死亡的时候，在扮演人生中最后一个角色，通过矫揉造作的表演是没有办法应付过去的，必须讲真话，把自己心底所想的真实想法说出来。

唯有那个时候，真正的东西才会从人的心里喷涌而出。面具被揭开，一切真相都显示出来。

——卢克莱修

死亡就是最后一块试金石，必然对我们人生中所有的一切进行检验，而这就是真正的原因。这是属于上帝的日子，也是对以往所有的一切做出判决的一天。曾有一位古人说道，这一天将对我过往的岁月进行评价。到那时，神明将用死亡来对我过往的研究成果进行检验。我们就能弄明白了，到底我说的这些话只是耍耍嘴皮子，还是完全发自内心。

我发现有很多人这一生名声的好坏，都是依据自己死亡之后才界定的。庞培的岳父西庇阿生在活着的时候声名狼藉，他的死法却光明磊落，洗白了自己的声誉，让他重新获得了众人的尊重。伊巴密浓达被人问及，在卡布里亚斯、伊菲克拉特和他自己三个人中谁最值得敬重的时候，是这样回答的："那一定得等我们死了以后才能定论了。"的确如此，倘若把他死后的荣耀和光辉抛掷一旁不加综合的话，这个人所获得的名声肯定会跟他真实的名声有很大差别，等于把他的真实名声隐去了不少。这是上帝的意思，希望能让他得偿所愿。

不过在我生活的这个时代，我认识三个人，他们这一生都是卑鄙无耻、最为邪恶的坏蛋，做出了很多令人痛恨的事，可是死的时候十分规矩，无可指摘。

有的人死亡的时候非常幸运，而且也恰逢其时。我的一位朋友正值年轻力壮的时候突然死去了，那时正是他事业的上升期，一切都轰轰烈烈地折断了，可是在我看来，他所提出的雄图大略反而因为难以实际践行而显得他更加出色。他把自己的目标展示出来，却因为死亡的关系没能完全做到，以至人们远比他自己期望的那样更加敬佩他。他尚未完成自己的规划，就得到了足够的威严和声誉，简直要比那些真正达成所愿的人还要幸运。

在对其他人这一生的建树进行评价时，我总是会仔细观察对方死亡的方式，以及死后的结局。我这一辈子对自己的要求，就是希望自己身体健康，安详度日，不引起过多人的关注。

第九章
探讨哲学就是学习死亡

西塞罗曾经说过,探讨哲学就是在为死亡做好思想上的准备。特别是探讨和沉思,从某种意义上来讲是将我们的灵魂从躯体中剥离出来独自行动,就像在模拟死亡一样,二者是非常相近的。或者也可以这样评价,人类历史上一切的思考和推论都可以归结为一点,也就是教我们学习怎样不要惧怕死亡。

确实,理智要么总是漠不关心地嘲讽我们,要么就是把满足当成唯一的目标。理性需要完成的全部工作在于使人们生活得舒舒服服,让我们像《圣经》中所描述的那样,"一辈子喜乐行善"。这个世界上所有的人都是这样认为的,尽管他们采用的方法不同,可都一致地认为,快乐才是我们生存、生活的目标。倘若有什么人的看法跟这一普世观不太相同,偶有排斥,那么只要他的说法一出现,就会被众人排斥的。

如果有人说，自己生活在世的目标就是为了让自己忍受苦难，那么像这种话谁也不会去听。

在这个问题上，哲学宗派的看法虽然大不相同，可也只不过是表现在口头方面。"不要去听那些美妙无比的诡辩。"（塞涅卡）在哲学这样一个神圣的学科中，其实不应该出现过分的固执和纠缠。一个人不管他在扮演什么样的角色，实际上总在表演自己。不管他们会说些什么，即便谈及美德，那他们也是为了达成最终的目标——快感。每次听到这个词语，他们都会表现出极端厌恶的反应。可是不管怎么说，我非要在他们耳边喋喋不休，非让他们听见不可。倘若这个词语只是代表着强烈的快乐和极度的满足，在那个时候美德的影响才会比其他东西的作用更为重要。像这样的感官上的快乐，不管是怎样强健有力，肆意妄为，也只不过使人感觉到更加快乐而已。我们应该给它重新确定一个名字，称其为"欢乐"，而不是将像以前一样把它称为"精力"，或许更容易让人们接受，也更为温和可爱。

还有另一种感官上的快乐——倘若也可以用快乐这个漂亮的名称来指代它的话——这样说比较平庸，不过也必须将它指出来，使其共同参与到竞争中来，而且它并没有占据太大的优势。我认为，这种低级的快乐，不像美德一样抛除了肆意妄为和一些罪恶的内容。除了能够体会到更为迅速的、更活跃、比较乏味枯燥的感觉之外，还会感受到它需要付出的熬夜、忍饥挨饿、痛苦甚至流血流汗的一切代价。此外，还需要遭受各种类型的感情折磨，被折磨得死去活来之后才会得到最终的满足，而这实际上就跟受罪是一回事了。

在另一件事情上，我们的观点也大错特错了，就是认为所有这些磨难都可以变成温情快感出现的刺激物和佐料，就好像大自然中生活的一切都是相生相克互相依存的。也千万别说当我们追求美德的时候会遇到同样的困难，而它会被这困难压倒，变得垂头丧气，令人难以接近，望而却步。不过相反的是，在美德被引入的状况下，会令这种本来已经十分完美的快乐变得更加高洁、激烈，也会变得更激动人心，比享受那些低级的快乐感受到更为高尚的愉悦。

一个人若是在衡量自己得到和失去的代价时，却不知道美德有着这样可爱而温馨的影响力，自然也就不配享用这种至高无上的欢乐。有的人劝说我们，认为对于美德的追求是困难重重的，如此艰辛；虽然通过美德获取的感受是十分愉快的，可难道这句话的意思只是想告诉我们，美德本身并不会令人感觉到快乐吗？是因为还有其他人利用了别的方法得到了它吗？在这件事情上，最好的办法就是只满足于不停地接近它、憧憬它，可是从来没有真正得到过它；永远都近在咫尺，却十分难以得到。

但在此我要指明，那些人的想法是错的，要知道，追求我们所知道的一切快乐，这本身就可以算得上是快乐的事情。在行动中感受到的乐趣，通过我们眼前所设定的美好目标而展示出来，因为这种快乐是跟大量的热情同时产生同时消亡。

在美德中闪烁的幸福和快乐，会通过成千上万种办法指引着你从第一个入口一直越过最后一道城墙。在那个时候，美德给人们带来的主要的好处就是轻视死亡，如此一来，会使这个人的一辈子都过得无比恬淡舒适，让我们专心于享受当下的快乐，体会当下的愉悦感觉，如果不这样的话，其他所有一切的快乐都会顿时失去光芒。

这实际上也证实了，为何所有的规则都集中在蔑视死亡这个主题上。尽管在很多规则中也有一致的想法，觉得要轻视痛苦、贫困和人生中其他不幸遭遇的事情，却同面对死亡不大相同——二者的程度有所区别。因为有些不幸的发生并非出于必然（很多人活了一辈子也没有感受过贫困的滋味，有的人一生无病无痛，就像音乐大师色诺菲吕斯，他一百零六岁高龄，但身体十分健康），如果我们实在迫不得已，还可以选择一死了之，结束所有的烦恼。可是死亡本身是必然的，绝无可以逃避的办法。

> 我们每一个人都在被推动着往同一个方向前进，
> 我们的命运在那扇缸里不停地转动，
> 不管或早或晚，总会从里面出来的，
> 将我们送上远行的轻舟，
> 驶向永远不会归来的死亡。
>
> ——贺拉斯

所以，如果我们害怕死亡，那这个话题就会变成一个使人备受折磨的事情，且永远持续，永远都不会使人心情舒畅。无论在哪儿，死亡都能瞬间击中我们。我们不由自主地四处窥探，左顾右盼，仿佛置身一座可疑的包围圈，总在提防着它的来临："犹如永远悬在坦塔罗斯头上的那块巨石。"①（西塞罗）我们法院的刽子手们常常把犯罪分子送到刑场进行处决，在带他们去的路上，总是押送着他们从最美丽的房子前经过，让他们痛痛快快地吃那些美味佳肴。

……西西里岛的盛宴
也不会再让他垂涎欲滴
鸟语和悠扬的琴声，
都难以令他踏实地睡去。

——贺拉斯

不妨认真思考一下，这些囚犯们能够感受到快乐吗？带着他们游街的最终目的真实地展现在他们面前，难道就不会让他们感觉到所有美景和所有吃到的食物都变得索然无味，破坏他们兴冲冲接受恩典的心情吗？

---

① 希腊神话中主神宙斯的儿子，因为侮辱众神被打入地狱。后来用来指受折磨的人。——译者注

> 他探听道路的远近，他掐指计算日子，
> 估摸着已经走了多远，
> 一想到未来将要遭遇到的痛苦刑罚，不禁痛不欲生。
>
> ——克劳迪乌斯

我们这一生所面临的最终结局必然是死亡，那是我们的终点也是我们必然要瞄准的目标。倘若我们害怕这个目标的话，又如何能坦然地往前走呢？每走一步都忧心忡忡，无比惧怕，普通人采用的办法就是不去想它，可是只有最愚蠢的人才会甘心这样懵懂无知地走向死亡！这就如同将笼头套在了驴子的尾巴上一样不可思议。

> 因为他已经做好决定不往前走，而是往后倒退。
>
> ——卢克莱修

所以这种人经常会误入陷阱也就很可以理解了，没有什么好奇怪的。只要一提到死亡，人们就突然害怕起来，变了脸色，就像大部分人在听见魔鬼的名字时会在胸前画上十字一样。因为遗嘱中必然谈到自己死后的事情如何安排，那么在医生最终判决他们即将死亡之前，就千万别想着他们自己会主动立遗嘱。而当他们得知自己确实快要死去的时候，又是痛苦又是害怕，惊慌失措，在这样的心理状况下，他们到底会用怎样清晰的判断力，为你随便写出一份奇怪的遗嘱，估计也只有神才知道了。

死亡这个词对他们来说太过刺耳,而这个声音也相当不吉利,因此罗马人学着用比较委婉迂回的说辞来减轻死亡本身的含义,降低这种恐慌感。他们不会直接说:这个人死了,这个人的生命停止了;而是换句话讲:这个人生活过。只要是用了"活"这个词语,即便对方只是曾经活过,也会使人得到一些安慰。我们法语中经常说"已故的某人",其实就是借鉴了罗马人的说法。

我们谈到这里,是否已经感觉到一切就好像俗语中那句话所描述的:时间就等于金钱?如果按照现在的日历来计算(过去以复活节为一年的开始),把正月当成一年开始的日子,那么我就出生于一五三三年二月的最后一天。半个月之前我刚过了三十九岁的生日,起码我还有很长的日子可以活。但是,现在就操心如此遥远的事情,是不是有些荒唐呢?这句话我们要怎么来说明呢?不管是年轻人还是老人,同样都会在面临死亡的时候放下自己的生命。刚刚出生的孩子也可以随时从世上消失。年龄再大的人,不管他老成什么样子,只要瞧见前面还有玛土撒拉①,那么都会觉得自己还能再多活二十多年。

换句话来说,你真是个可怜的傻子呀,有谁为你规定了必须死去的年龄吗?你这只是相信了医生们所说的胡言乱语

---

① 《圣经·旧约》中的人物,据说活了九百六十九岁。——译者注

吧。还不如仔细观察一下真相和经验好了。依照人类的平均寿命，你能活到现在已经足够幸运了。早就比正常人的寿命多出许多。事实上，只要你仔细地数一数，看看你的那些朋友中有多少人还没活到你这个年纪就已经死去了，我可以肯定，比那些能和你一样活过这个年龄的人要多得多呢。我们再来列一个清单好了，把那些一辈子声名显赫的人都列举在上面，我可以保证，三十五岁之前就死去的人要比活到三十五岁之后才去世的人多得多。耶稣基督是人世中的楷模和榜样，他是一位非常理智虔诚的人，但三十三岁的时候，耶稣就死去了。亚历山大可能是普通人中最为伟大的一个吧，可他也是三十三岁去世的。

死亡会有多少种突然袭击的方式呢？

危险总是时时刻刻存在着的，
普通人对此总是难以预料，无从提防。

——贺拉斯

我们且不说那些因为发高烧和胸膜炎生病死亡的人吧。但是谁会想到呢，一位布列塔尼公爵竟然在人群中被挤死了？我的邻居克莱芒五世教皇进入里昂的时候也发生了同样的事情。你难道没有发现，我们国家的一位国王在比武的游戏项目中竟然被误伤，因此丧命吗？而他的某位祖先过去是被一头公猪撞死的。埃斯库罗斯觉得一座房子即将坍塌，所以迅速跑到空地上想要躲开，却是徒劳，还是未能幸免一死——恰好一只苍鹰从空中飞过，抛下了爪子中抓着的一块乌龟壳，他就这样被砸死了。有的人吃了一粒葡萄，竟然被果核噎死了。还有一位皇帝，在梳头的时候头皮被划破就一命呜呼。埃米利乌斯·李必达不小心被门槛绊了一下就死了，奥菲迪乌斯在走进议院的时候撞到了门上，也因此丢了性命。还有很多死在女人大腿间的人，例如教士科内利乌斯·加吕，罗马巡逻护卫队队长蒂日利努斯，还有曼图亚侯爵吉·德·贡萨格的儿子吕多维可。

还有更加不光彩的例子，那就是柏拉图学派的一位哲学家斯珀西普斯，以及我们国家那个可怜的教皇。伯比乌斯法官才更悲惨，他在处理案件的时候，为双方定下了八天后审判的期限，可自己还未等到那个时候就先患了重病，命归西天。凯乌斯·朱利乌斯医生是在为自己的病人医治眼睛的时候死去的，死神悄悄来临，先帮他闭上了双眼。在此我以自己的亲兄弟来做例子，他是圣马丁步兵司令，虽然才二十三岁，可早就已经表现出了无比的勇敢和魄力，且才华横溢。一次在打网球的时候，球击中了他左边耳朵靠上一点的地方，表面根本看不出任何外伤，他甚至都没有停下来休息。可才过了五六个钟头，因这个球的撞击引发的中风就夺走了他的生命。

这些例子每天都发生在我们的眼前，比比皆是，而且无比平常，怎么还不能使我们联想到死亡本身呢？又怎能无时无刻不感觉到死神正在掐住我们的脖子、揪我们的衣领呢?

或许,你会告诉我说,既然不管怎么做最终死亡的结局总要到来,那么大家还是少操心好了。我十分赞同这个观点。倘若能借助什么办法躲开死亡的突然袭击,那么就是让我披着一身牛皮在身,我也绝不会退缩的。因为我觉得,只要自己过得自由自在,就没什么遗憾的。我尽力往好的方面去构想,至于是不是光彩,或者能否为人们做出榜样,到那个时候我就顾不得了。

我宁愿被人当成一个疯傻的呆子,
只要那些古怪的怪癖能够使我觉得快乐轻松,
那我绝不愿意谨小慎微,去当个聪明人每天愤恨无比。

——贺拉斯

可是即便期待这样的方式能做到,也是荒唐的幻想。人们来来去去,忙碌着骑马、跳舞,根本不会谈及死亡这个话题。所有的一切都十分美好,没有任何人对此加以注意和防范,但是当死亡突然降临在他们自己身上,或者妻子朋友身上,就会悲痛欲绝,痛哭流涕,怒不可遏!你们什么时候见过这种垂头丧气、恍惚无措的局面呢?对于死亡,我们必须提早防备。如果一个聪明人在看待死亡的时候,却像动物一样总是十分混沌,漫不经心,那么我觉得这并不可取,或许会令我们付出莫大的代价。倘若死亡这个敌人是可以避免的,那我建议大家保持懦弱就好了,以这个武器来对抗它就够了;可是死亡避无可避,它是必然发生的,不管你是退缩求饶还是勇敢对抗,它都会一视同仁地把你带走。

> 他紧追仓皇逃跑的壮汉,不肯放弃,
> 也不饶过那些畏畏缩缩的年轻人,
> 对他们的腿弯和后背进行打击。
> ——贺拉斯

> 既然你并没有穿上盔甲进行自我保护——

> 那么就算你穿上盔甲也是白费力气的,
> 死神会悄悄地从他缩头缩脑的后背动手,敲打他的脑袋。
> ——普罗佩提乌斯

我们一定要学会如何顽强地直面死亡,与它进行抗争。为了打败死亡那势如破竹的气势,我们一定要采取非一般的方式来进行对抗。不能将它当成预料之外的事情,而要习惯它,把它当成一件普遍会发生的事情,习惯死亡这个概念,并时时刻刻去想象死亡的场景。不管在任何时刻,都要随时想象死亡的不同的面貌。马儿受惊疯狂跳跃的时候,瓦片从屋顶上掉下来的时候,被缝衣针轻轻刺了一下之后,马上就要想一想:"倘若现在就会死呢?"在这个时候,我们要保持坚强，努力抗争。

在快乐的时候总得想想我们将面临的生存状况，不要因为太过欢乐而忘乎所以，乐极生悲，有很多类似的例子，都是因为太过快乐而发生了悲伤的事情，死亡突然降临，掠走了多少生命。埃及人在摆放宴席送上好酒好菜的时候，顺便也会抬上一副已经风化的干尸，放在美味的食物中间，以此来警告人们千万不要忽视死亡的威胁。

把能够照亮你的每一天，都当作在世上所拥有的最后一天，赞美它恩赐给你的一切，和出乎意料所得的多余的时间。

——贺拉斯

我们很难确定死神到底在哪里等待着我们，那么，我们就要学习随时恭候它的降临。在死亡来临之前就考虑死亡本身，也是在认真地享受自由。谁学会了怎样面对死亡，那么他的灵魂也就不再会被奴役。我们从死亡中学到的，会让我们无视一切的束缚和强迫。当一个人弄清楚，死亡并不算一件很坏的事情，那么这个人也就能够泰然地对待生活中发生的一切事情，不将任何不幸都当作坏事了。悲惨的马其顿国王，当年被波勒斯·伊米利厄斯抓获，他央求别人帮他传话，希望不要把自己当作战利品参加凯旋仪式，而伊米利厄斯说："还是让他自己自求多福吧。"

事实上，不管任何事情，倘若上天不帮忙的话，有再高明的手段和本领也是寸步难行的。我这个人天性不算忧郁，但最喜欢胡思乱想。这一辈子我想的最多的事情就是死亡了，即便在我的生活最为放荡的那些年，也都在考虑这个主题。

风华正茂，享受青春的无忧无虑。

——卡图鲁斯

当大家一起同女人厮混、寻找感官的欢乐时，有的人会觉得我站在一旁发呆是在吃醋，或难以平息自己的欲望，下不了决心，实际上我当时只是在想：早在几天前，有一个人在纵情享乐的时候兴奋过度就发了高烧，之后丢了性命。现在我们已经记不起他的名字了，可当他最后一次参与这种盛会的时候，整个脑子里都在想着悠闲的时光、爱情的欲望以及快乐的一切，就跟我当时一样，耳畔始终萦绕着同样一句话：

美好的时光就将消失啊，一去就永不复返了。

——卢克莱修

想象死亡不会比想象其他事情更让我感觉到压抑，愁眉不展。最初思考死亡这件事的时候不可能没有任何感觉。不过因为想的日子太长，类似的念头翻来覆去出现过太多次，所以也就习以为常了，要不然我每天都会担惊受怕，坐立不安。因为没有人会像我现在这样轻视死亡,没有人会像我这样无视生命的长短。一直到现在,我的身体都非常健康,不怎么生病,但是不管是健康还是疾病,都没有使我对生命所抱的希望有所增加或者减少。我觉得自己每时每刻都在幸运地逃过自己的劫数。我反复地告诉自己:"未来某一天有可能发生的事情,今天也有可能立即兑现。"

说实话,意外和那些危险的事情并不会让我们离死亡更近一些。倘若我们仔细地想一想,即便这桩看似威胁着我们的大事件不存在了,那么还有成千上万个意外有可能落在我们的脑袋上,那么我们就会理解,不管是精力充沛还是生病发烧,不论是在海上航行还是在家里休息,不论是在打仗还是在休闲时光中,死亡都离我们近在咫尺。"不管任何人,都不会比另外一个人更加脆弱,也没有任何人会比其他人更能控制明天要发生的事情。"(塞涅卡)

在我直面死亡之前,我还有很多事情需要完成,即便只需要一个小时的时间,那么我自己也不敢保证一定有这个空当来得及把它完成。之前曾有人翻过我随身带的记事本,找到了一则备忘录,上面写了很多在我死后需要完成的事情。我明明白白地告诉他,那个时候我在离家一里地的路上,身体没有问题,精力充沛,且非常开心,可是我也没有足够的把握能保证自己绝对可以平安地回到家中,所以就匆匆忙忙地把自己脑中的想法记录下来。我这个人的大脑一直都在想事情,有很多奇奇怪怪的想法随时浮现在我的脑海中,需要我随时随地做好准备，应付一切有可能发生的事情。这样即便死亡搞个突然袭击，对我来说，也不能使我感到新奇，令我措手不及。

我们要尽量做到随时随地穿好自己的鞋子，准备走上死亡的道路，特别是要注意到死亡这件事情只关乎自己本身。

人生苦短，何必要列那么多计划呢？

——贺拉斯

不考虑死亡本身，我们的生活就已经非常忙碌了，哪能再管其他的事情呢。有一个人拼命抱怨死亡，只是因为死亡让他在战争中死去，没能见证一场漂亮胜仗的凯旋，死亡让他不得不中断了一切；另一个人则会百般叹息，在自己的女儿嫁人或者子女接受完教育之前，自己就要辞别人世；那个人不舍得离开自己的妻子，另一个人则不愿意抛弃自己的儿子，把妻儿的陪伴当成自己人生中最大的快乐。

我现在十分感激上帝，因为我就处在这种生活状态中，做好了充分的思想准备，随时随地都可以直面死亡，从世上离开，任何事都不能让我有所挂怀，也并不遗憾。虽然我依然眷恋着人生在世的日子，失去它会令我感觉到悲哀伤怀。而我现在正在解除自己这些束缚，几乎已经同身边的每一个人告过了别，但尚未与自己完全告别。从来没有人在死亡来临的时候准备得那么干脆彻底，对生命那样地不在乎——就好像现在我正在努力去做的这些一样。

真是不幸啊，他们总说，只是一个不祥的日子，
就夺走了我在这个世上所有的一切！

——卢克莱修

可那些建筑师们是这样讲的：

正在忙碌的工程尚未竣工，一切都半途而废，
墙壁还没有砌好，摇摇欲坠。

——维吉尔

对于这世上的任何事，绝不要做什么长远的规划，起码要对那些尚未完成的事也保持足够的热情。我们生存在世，就是为了具体的行动。

但愿我死的时候自己还正在工作。

——奥维德

我希望大家都行动起来，每个人都能尽可能地把生命本身的作用延长下去，但愿死神降临的时候，我正在菜园子里劳作，对它满不在乎，更不会关心自己园子里的菜种尚未撒完。我曾经亲眼看见过某个人的死亡，当时他不得不面临人生最终的死亡大关,却还是不停地抱怨命运故意不让他完成手中的历史工作——他正在撰写有关我们第十五位或者十六位国王的传记。

> 谁也不能认识到这一点,再怎么眷恋财富,
> 死后也都带不走。
>
> ——卢克莱修

所以需要尽量摆脱这种平庸而没有益处的心境。也就是因为这样,坟墓一般都会建在教堂的旁边,建立在整个城市中最为热闹的地方。利库尔戈斯曾经说过,这样做主要是为了让活着的男女老幼不要因为看见死亡就惊慌失措,让他们经常能瞧见白骨、坟墓和送葬的场面,也就提醒着人们不要忘记自身即将直面死亡的现实。

> 在古代,经常会用杀人来给宴会提高兴致,
> 武士们在场厮杀,
> 已经失去生命的尸体撞倒了酒杯,
> 鲜血溅满酒桌,景象惨不忍睹。
>
> ——西流斯·伊塔利库斯

埃及人会在宴会即将散场的时候,把死神的画像拿给在场的宾客们看,让拿着画像的人大声高喊:"尽情畅饮吧,尽

情玩乐吧，反正你死了以后就是这副模样。"所以我现在已经养成习惯，不仅心里总是惦记着死亡这件事，且经常将它挂在嘴边。不管做什么事情，都强迫自己去打听人死时候的情景，关心那个时候他们会说什么，脸上会有怎样的神态和表情。在阅读史书的时候，我也比较重视有关生死方面的叙述。

在我所编写的书籍中更是引用了很多这样的例子，从这里也可以发现，我对死亡的主题真的是情有独钟。倘若让我编撰书籍，我肯定要汇编一部有关死亡的论集，来对各种人不同的死亡情形进行评论。教会别人有关死亡的事情，也就是教会人们怎样去生活。

狄凯阿科斯曾经就编撰过相同主题的书籍，不过其中并没有讲述这些内容，所以书籍的用处也不很大。

有的人告诉我说，事实和想象总是相差很远，当面临死亡的时候，即便学会的剑法再高明，也难免会有所闪失。那就随他们的便尽情去说吧，提前考虑有关死亡的事情，肯定会有所受益的。再说，泰然自若地面对死亡本身，从容淡然地走向生命的终局，这难道不算是一种伟大的本事吗？

并且，大自然和造化也会主动帮助我们，赐给我们相当的勇气。倘若我们暴病而亡，死亡来得太过迅猛，我们根本来不及做出害怕的反应；倘若是慢慢病重受尽折磨才死的，那随着疾病进一步加重，人们会自然而然地渐渐蔑视生命，更容易接受死亡。并且我发现，身体健康的时候很难下定去死的决心，可身体患病的时候更容易心甘情愿走向死亡。特别是我本人,其实并不贪恋生活中的乐趣,是因为我越发开始享受失去给我带来的快乐,对于死亡本身也就越来越不畏惧了。这也让我对未来充满了期待,希望自己离死亡越近,生的机会越渺茫,我也就越能实现生和死之间的更替变换。

我也曾经做过很多次的尝试,想要验证恺撒说过的话:隔很长一段距离远看事物的时候,经常会觉得比近看显得更大。我发现自己身体健康的时候更加担心猝死,比生病时对死亡的焦虑更甚。在我感受到生活的快乐时,对于生死之间的倾向也会因为欢乐和精力充沛的原因变得不成比例,几乎要把死亡的烦恼和它带来的压力扩大一倍还多,但是当我真的身患疾病时,死亡给我带来的痛苦威胁也未必有那个时候严重。所以,我希望当死亡到来时,我也能保持这样良好的心境。

我们也可以从每一天自己的身体所感受到的变化和衰老中,感受到大自然给我们带来的不同:让我们在尚未察觉的过程中逐渐衰败凋零。对于一个老年人来说,过去那些青春年少时充沛旺盛的精力,现在还剩下多少呢?

> 那些老年人的生命已经不多了。
>
> ——马克西米安

曾经,恺撒的部队里有一名士兵,他看上去精疲力竭,十分憔悴,在大街上迎面对着恺撒走来,要求对方准许他主动寻死。恺撒瞧见他这样神情萎靡,就打趣他说:"你竟然还以为自己活着吗？"倘若有人突然死亡的话，我估计当下不论是谁都绝对接受不了。可是倘若死亡牵着我们的手，让我们从一条几乎感觉不到的缓坡上走过，引导我们一点点地走向这种悲惨的境地中，渐渐也就令我们自己习以为常了。因此，当青春缓慢地从我们身上逐渐消失，我们竟然丝毫不觉得震惊。尽管从其本质来讲，青春的消亡实际上也算得上是一种死亡，甚至比郁郁寡欢地死掉、比生命衰竭导致的死亡更加残酷。特别是，从活得不好到最终死亡，中间的这个跳跃不算太沉重，完全比不上正青春快乐的人瞬间到达痛苦境地那样压抑沉重。

弯曲的脊背驮不起太过沉重的负担，心灵也符合这个道理。所以需要让心灵开朗起来，变得宽和活力，才能顶得住死亡的压力。因为心里越害怕，就永远不会得到平静。若能坦然对待死亡，那么我们就可以夸口说，忧虑、害怕，甚至一些不值得提起的烦恼，都不能影响我们的心灵。我们就会超越人类普遍的生存状况。

如果一个人的心坚如磐石，
那它绝对不会动摇，
不管是暴君以目光相威逼，
还是遭遇亚得里亚海上的风暴，
还是被朱庇特手中的霹雳击中。

——贺拉斯

心灵就变成了控制淫欲和贪婪的主宰，变成了制服匮乏、耻辱以及其他任何不公正命运的主宰。如果谁可以做到，就要竭尽所能去获得这样的灵魂优势。这是无上的自由，能使我们养成浩然正气，蔑视一切的暴力和不公平，嘲讽一切的牢狱和控制我们的铁链。

我让你把手铐脚镣戴上，
并让凶残的狱卒看管你，你回答说：神会来解救我。
那你的意思是说：你最终会死的，死了之后这一切都可以结束了？

——贺拉斯

我们的宗教认为，没有比蔑视生命更加可靠的生存基础了。我们不仅通过理性判断得出这样的结论：倘若失去的东西已经无法再追回来，那我们为何又为了它的失去而担惊受怕呢？而且既然死亡通过各种各样的方式来威胁我们，害怕它所有的形式，倒不如勇敢地接受其中一种形式，并练习忍耐它，才能少受一些苦楚吧。

况且我们都知道，死亡是必然的结局，不可能避免，那么不管它什么时候来，都随缘好了。苏格拉底听人们说起过："三十僭主判处你的死刑。"他则是这样回答的："这死亡的结局也会轮到他们身上的。"

死亡能够消除所有的艰难困苦，在这样能够摆脱一切的道路上居然感觉到无比难过,为死亡忧愁,这是怎样令人震惊的悬蠢行为啊!

所有的事情都因为我们本身的存在而存在着,同样,所有的事情也会因为我们的死亡而消失。一百年之后我们已经不在人世,却为那些自己早就看不到的东西担忧哭泣,就好像我们在为一百年前自己尚未出世、未曾经历过的事情哭泣一样愚蠢。死亡并不意味着结束,而是另一种生活的开端。就像我们刚刚步入生活的时候,是哭闹着走进来的,预示着我们花费了极大的代价才艰难地拥有了生命,也正如我们迈进死亡这种新生活的时候,把昔日的面纱全部揭掉了。

只发生一次的事情,根本不需要讨论它是否痛苦。难道我们有必要为了短暂而瞬息万变的事情长时期地担惊受怕吗?人死了都会面临一模一样的结局。既然最终都要归于尘土、不复存在,那么计较活得长还是活得短根本毫无意义。亚里士多德曾经说过,希帕尼斯河曾经有一些生物,它们的生命只不过短短一天而已,如果它们上午八点就死了,可以说它们是正当壮年不幸夭折;下午五点死了的话,就算寿终正寝了。倘若斤斤计较这短短一天中的幸福或者不幸福,那在我们人类看来,难道不会嘲笑它们吗?在我们人类的历史上活得最长或者最短的人,倘若拿来跟永恒的事物相比,或者跟高山、河流、星辰、树木,甚至某些长寿的动物相比,其实也非常微不足道,比较起来同样滑稽可笑。

可是上天强迫我们必须迈入生存这条道路。它说道:

"你们是怎样来的,最后也将如此也将以同样的方式离开这个世界。既然你们在来到这个世上的过程中不热情也不恐惧,那生到死也不过只是把这个过程再重复一遍罢了。你们的死亡只是宇宙秩序中的一部分而已;是地球生命中短暂的瞬息。

人类总是把自己的生命世代相传,
就犹如赛跑者接过对方手中的火炬一般。

——卢克莱修

"这些事安排得如此紧密妥帖,难道我竟能够为你造成任何变化吗?你来到世上,就势必以死亡为代价,它是你生命的组成部分。逃避死亡就是在逃避真实的你自己。你在人生中享受到的一切,不管是生的部分还是死的部分,二者都是互相依存的。从你出生的第一天开始,就一步步地走向死亡,也同样引导你一步步地走向生存。

出生的那一刻就是生命的开始,同时也就是生命开始消亡的时刻。

——塞涅卡

生就代表着死,既然有开始,就必然有结束。

——马尼利乌斯

"你从生活中得到的一切,都是从生命之母那里索取的。而你活着也只是在损害自己的生命罢了。你这一生不懈的使命,就是不间断地营造死亡的终局。你活着的时候,其实也就处在死亡的状态中。当你不再处于活着的状态时,死亡也已经消散如烟。

"所以,倘若你更喜欢这种结局的话,还是好好活过之后再选择死亡吧。在你活着的时候就已经垂死挣扎了,而死神给予那些奄奄一息的人以打击,远远要比对待健康时就遭遇死亡的人更加严苛激烈,也更加触达本质。

"倘若你已经充分享受过人生给你带来的益处,也感觉到了十足的快乐,那就高高兴兴地离去好了。

> 为什么不能像吃了一顿丰盛的美餐后散场,像酒足饭饱的客人一样高兴地从人生这场宴席中离去呢?
> ——卢克莱修

"倘若你未曾好好利用自己的人生,并未从中感觉到快乐,让生命白白地从你指尖溜走,也并没有做出什么有益的事情,那么失去生命还有什么要紧的呢?你苦苦留着性命又有什么用?

> 那必然无法留存的时间,白白浪费掉的时间,
> 为什么偏偏想要把它们延长呢?
> ——卢克莱修

"生命自身本无好坏：完全依照于你为它赋予什么样的价值，才有了好坏的区别。若你认真地生活了一天，那就圆满地经历了世间的一切。你在世上活着的每一天，跟其他所有活过的日子都是一样的。除此之外，你见到的都是一样的光明，也是一样的黑夜，别无其他。你亲眼看到的太阳、月亮、星星以及所有的星宿布局，完全跟你过去的祖先看到的是一回事，并且将继续照耀在你未来的子孙身上。

> 你的先祖看到的，并不是些特殊的东西，
> 而你后代即将看到的，也只是相同的内容罢了。
> ——马尼利乌斯

"再说，我所塑造的喜剧中，不得不将每一幕的演员和剧情设置都放在一年四季的过程中不停轮换。倘若你发现了我所描述的四季更替，就能从中分辨出世界变化的童年、青年、壮年和老年的区别。它只是依照自己的规则运转，完成自己命定的任务，再没有其他特殊之处，一切周而复始，永远这样延续下去。

> 我们永远在绕着自己身边的同一个圈子转动。
> ——卢克莱修

一年四季顺着自己旧日的足迹，不停运转。

——维吉尔

"我绝对不会特意为了你创造出其他崭新的游戏。

关于这一点，我无法有所创新，
新的游戏也只不过都是些老一套。

——卢克莱修

"别人会取代你现在的位置，就好像过去也有人曾为你腾出位置一样。

"平等是组成公正的最重要的成分。既然人人都免不了死亡，那么你也如此，可以去抱怨什么吗？不管你是生活过，还是不愿意活着，你都无法使死去的时间有所减少。所有的一切都徒劳无功，当死亡的终局到来之时，不管你在这样惶惶不安的情绪中生活了多长时间，其实也就跟你在襁褓中就死去是一样的，

哪怕你依照自己的心意好好地活了几百年，
死亡也还是毫不间断地继续绵延下去，代代相传。

——卢克莱修

"可是，我会把你的一切安排妥当，绝不让你对死亡有任何不满。

要知道,死亡不会给你另外一个
苟延残喘的生命,
让你能站在自己的尸身面前痛哭。

———卢克莱修

"也不能让你时时刻刻留恋于已经消逝的生命——

的确,没有人会想起他自己已经逝去的生命,
而我们自己也不会因为逝者的忧虑始终陷入悲哀伤心中。

———卢克莱修

"一无所有并不值得恐惧,比它更厉害的死亡也不值得恐惧,难道还有其他更惨烈的现实吗?

在我们的眼中,死亡就代表着丧失一切,
可是既然已经是一无所有,还怕失去些什么呢。

———卢克莱修

"这些跟生的状态或死的状态都毫无关系。你活着的时候,你还存在着;可你死了,是因为你已经不再存在了。

"任何人都不会在自己没活到头的时候就已经死了。而你死后的时间完全与你无关,就像你活着的时候曾经度过的那些时间一样,都不属于你。

> 要知道，过去那看上去似乎有没有尽头的时间，
> 现在对我们来说，确实一点踪迹都找不到了，毫不相干。
> ——卢克莱修

"不管你的生命在什么时间什么地点终结，总算是完整无缺地得以保留在那儿了。生命的价值其实不在于活了多长时间，而在于如何利用时间。有的人活了很久，可是没有活出过什么实质性的内容。当你认真活着的时候，一定要小心，不要犯这样的错误。自己的生命是否有意义，主要需要遵从自己主观的意愿，而并不在于活了多少个年头。你不懈地追寻的地方，难道你会想到自己永远走不到吗？况且，哪一条路没有最终的出口呢？

"倘若有人与你一起同行，可以使你轻松一些，那么整个世界难道不是正在与你结伴而行？

> 你的生命终结以后，万物都将跟随你的身影一同消失。
> ——卢克莱修

"世间万物不都是因为你的颤动而颤动吗？有很多东西难道不是和你一同衰老吗？在你死去的那一刻，有无数的人、动物、无数的生灵也跟你一样与世长辞，不再存在了。

> 从白天到黑夜，再从黑夜到白天，

> 无时无刻不在听到
> 那葬礼上传来的哀号,
> 以及婴儿们呱呱坠地的哭声,
> 混合在一起嘈杂一片。
>
> ——卢克莱修

"既然你的身后已经没有退路了,又何必后退呢?你曾经见过有很多人心甘情愿地去死,好让自己免遭巨大的苦难。可是那些不愿意主动选择去死的人,你是否见过呢?有些事你自己未曾亲身经历,也没有从别人那儿听过,就对它们不假思索地谴责,难道这不算是天真的举动吗?你又为何要对我和命运满腹牢骚?是我们有什么地方对不住你?是你要达成对我们的控制,还是我们在控制你呢?所以说,虽然你还很年轻,可是你的生命已经彻底终结,等同于已经死了。不管人有多大的年岁,他始终算一个完整的人。人们自己的生命无法通过量尺来丈量。掌管时间和生命的神灵萨图恩曾经跟自己的儿子喀戎讲述过获得永生的条件,但是他儿子听完之后,彻底放弃了永生的机会。

"你可以仔细想一想,对一个人来讲,永生不死实际上要比拥有有限人生的人更加痛苦。倘若你真的实现了永生不灭,那么你一定会不停地诅咒我剥夺了你死亡的权利。我特意为死亡本身增添了一些悲伤的色彩,免得让你瞧见别人的死亡太过简单,所以便迫不及待地跑去寻死。为了让你沉着理智、有所节制，并把这些始终记在心里，既不会躲避生的一切，也不会逃避死亡的威胁——我对你的要求就是这样：我希望能够在生和死之间达到平衡，使人生处在有苦有乐的状态之间。

"你们那七位先贤中名号最响的泰勒斯，我教导他明白了一个道理，也就是生和死之间并无本质区别。所以有的人曾问过他，为何不选择去死呢？他极为睿智地回答道：'因为两者都是一样的。'

"水、土、火以及我们这个地球上所有其他的构建，既是你生命的一部分，也是你死亡的一部分。为什么要害怕最后一天的到来呢？它并不会比其他的每一天有更大的作用，可以导致你猝死。疲惫并不是因为最后一步才造成的，反而只是通过最后一步表达出你此时的精疲力竭。每一天，你都在往死亡的方向迈进，而在最后一天你最终达到了终点。"

以上就是我们的母亲——大自然，给予我们最为诚实贴心的忠告。我经常思考这是怎么回事，即便在战争期间，不管是从我们自己身上还是从别人那里看到的，死神的面目似乎一点都不狰狞，并非像家里的亲人去世时看到的那样无比可怕：医生成群结队地到来，家人亲属们哭闹不休，以泪洗面。同样都面临死亡，老百姓们却更能接受死亡，相比其他阶层的人来说，他们经常更能泰然处之。

说实话，我认为这可能因为我们站在死者的身边，用恐惧的表情和可怕的神态营造出了极为阴郁的氛围，而这种氛围本身要比死亡本身更令人害怕。在那种情况下，生活已经彻底改变了模样，老母亲和妻子儿女呼天抢地、悲痛欲绝，亲朋好友们也担忧失措，每个人都纷纷前来探望，一大群眼角挂着泪珠的仆人们面色苍白，四处忙碌准备着这个人的身后事，房间里几乎看不到任何光亮，十分昏暗，只亮着幽微的蜡烛，医生和教士们在床头围坐着祈祷。总而言之，我们身边的人都非常害怕，到处都充满了惊恐的氛围。在那个时候，我们这些还活着的人，也就等同于跟死者一起被埋葬在土壤里了。当瞧见自己的好朋友戴了一张假面出现的时候，孩子们会感觉到非常害怕；我们正常人也都是这样的。所以不管是人的面具还是事物的面具，都应该把它们直接摘掉。当这层面罩被摘掉之后，笼罩在阴影中的死亡就露出真面目来，人们就会发现：我们面临的死亡，跟不久前一位男仆或者女仆所经历的那种平静的死亡完全一样，毫无差别。

倘若能够抛弃这一切外在的形式，不再需要烦琐的礼仪，那么死亡该是多么幸福的一件事情！

# 第十章
论想象

一些学者说过:"人类丰富的想象导致了一些事实。"我这个人很容易被想象干扰。每个人都会跟想象产生碰撞,有些人就会被撞倒。想象直接刺中了我的内心。我的办法是躲开它,而不是挡在它面前。我只跟积极开朗的人做朋友。如果我身边有一个焦虑的人,那么我也会变得焦虑,我的感情总是会非法夺取他人的感情。

如果身边的人一直咳嗽,我就会觉得自己的喉咙和肺也发痒。探望病人要看交情深浅,交情到了就该去探病,交情不到,也不是很重要的病人我就不愿意去。只要我开始想到一种疾病,就会得这种病,完全摆脱不了。就算有人因为想象力太旺盛而让自己发热而死,我都不会觉得奇怪。

西蒙·托马斯是一位著名的医生。有一次,我跟他在一个患有肺病的富有老人家里相遇,彼时他们两个正在探讨治疗方案，他的一个建议就是让我愿意开开心心地留下来陪伴老人，让他每天都能看到我的青春活力，心中也想着同样的事情，就能够凭借我的精气让他觉得舒服一些，这样对恢复病情可能有帮助。但是他忘记要告诉我，这种办法可能损害我的健康。

加勒斯·维比乌斯费尽心思去研究精神病的规律和本质，最后自己的理智却出现了不可逆的损伤，这几乎可以称得上把自己给聪明疯了。有些人因为太害怕，在刽子手行刑之前自己就先死了。有些人身上的绳索被解开，又听人说自己被赦免，高兴过了头，结果直接在断头台上猝死。

在想象力非常活跃的时候，我们会流汗、颤抖、脸色又红又白；躺在羽毛床上，也会浑身激荡，有的时候甚至会难以呼吸。在熟睡的时候，青春的旺盛火焰会燃起欲望，而在昏昏沉沉的状态下，个人的性需求也会得到满足。

就如一番云雨过后，
点点浓露脏了衣袍。

——卢克莱修

一个人在上床睡觉的时候头上还没有长角，一觉醒来就长出来了，尽管这件事情并不值得大惊小怪，但我们还是可以说说意大利国王西鲁斯的事迹。白天的时候他兴高采烈地看了一场斗牛，晚上睡着以后整晚都梦到自己头上长角了，最终凭借自己的想象力，让这件事情成了真。

克罗瑟斯的儿子天生嗓音不好，而在他父亲临终之前却因为悲伤而获得了一副好嗓子。安条克在见到了美丽的斯特拉托尼丝以后，因为难以忘怀而高烧不退。大普林尼说，吕西乌斯·科西蒂乌斯在结婚那天从女变成了男。蓬塔努斯和另一些人也都提到过，在过去的几百年间，意大利发生过的此类变性事件。

因为母亲与本人的殷切希望，
伊菲斯这个女孩实现了想要变成男人的愿望。

——奥维德

我看到的维特里·勒·弗朗索瓦是一个男孩子，苏瓦松主教在行坚信礼的时候给他取了日耳曼这个名字，但是当地村民都知道，这个人在二十二岁之前还是一个叫玛丽的女人，如今是一个满面虬髯的独身老人。他本人是这样说的：在跳跃的时候用力过度，于是便生出了男性器官。直到现在，当地的女孩子中间还流传着一首歌谣，歌中唱的就是要女孩子们当心，步子千万不能迈得太大，不然可能像玛丽·日耳曼一样变成男人。虽然这种事情纯属偶然，但也不是绝无仅有，并不是什么特别的存在。如果想象力能在这种事情上产生影响，它如果一直在这种事情上聚精会神，避免让自己总会时不时地被这种欲望撩得火大，倒不如痛快点，直接让女孩变成男孩。

有些人认为达戈贝尔国王以及圣弗朗索瓦身上的伤痕皆出自想象，这两个人一个总担心自己患上坏疽病，另一个不停地幻想耶稣受难的场景。有些人认为，依靠想象能够让人的身体移动。塞尔苏斯曾提到过一位可以让自己灵魂出窍的教士，他能让自己的身体长时间处在没有呼吸和知觉的状态。圣奥古斯丁还提到了另一个人，一听到尖叫声就会马上昏过去，不管周围的人怎么摇晃呼唤，甚至用手掐他、用火去烫他，他都一点反应也没有，只能等着他自然苏醒。醒来以后他会告诉你，传到耳中的声音像来自遥远的地方，身上的掐痕与烫伤也是刚刚才看到。处于这种状态下，此人会失去知觉失去呼吸，所以完全无法顾及自己的感觉。

奇迹、幻觉、魔法一类的神奇力量之所以让人深信不疑，很大程度上应该是取决于强大的想象力，它可以轻易地影响那些心志不够坚定的人，让他们完全相信自己看到了一些事实上并没有看到的事物。

有些新婚之夜的暂时性阳痿会让我们苦恼不已，以至朋友们聚在一起就只能一直谈到这个被当成笑话的问题；我仍然觉得，这种现象就来自一种紧张害怕的情绪。我的一个朋友，我可以像为自己担保一样为他担保，以往的经验告诉我，这个朋友对自己的身体机能十分有信心，也没有被什么魔法影响，单纯是因为听到另一位朋友说起自己在万万不该掉链子的时候出现了意外的阳痿；而当他自己也遇到同样的情况时，就突然想到了曾经听到的这个事故，在一种强大的想象力的影响之下，就出现了同样不幸的一幕，之后这个不幸的事故一直困扰着他，让他不断受挫，深受其苦。

他找到了一种疗法，就是用另一种想象来代替现在的这个。具体说来就是他会在事前坦白并解释一下这种障碍的存在，如此一来他的心理负担就会减轻，就算不成功也是情理之中的事情，他需要负责的变少了，整个人也就不会承受太大压力。而在有机会去尝试一下的时候，他因为精神上比较放松，身体状况也比较好，对方又已经了解彼此的情况，试一下的结果是成功，两边都觉得开心，这种痛苦也就完全被治愈了。

如果有一次尝试成功了，那么之后也肯定会成功，不然就真的是有问题了。

内心过于渴望或者重视，才会害怕在做这件事情的时候出现这种可怜的结果，特别是在毫无准备的突发状况下，因为情绪激动而不能保持冷静。我还了解到有些人会在情事上有所控制，借此让自己的这种狂热情绪冷却下来，年龄越大，越少逞能，也就很少有无能的时候。另外，有一个人还听到自己的一位友人信誓旦旦地说已经掌握了一种可以青春永驻的魔法。我觉得很有必要在这里详细地说明一下。

我有一位很好的朋友，是一位门第显赫的贵族，他娶了一位美丽的妻子，婚礼现场，妻子曾经的追求者也出席了。这让另一些朋友觉得有点难办，特别是他亲属中的一位老妇人，因为她是主持婚礼的人，这场婚礼还是在她的家中举行，她很害怕这位客人会施展某些魔法；她对我诉说了这种担心。我让她不要担心，我可以解决这件事情。刚好我的珍藏盒里有一枚扁平的小金币，金币上刻有几位天使，把金币放在头盖骨上方，能够起到消暑止痛的效果。将金币缝进一个带子里，在下巴处打个结就不会掉落。这便是我们提到的那种想象疗法。

我是从雅克·佩尔蒂那里得到这件奇怪的小礼物的，想起它之后，我就打算在这里利用一下。我告诉伯爵，他也许要跟其他人那样试一下自己的运气了，虽然有想要对他不利的客人在场，但是他可以高枕无忧，我这个朋友会帮助他，我会在他需要的时候施展一点神奇的魔法，不过他需要用名誉担保，不把事情告诉其他人；有人会在夜里给他送去夜宵，如果遇到问题他可以给我传个消息。结果到那时他果然提不起精神来，开始胡思乱想，于是就递了消息给我。

我对他说，要以将我们赶出去为由从床上下来，然后开玩笑似的把我身上的睡袍（我跟他的身材几乎一样）脱下来给自己穿上，在完成我的指令之前不能脱下来。指令是这样的：在我们离开之后他要去解手；配合一些动作将一段祷词念三遍；每念一次都要把我给他的那个缎带系在腰上，缎带上的图案一定要对准相应的位置。完成这些以后，系紧缎带让它不可以滑落或者移动，然后他就可以放心大胆地去做要做的事情了，但是过程中，我的睡袍一定要铺在床上盖住两个人的身体。

这么故弄玄虚的效果十分显著，人们会禁不住去想这种奇怪的做法中一定有些神奇的理由。虚无的东西具备了真实的重量，确实会让人奉若神明。反正我们知道了，刻在金币上的图案，壮阳的功效要强于防暑，实践的效果要比预防好上太多。我做这件事完全是一时兴起，再加上一点点的好奇心，这完全不是我的本性。我对这种装神弄鬼的虚张声势是不赞同的，我讨厌那些使用一些手段来帮助他人或者让他人高兴的做法。虽然行为本身称不上恶劣，但是这种做法也让人不敢苟同。

埃及国王阿玛西斯二世娶了一个美貌的妻子，她来自希腊的拉奥迪斯；在任何事情上，这位国王都是当仁不让的，可是他在和妻子行房的时候总觉得有些无力，就怀疑有人施了魔法，于是说要杀了妻子。这完全是国王自己的胡乱猜忌，所以妻子建议他求助于神明，国王就向维纳斯祈祷，献祭过后的那一晚，他就奇迹般地恢复了。

女人跟男人相处，不能拿出小女孩的那种吵闹或者害怕的样子，这会让男人燃起来的火又灭掉。毕达哥拉斯的儿媳是这样说的，在男女之事上面，女孩子应该像抛掉短裙一样抛开羞耻心，而等到再穿上衬裙的时候再来表现羞涩。如果追求者总是受到各种各样的惊吓，会很容易兴致全无。男人会因为自己的想象力而羞愧（不过这种感觉只会出现在最早的几次欢爱上，因为那个时候他有更多的热情和急切，而且因为初尝情事总会担心不成功），如果一开始就遇到问题，他就会感到焦躁不安，从而影响到后面的发展。

夫妻之间有很多的时间，没必要匆匆忙忙就要成事，在没做好准备的时候就想去尝试一下就更没必要；新婚之夜会让人热血澎湃、激动难耐，也许等到更加冷静和私密的时候会更好，要是首战失利的意外和失望会给以后蒙上阴影，倒不如就带着点无奈和叹息虚度一个洞房花烛夜。如果存在一些障碍，那么在尝试结合之前一定要分几次尝试勃起和进入。这种事情勉强不来，一味逞强，证明自己有能力的行为是不可取的。这人如果知道自己的身体器官绝对没有问题，那么只需要克服心理上的阴霾就可以了。

我们都见识到了这个器官的不受约束和我行我素，在我们不想行动的时候它兴奋异常，在我们最想要有所行动的时候它又派不上用场，它对我们意志的强烈抗拒，完全不理会我们内心与手势的恳求，就只知道一味地抗拒。虽然我们还是要惩罚它的背叛，适当地加以刑罚，但是如果花钱请我为这起案件辩护，我可能会对人体的其他器官也表示怀疑——它们是彼此的伙伴——但是忌妒它因为自身用途而受到重视，心中怨恨它可以得到宠爱，故意要和它作对，联合起来戏耍它，这事实上就是把一众器官的联合作案归罪于它一个。

所以请大家思考一下，是否我们自身也存在这样的某种器官，总是对于我们行动的意志无动于衷，或者总是不顾我们意志的阻拦自行动作。任何一个器官都拥有属于自己的情欲，而这种情欲无论是睡着或者清醒都不需要得到我们批准。有好多次，那种出现在我们脸上的勉为其难的表情，都会让周围的人看到我们极力掩藏的内心。而在相同的动力下，其他的部位诸如心脏、肺和脉络都在潜意识中被促动；当美丽的事物出现在眼前，体内的热情之火就会在不知不觉间燃烧起来。可以完全摆脱我们的意志与思想的批准，可以完全自行膨胀和收缩的，难道就只有这些血管和肌肉吗？

在欲望和恐惧面前，头发不需要我们的命令就会竖起，肌肤也不需要我们的指令就会战栗。手总会来到一些我们不曾想去的地方。舌头会僵硬，声音会哽咽，这些全都不需要我们的意志。就算油锅里没有东西，我们也愿意去节食，食欲完全不受影响，相应的器官也会自行运转，正正好好地就像还有另一种食欲；听凭自己的喜好，也会对我们置之不理。清理肠胃的器官也自有其膨胀和收缩的规律，我们的意见它完全不听；排泄的器官也是一样的。

为说明意志具有绝对权威，圣奥古斯丁曾说见过一个人，可以控制自己放屁的数量。他的注疏者维维斯还附加了一个自己时代的案例，说是有个人能够依诗歌的韵律放屁，但千万别因此就觉得这个器官会绝对服从意志；通常来说总会出现一些不听话的或者莽撞的个体。我曾见识过一个蛮不讲理的人，四十年前他强迫自己的师傅要一直放屁，一刻都不得休息，于是他的师傅就这样一命呜呼。

我们总是用这样的诘难来完全地行使意志的权力，但现实的状况是,意志总会有不守规矩、试图反抗的情况出现!难道它会总是按照我们需要的那样去要求吗?难道不是总想要求一些被我们禁止的东西,让我们受到显著的伤害吗?难道它会一直规规矩矩地按照理智推断的去做吗?

最终,我要求为自己的当事人进行辩护:"希望大家对这一事实加以考虑,我当事人的案件与诸位都是息息相关的,而鉴于控辩双方此时的状况,以上论据与诘难就不要求各位伙伴共同承担。但现在不问缘由地让它来承担所有罪名,不正是明明白白地将控方的非法性与敌对立场表现出来了吗?"

无论如何,不管法官和律师在这件事情上如何徒劳地争吵或者各行其是,大自然都完全不在意;赋予这一器官特权,让它完成人类传宗接代的光荣使命,实在是一件顺理成章的事情。就连苏格拉底都承认这是一项神圣的事业;这中间的本质就是爱、对永恒生命的渴望以及不朽的灵魂。

也许是在想象的影响之下,一个人曾在我们这里治好了自己的颈淋巴结核,与他同行的人却没能治好,仍旧这样病着回到了西班牙。如此我们就能明白,为什么在治病的环节上总要有一个做好心理准备的传统。为什么医生在治病之前总会不断地强调自己能药到病除,无非是想让病人增强信心,不就是为了让想象的强大影响力可以与药物的软弱无力互补?他们知道有一位神医留下过著作,里面提到过有的病人看到药物就会好转。

我这会儿正好想到了一个故事,是从我父亲的一个懂配方的仆人那里听来的。瑞士人淳朴又诚恳，从不贪慕虚荣。有一个图卢兹的商人是他的旧识，这个人患有结石，身体一直不好，是个"药罐子"，而他的病症需要不同的医生开具不同的处方。拿到药物以后，他会遵医嘱，按照通常的方式每种药都煎好，还总是要摸摸看药是不是烫口。他躺好、转过身，完成所有需要的动作，却拒绝让人喂药。

一套流程走完，药剂师转身离开，病人会觉得舒缓，就好像这个药已经喝下去了，病人也觉得自己像吃过药有效果似的。如果医生觉得效果不理想，还可以将上面的流程再走个两三遍。这位见证人还跟我发誓，说病人的妻子为了省点医药费（病人会跟真正服用药物的人一样付费），有的时候会让人往里加一些温水，但只要尝试一下就会发现药里掺假，理由是丝毫不见效，于是就只能再来一次。

有位女士曾误以为自己在吃面包的时候误食了一枚别针，大声哭闹，像被别针卡住了喉咙一样疼痛难忍。因为她的喉咙看上去并没有肿胀也没有什么异常，所以一位有经验的男士就认为，这只是在吃面包的时候噎住了，让她产生了一种错误的感觉和心理印象。于是他让这位女士把食物吐出来，并悄悄在呕吐物里放了一枚弯曲的别针。这位女士相信自己吐出了别针，就再也不疼了。我知道有一位贵族在家中设宴请客，过了三四天以后，乱开玩笑说自己把一只猫放到了面食里给客人吃（事实上并没有）；被宴请的客人里有一位年轻的女士听到以后十分恐惧，一直呕吐还发高烧，自那以后一直病着没有好过。即便是牲畜也会跟人一样，被想象力左右。拿狗来说，它们会因为主人离开而难过致死。我们也曾见到过狗在睡梦中汪汪叫着来回扭动，马也会在熟睡的时候嘶鸣挣扎。

上面的例子都证明了精神与肉体是紧密联系在一起的，彼此的感受也是可以共通传达的。有些情况下，想象的力量不仅会影响本人的身体状况，也会对其他人的身体状况产生影响，但这又有所不同。这种影响跟身体上的某种疾病传染给周围人差不多，就是瘟疫、天花和红眼病中出现的那种交叉感染。

> 好的眼睛看到了生病的眼睛就像是被针刺了一样，
> 很多疾病都会在人的身体内传染。
>
> ——奥维德

同理，想象力在受到强烈刺激的时候，也会射出利箭对周遭造成伤害。据说在远古时期，斯基泰王国的一些妇女如果憎恨一个人，就能够用眼神杀死他。乌龟和鸵鸟也能够用眼神孵化自己的蛋，这证明它们可以通过眼神射精。而那些巫师，大家都说他们的眼睛有毒，被他们看一眼就会受伤。

> 我的羔羊畏惧而臣服于哪只眼睛，我完全不清楚。
>
> ——维吉尔

我个人认为，魔法师就是不诚实的人。通过经验我们能够得知，女人会用幻觉来影响自己腹中的孩子，有那个生下了摩尔人的女人为例①。有一个人将出生在比萨附近的一个女孩逮到了波希米亚国王和查理大帝的面前，这个女孩身上长满了坚硬的毛发。她母亲说，这是因为在怀孕的时候母亲总是看着床头上受洗约翰穿兽皮的画像。

动物也不例外，比如雅各的羊群会改变皮毛的颜色②，在雪山上的鹧鸪和兔子毛会变白。最近我看到家里养的那只猫总会偷偷盯着一只鸟看，四目相对了一段时间，不知道这只鸟是因为自己的想象而昏了头，还是被猫的磁场给引了过来，居然就像昏死过去一样直接掉到了猫爪子上。喜欢猎鹰的人听说了驯鹰人的事迹，就抬头紧紧盯住天上飞的一只老鹰，跟人打赌，说自己可以用眼神把老鹰拉到地面上来，听说最后这事儿真的成了。我之所以会在这里引用这些故事，正是因为我十分确定这些讲故事的人都是老实人。

我做出这样的推论，完全是按照理智的方式，而不是按照经验论的方法；所有人都可以添加自己的事例；就算没有事例佐证，也可以相信这些推论。要知道这个世界上什么事情都有可能发生。

---

① 据说有一位白人公主因为生下一个黑孩子，而被指控和人通奸。希腊医生希波克拉底给出的解释是，公主的床边放了一张黑人的肖像画，日日看到，才会如此，于是公主得到了赦免。——译者注

② 见《圣经·创世纪》第30章，雅各把剥了皮的枝子，插在水沟里和水槽里。羊来喝水时对着枝子交配，就会生下皮色和树纹相吻合的羊。——译者注

如果我的这些例子有什么不合适的地方，希望还有人能够提供别的例子。

所以，当我探讨人类的习惯和行为时，一个见证只要存在可能性，不管再怎么奇怪我都会把它看作真实的。不管是不是真的有过，不管是在巴黎还是在罗马，也不管当事人是哪一个，这肯定是出现在人类身上的一种情况，那么将它叙述出来于我而言也是一种良好的启发。无论虚实我都一视同仁，我都善加利用。对于那些记录在史书上的各色事件，我精心挑选出其中最珍贵最有价值的部分。有人写书的目的是为了要把已经发生的事情记录下来。但我的目的——如果我能成功——就是把可能发生的事情记录下来。在没有足够的论据支撑时，哲学是允许我们提出相似性假设的。但我不会，我在此处的诚实要超过所有历史，几乎接近于一种宗教式的狂迷。只要是我提出来的事例，不管是我的见闻、我的经历还是我讲述出来的，我都绝对不会让自己对事实真相进行一丁点儿无意义的更改。我的良心要求绝对的真诚，我的知识却不见得如此坚定。

有关历史的记录工作，偶尔我会认为让神学家、哲学家或者一些眼力卓绝、文辞严谨的人来完成会更好。他们哪里会相信什么普通人的信仰？他们又哪里会去关心一个人的思想以及他的胡思乱想呢？发生在自己面前的那些跟大众有关的行为，即便是当着法官的面宣誓，他们也会三缄其口，拒绝做证。这些人对他们来说还算陌生，所以也就完全不想要对这些人的想法负责。

我相信写以前的事情要比写发生在当下的事情更加安全一些；因为作家只需要把一件发生在别人身上的事情陈述一下。有人想让我去写一些当下的事，觉得我在观察事物的时候比较客观，也比较翔实，因为我生就的命运给了我接触各个领域杰出代表的机会。可这些人的话有所保留，就算是让我像史学家萨鲁斯特一样享誉盛名，我也不会去操这份心；责任、勤劳和持之以恒都是我最大的敌人，这就是事情不成的原因；我的写作风格决定了其中最不可能出现的就是长篇大论；我总是会有停顿、连贯性不强，毫无章法也不深刻，而在日常事务方面我的遣词造句还不如一个孩子。

但是用我自己的能力来掌控题材，能够说出来的那些事情，我相信自己可以说得很好；如果有人来命令我写点什么，那么我肯定不能让他满意。因为我这个人实在太过自由，我会根据事物的具体情况，凭着自己的想法来说出一些让人群起而攻之的悖论。普鲁塔克说自己在写作中举出来的例子，都是非常全面并且千真万确的，这只能概括他人的作品；所有的例子都能够帮助后来人，能够成为一盏道德路上的指明灯，这才是普鲁塔克的作品。

旧账不可能成为药剂，不管写成什么样子，都不会引发太大的危险。

第十一章
相同的建议导致的结果差异

有一次,法国赈济大臣雅克·阿米奥给我讲了一个故事,表达对一位法国亲王的赞美(这位亲王的的确确是我们的,尽管祖籍并不是这里)。鲁昂围城那段时间(一五六二年)最早有动乱出现,王太后写信警告这位亲王,说有人要谋刺他,信中也提到了执行人的信息:这是一位来自昂儒或曼恩的贵族,因为要预谋行刺,所以经常出入亲王的府邸。

亲王得知这一情况,却没有告诉任何一个人,不过第二天到圣卡特琳山上散步的时候,就有炮弹直接从他脚下朝着鲁昂射过去——那还是在围城时期——前面提到的赈济大臣和一位神父当时就在他身边,他看到了信中提到的一位贵族,就让人把他叫过来。当那位贵族来到跟前的时候,亲王已经看到了这个人的恐惧——他面色惨白,浑身颤抖,于是亲王说:"阁下,看来您已经猜到了我让您过来的目的,您的表情已经说得很清楚了。您不需要有所隐瞒,我早已经了解到了您的任务。想要说谎只能更加不利于您的未来。您完全了解其中所有的过程(包括这场阴谋中所有的秘密);把这场阴谋中的一切都告诉我,千万别拿自己的性命开玩笑。"

而这个可怜的家伙发现自己已经被抓住并且断罪(因为跟王太后告密的正是他的一位同谋者),他只能双手合十,向亲王请求饶恕,甚至要给亲王跪下,不过亲王阻止了他,接着说道:"过来,我之前得罪过您吗?或者我跟您的家人有过什么深仇大恨?我们认识彼此还不到三周,您却想要我的命,是为什么呢?"贵族声音颤抖,回答亲王说,两人之间并无私人恩怨,是有人劝说他要为了更加伟大的宗教事业,进行这一次充分展现虔诚的仇杀,为了除掉自己宗派的一位强大敌人,他可以无所不用其极。于是亲王说:"那我要让您亲眼见证一下,我支持的宗教比起您信仰的那一个要温和太多了。您的宗教让您来刺杀我,不给我申辩的机会,我也完全没有冒犯过它。我的宗教却让我宽恕您,尽管我们都知道您要杀我是毫无道理的。走吧,离开这里,再也不要出现在我的面前。如果您还算是个明白人,那么往后要做什么事就该请正直坦诚的顾问。"

皇帝奥古斯都在高卢的时候,有人告密说柳希厄斯·秦那正与人密谋杀他。他决定要报仇,于是就召集友人次日一起商量,可当夜却辗转反侧,一直在想着自己一定要杀了一位名门望族之后、庞培的侄子。他也谈到了很多事情,来表达自己承受的不公,他说:"为什么要让人家都觉得我每天活得胆战心惊,而想要杀我的凶手却可以快活自在?我打了不下百场的陆战和海战,都没有人能摘下我的脑袋,难道有些人可以打了它却平安无事吗?如今我让整个世界获得了和平的生活,这个人不仅想要杀我,还想要拿我献祭,我还应该饶了他吗?"因为这些人谋划的正好是要在他祭祀的时候行刺。

上面这段话说完以后,他沉默了一段时间,然后又用更大的声音开始指责他自己:"这么多人想要你的命,你还活着干什么?你后面是不是又要接着报仇,继续施暴了?你的命就那么值钱,要保住它就得做那么多灭绝人性的事情吗?"妻子利维娅看他这么暴躁,就说:"听取一下女人的建议怎么样?参考一下医生的做法,如果常规用药不能产生效果,医生就会尝试一下完全相反的处方。你的残酷手段到现在也没起到什么效果,萨尔努维斯、李必达、穆雷纳、凯庇奥,还有埃格纳提乌斯,一个接着一个的想要谋反。何不尝试一下温和的手段,看看会有什么效果。秦那承认自己有罪,你宽恕他,从此以后他不会再想要你的性命,而是会赞扬你的荣耀。"

得到一个能够合自己心意的辩士,奥古斯都十分高兴,他向妻子道谢,并取消了跟友人的议事会,单独召见了秦那。他屏退左右,让秦那坐下,并对他说:"秦那,你先不要开口,听我把话说完,我会给你充足的时间来答复我。秦那,我们都知道，是我从敌营中把你带出来的。不仅仅你个人是我的敌人，你出身的家族也是我的敌人，但是我救下你，还将你的全部财产还给你。你如今生活富足安逸，作为一位战争中的失败者，就连那些胜利者都会羡慕你如今的生活。你希望获得大祭司的职位，我便应允了你的请求，别人都没有获得这个职位，那人的父亲还是跟着我一起打仗的人，你亏欠我这么多，却还想要谋害我。"

听到这些话，秦那大声说自己从没有过这种邪恶的想法。奥古斯都就说："秦那，你违背了对我的承诺；你说过要听我说完的。没错，你要暗杀我，在某时某处的某一场战役中，用某一种方法。"秦那听到这些以后十分害怕，一言不发，这并不是因为前面的承诺，而是因为他在扪心自问。奥古斯都接着说："你这么做的原因是什么？想自己做皇帝？如果阻挡你成为皇帝的只有我一个人，那这个国家的事情可真是糟透了。就连自己的家你都没能力保全，而且你最近跟一个平民打官司败诉了。我说，除了暗杀皇帝你就没别的事情要做吗？如果只有我一个人是你的障碍，那么我完全可以离开。你觉得波勒斯、法比乌斯、科萨人和塞尔维里乌斯人都是吃素的？还有好多贵族呢，他们可都是出身高贵又有名望的人，会容得下你？"后面还有很多别的话（这位皇帝自言自语了两个小时），又对他说："秦那，你可以走了，你是一个叛徒和杀人犯，但我还是饶恕了你，就像以前那样，你还是我的敌人的时候，我也饶你一命。希望我们从现在开始建立友谊；看看我这个饶你一命的人,还有你这个侥幸得活的人,谁更讲道义。"

说完这些话以后,两个人就分开了。没过多久,奥古斯都让秦那做了执政官,还责备他没勇气跟自己要官职。在那之后两人便成为生死之交,奥古斯都唯一的财产继承人就是秦那。

这次阴谋是在奥古斯都四十岁的时候发生的,此后便再也没有出过这类事,皇帝的宽容得到了公正的回报。不过我们的亲王没有得到同等待遇。他的仁慈并没有让自己避免今后的阴谋者的迫害。人们不管怎样小心,都是白费力气、毫无用处的。我们所有的准备、谋划和告诫都不能阻挡命运的摆布。

那些医术高明的医生,还有另外一个别称,就是幸运的医生;这个别称的意思就像在说,这些医生的医术完全无法独立,软弱而又无力,在治病救人的时候还得凭借幸运值加成。医学到底有没有用,每个人的看法都不一样,我哪一个都不会反对。原因就在于——感谢上帝——我跟这些人并没有什么交集。我跟大多数人有一点不太一样,我对医学一直都很鄙视;而我生病以后也不会去看医生,而是对医术更加厌恶和畏惧。有人督促我赶紧吃药,我就告诉那人,起码要等到我重新拥有了健康和力量,才能带着更好的心态迎接药物的效力与危险。我等着自然的力量起作用,想象着它会亮出尖利的爪子和牙齿,去抵抗病魔,保全身体的组织器官。

而在自然跟病魔产生正面冲突的时候，我也不会参与，我担心自己好心做坏事，不能帮忙反而会添乱。

所以我发现，不仅仅是在医学领域内，其他一些比较明确的学科也有运气的成分在其中。一个诗人因为获得了一些灵感而诗兴大发，完全不能控制他自己，这不就是一种运气吗？就连他自己也都承认，这种妙手偶得完全超越了他自身的才华，并不是他自身具备的东西，也不受他的思想控制。而那些雄辩者在辩论正酣的时候，也往往会脱离原本的想法，完全无法控制自己的言辞。

绘画艺术也是一样，有些时候画家在进行创作，但勾勒出来的线条是在他的构思与技巧之外的，就连他自己都惊叹不已。然而对于所有艺术创造来说，其中最为幸运的表现无疑是当中蕴含的那种灵气和神韵，画家本人不但没有意识到这一点，可能也从未见识过。一个读者如果有足够的鉴赏力，通常能够发现这种创作者也没有注意到的完美创造，从而使作品的内涵与形象更丰满。

而在战争中，运气所具有的影响力是有目共睹的。我们的讨论与建议中，都包含了机会和运气的成分；个人智慧能够达成的效果实在微乎其微；一个人思维越活跃就会越脆弱，也就越容易对自己产生质疑。

我赞成苏拉的观点。在对几场战役进行了深入研究以后，我发现——窃以为——指挥官们的战略部署与战术执行全都很随便，在战争的关键问题上完全都是靠运气，他们坚信自己会被幸运之神眷顾，在任何事情的决策上都丝毫看不见理性的痕迹。进行战术讨论的时候没来由地成了乐天派，总是没理由地大发雷霆，让大家一致赞同一种毫无根据的决策，也让爆棚的勇气完全压制住理智。所以很多古代名将要让人对自己那些莽撞的决策不产生怀疑，就会告诉自己的属下自己获得了灵感，这是受到神明的启示才做出来的决定。

事件的情况与特点都各不相同，想要发现并采取一种最有利的做法几乎是不可能的，于是我们总是犹豫不决，束手无策。而在所有的深思熟虑对我们而言都算不上最佳选择的时候，我个人觉得最好的办法，就是最真诚、最公正的办法；反正已经不知道捷径在哪里，那就笔直朝前走；通过我前面提到的两个真人真事，我们可以肯定一点，在被别人冒犯的时候，给予宽恕绝对是更高尚的一种做法。就算前面那个事件中的人不幸遭难，我们也不能归咎于他的善良。如果他的做法完全不宽容，也不能保证他就能躲过命运的安排；而且如果他真的这么不宽容，就会跟这种与人为善的光荣失之交臂。

纵观整个历史，很多人都产生过这样的恐惧，而其中的大多数又选择了在敌人的阴谋展开之前进行报复与镇压。然而我看到的是，这种手段并没有起到什么效果，历代罗马皇帝就是最好的例子。处在这种危机之中的人，根本不该对自己的能力与谨慎过分自负。事实证明，敌人通常是我们身边戴着仁义面具的朋友，想要看清楚这种伪装，想要知道辅佐自己的臣属内心真实的想法和筹谋，简直是难如登天！

就算雇佣外国人做卫兵，护卫时刻不离身，也不会有什么用处。一个连自己的命都可以不要的人，总会有办法了结别人的性命。而且那种整天都疑神疑鬼，完全不能相信任何人的感觉，对于亲王本人来说也是一种难以承受的痛苦。

有人告诉狄翁，卡利普斯想要加害他，但是他根本没有打探虚实的想法，他说自己不但要提防敌人，还要提防自己的朋友，生活得这么凄惨，倒不如死了更好。在这件事情上，亚历山大的行为就更加强势和激烈。帕尔梅尼奥写信说，大流士贿赂了他最信任的医生菲利浦来毒害他；他将那封信拿给菲利浦看，然后喝掉了医生递给他的药。不知道这是否在表明他的决心：如果朋友让他死，那么他就会随他们去？亚历山大绝对是一个无所畏惧的英雄；我不知道在他的一生中是不是还有更加沉着冷静的作为，能够将他的个人魅力展现得如此淋漓尽致。

有些大臣劝谏君主要有防人之心，这看起来好像为了君主的安全着想，但实际上是让君主走上蒙羞和毁灭的道路。凡是想要成就高尚的事，就必然要冒一定的风险。我知道有一位君主生来就崇尚武力，并且很有担当，一直都有人进谗言给他：说要与站在自己一边的人团结，不能跟自己的敌人化干戈为玉帛，要跟人保持距离，无论谁对自己承诺了何等有利于自身的条件，只要他比自己更强大，就绝对不可以相信。

我还知道有另外一位君主，采纳了与上面完全相反的建议，于是事情就出乎意料地顺利。人们对于勇武带来的荣誉有着迫切的渴望，在必要的情况下可以时刻将其表现出来，不管是穿着便服还是盔甲，不管是在书房里还是在军队里，不管是困难还是容易，事情的结果都会很好。事事小心，处处防备，是成大事者的大忌。

大西庇阿想要争取西法克斯，为了实现这个目的，他没有带领自己的军队，也无暇整顿新征服的西班牙，只带着两艘普通军舰来到了敌人居住的非洲大地。在跟一位强大的异教徒、野蛮人的国王打交道时，他没有签订契约，也没有扣留人质，而是完全凭借自己的勇敢、运气以及对自身的一种崇高期待许诺："善有善报。"（李维）

一个人如果有着名扬天下的野心，就一定要让别人相信自己，也要信任他人。担忧和疑虑都会引发纠纷，给自己带来伤害。我们那位疑心病最重的国王，为了奠定自己的基业，主要原因还是在此之前，为了得到敌人的信任，他要先做出一副自己完全相信对方，并且愿意将自己的自由和生命托付给对方的样子。在军队中出现武装暴动的时候，恺撒也仅仅是摆出了自己的威严之态与骄傲之语；他完全相信自己的伟大命运，于是站在叛军的地盘上也毫无畏惧。

> 他立于山巅，目空四海，
> 　无所畏惧，于是别人都心生敬畏。
>
> ——卢卡努

但是说实话，这种绝对的、单纯的强大自信心，只存在于那些面对死亡以及死后之事的可怕毫无畏惧的人身上。因为想要让一个重大的和解会议取得令人满意的结果，战战兢兢、畏缩不前的样子是一点用处都没有的。想要让别人支持自己、对自己以诚相待，迁就和信任是最好的办法。只要这种行为是完全出于自愿而没有任何强迫就可以。所以在这种前提下，人们就会怀有一种十分单纯的信任，不管怎么说从表情上是完全看不出端倪的。

在我还小的时候，曾见过一位贵族，他担任一座大城的总督，城内发生民众暴动，于是他只能立即前往处理。要平息这场正在兴起的暴动，他决定从自己所在的安全营地中走出去，到暴动的民众中去；不幸的是，他就在那里惨遭杀害。我认为他走出去的这个选择并不算错，不过人们提到他总是免不了指责，就好像这个人选择了一条软弱之路，选择了顺从和祈求，而不是引导和训斥的道路来让民众的愤怒得到纾解。但我觉得好的办法应该是刚柔并济的，在绝对安全和自信的军事力量的支撑下，用与自己身份和职位相称的尊严，这种做法至少能让他有一个更荣耀和平和的结局。

千万不要想着跟狂暴的野兽讨论人道或者情谊；他们对恐惧和敬畏的接受度反而更高一些。有一点我要指责他，他已经下定了决心以弱胜强，在我看来这种方式中体现出的勇敢要比鲁莽更多一些，他不穿盔甲进入了狂暴的人流之中，就该做好了忍受一切，却又不失身份的准备；然而在看到危险的那一瞬间，他就退缩了，之前还表现得很卑微顺从，马上就开始慌乱，无论在声音还是目光中都能看得到惊骇与后悔。他居然还想逃跑，这就让群众的怒火燃得更旺，最终惹火烧身了。

有一次，众人决定要举行一次各部队联合阅兵（实际上这种时候最适合隐秘的报复了，真有这个心，就不会有更好的地方可以选），无论怎么看，这个阅兵的主要负责人估计都要惹上个大麻烦，这事情很严重，后果也很可怕，所以众人要想出办法去解决。我认为他们要做的第一件事就是保持镇定，昂首挺胸地站在检阅队伍中，任何一个环节都不能省略（因为其他人肯定会针对这一点提出异议），而且预先要告诉他们的士兵，炮弹不能吝惜，要在对观众致敬的时候欢快地放出来。对于一些不受信任的军队来说，这充分体现了尊重，也会让彼此之间的信任朝着有益的方向发展。

在处理此类事情上，我觉得裘力斯·恺撒做得是最好的。他最先选择的是通过宽容和仁慈来让敌人也敬爱自己，当有人告诉他反叛的阴谋时，他也只是淡定地表示自己已经知晓；在这之后，他的做法也十分令人尊敬，他不关心也不惊慌，听任这些人去作为，让神灵和命运去摆布自己的生命，而在他生命的最后一刻，在他被暗杀的时候，肯定也还是如此。

有一个异邦人曾经到处宣扬，假如叙古拉的僭主狄奥尼修斯肯付给他很多的报酬，那么他可以教授一种能够准确判断自己的臣民正在筹划什么阴谋的方法。狄奥尼修斯听说了这件事，就宣他进宫来讲述一下这对他来说非常实用的权术。异邦人就说，这个方法其实很简单，就是您付我一笔可观的报酬，然后对外宣称已经学到了这种神奇的方法。

狄奥尼修斯觉得这个主意很妙，于是就给了异邦人六百埃居。他会给一个陌生人这么大一笔钱，那肯定是学到了什么有用的办法，消息一经传开，他的敌人也就不再敢随便筹谋。君主如果听到有人想要谋害他的密报，都会很聪明地让所有人都知道这个消息，然后众人就会觉得君主的耳目众多，任何消息都不会逃过他的耳朵。

雅典公爵刚开始在佛罗伦萨建立专制政权的时候，犯了很多错误，其中最愚蠢的要数下面这个。当时雅典人想要谋反，有一位密谋者马代奥·迪·莫罗佐第一个站出来发出示警，公爵却下令杀死这个人，企图掩盖这件事，让外面的人相信雅典城对他这种正确的统治都是认同的。

这让我想到了之前读到过的一个罗马人的故事，这人出身显赫，在三头政治①的暴政期间不断逃亡，凭借自己的智慧屡屡幸免。直到有一天，他遇到了一支追杀自己的骑兵队伍，本来骑兵已经从他藏身的矮树林过去了，他并没有暴露。然而就在这个瞬间，他想到自己一直以来都处在这种亡命天涯的状态中，生活已经再无快乐可言，如果今后的生命永远都

---

① 公元前60年，庞培、克拉苏、恺撒结成"前三头政治"。公元前43年，安东尼、雷比达、屋大维结成"后三头政治"。——译者注

是处在这种不安之中，死亡反而显得更美好了。于是他自己走出来叫回那些骑兵，暴露了自己的藏身处，随便他们怎么处置自己，这样一来大家都可以解脱了。

  对自己的敌人投降，这种做法显然不够男人。但是我觉得，如果每一天都生活得战战兢兢，如果一直都处在一个必能打破的困境里，倒不如就那么做。然则一个人采取的抵抗措施已经是这样的不稳妥，那么倒不如保持镇定，兵来将挡水来土掩，如果这中间有意想不到的幸运降临，也不失为一种补偿。

第十二章
论儿童教育
——致戴安娜·德·弗瓦,居松伯爵夫人

我从来没有见过一位父亲,会因为自己儿子的呆傻或者驼背而不承认他。并不是因为偏爱可以让他忽略这些缺陷,而是因为血缘关系。有一点我比任何人都要明白,我的文章不过就是一个接受过显现的启蒙教育以后,一个人的胡言乱语,只有一个混沌不完整的概念,什么都说一点,什么都说不透,这一点倒是很法国。

整体而言,我知道有医学、法学以及数学有四个分支,这几门科学大概的研究领域我也知道。这些知识都是服务于人生的,这一点大概我也是知道的。然而我对于任何一个学科都是浅尝辄止,从来没有对现代知识之父亚里士多德进行过深入的研究,在其他别的方面也不曾有过。不能概括任何一门艺术。随便找一个中级班的学生,都了解得比我多,我就连拿着他们的基础课本去考察里面内容的资格都不具备。如果非这样做不可，我也只能勉为其难地提出一些普通的问题，用来考验他们天生的判断能力，他们不了解这方面的课程，就如同我不了解他们正在学习的那些。

我从没有好好地学习过普鲁塔克和塞涅卡之外的任何一本巨著；我通过学习他们的著作来获取知识，却跟达那伊得斯①一样，朝着一个无底洞不停地灌水和放水。我将自己获得的灵感都写下来，却不怎么放在心上。

我把历史当作自己的猎物，诗歌也是我所钟爱的事物。就像克里昂特斯说的那样，从狭窄的喇叭里发出来的声音，会更尖锐嘹亮。在我看来，在诗歌韵律的约束之下，能够挣脱出来的名句会表现出更强大的力量，也会给我带来更大的震动。而我自己的天赋——这本书就是它的试炼——我觉得它会在强大的压力面前屈服。

我通过不断的探索来确立自己的观点与意见，我总是徘徊不定，脚步踉跄。每次我勉力前行，向远方走去，结果也不尽如人意。能够望见远处城郭的轮廓，但它总是若隐若现，让我看不真切。当我想要使用自己的语言将思想中的某一个闪念确切表达出来的时候，总会在一些名家著作中偶然看到它们，比如我刚刚在普鲁塔克的著作中看到了他对想象的论

---

① 希腊神话中埃及王——达那俄斯（Danaus）与多数的情人或妻子所生的50个女儿的总称，臭名远扬。——译者注

述，我不得不说，在这些人面前，我是多么的柔弱和笨拙，这让我不得不开始自怨自艾。

不过，我的观点居然能够幸运地与这些人的观点在同一条道路上相遇，这已经足够令我振奋，即便我只能远远地跟在他们身后。并且我清楚——并非每个人都如此睿智——自己与他们有着天壤之别。不过我仍旧将自己那些浅薄的看法写出来，不会因为发现自己在他们面前暴露出来的缺陷，就选择用他们的语言来修饰和隐藏自己。想要跟这些人并肩前行，就必须昂首挺胸。与我生活在同时代的那些不能谨慎对待文字的作家们，总是将古人的文章整段地抄录在自己那微不足道的作品中，想要以此来炫耀，但是结果事与愿违。两者之间的差距太大，文字的表现力完全不在一个水平线上，实在是偷鸡不成蚀把米，抄袭只能让自己的丑陋突出地显现出来。

有这么两种完全不一样的方式。哲学家克利西波斯的作品中，不但会出现大段的直接抄袭，甚至有其他作家的整本作品在里出现，比如欧里庇得斯的《美狄亚》。此外，阿波罗多洛斯也说过，如果有人想要把他抄袭的段落删掉，那么他的书页上就会只剩下空白的纸张。与他们完全相反的则是伊壁鸠鲁，他有三百卷的作品流传后世，但是找不到一句引用。

之前有一次，我刚好看到一篇文章。里面的词句实在是空洞乏味，完全是法国式的废话连篇，读起来一点意思都没有。在提不起丝毫兴趣的阅读之后，突然出现了一篇文采斐然、令人拍案叫绝的文章。如果我觉得这是一个平缓的坡度，可以让我慢慢攀登，倒还不难理解。但这明显是一个断崖，陡峭得很，六句话就直接进入另一片天地。站在那里，我就会发现自己一路行来的那个深谷简直是极致，我再也不想回到前面那片低谷。假如这样一篇精彩的文章被放到我自己的文章中间，那只能让我其他文章显得更加粗鄙丑恶。

我认为，对那些存在于别人身上，同时自己也有的那些缺点进行批评；和对那些存在于自己身上，别人也有的缺点进行批评（后面这件事我经常做），这两种行为其实是互不冲突的。我们一定要指出这些缺点，让它们再也不能隐藏。另外，我也很清楚这种行为需要巨大的勇气来支撑，从而使我能够经常试着去追赶自己抄袭的作品，去跟那些作者比肩而立，并且一直带着一种侥幸心理，让那些评论家发现不了其中的相似之处。这需要我有适当的技巧，以及创新和强有力的语言表达。

还有，面对这些先辈们，我会尽量避免短兵相接；而是不断引起一些小摩擦。不会进行正面打击，只是做一些假动作；当然也不会让人觉得我一定要这么做。

如果我能难得住他们，就证明我说的话确有其道理，我的的确确是指出了他们言论中那些不太合理的部分。

我眼中这些人的行为，无非就是用别人的盔甲把自己武装起来，连手指都看不到，自己要做的事情无非就是将古人的思想七拼八凑，一个有知识的人想要完成这种拾人牙慧的工作岂不是太轻松了吗？这种剽窃他人的思想作为自己观点的行为，首先就是不公正和懦弱的。自己不能提出什么有价值的观点，就想尽办法用别人的观点来给自己增添光彩，更愚蠢的做法是这些人还总是喜欢像骗子一样让无知者对自己盲目称赞，而那些真正有知识的人，则是将自己的形象毁坏得彻底，但真正有价值的正是这些人的称赞，但是他们现在对于这种剽窃来的文章连正眼都不会给一个。

无论如何，我都不会让自己做出这样的事情。我是为了让自己更好地去表达，才会去引用别人的句子。我这里说的不是那些诗集，这是被看成汇编的出版物，在古人之外，我也见到过一些汇编精美的当代集子，特别是卡庇鲁普斯主编的那一部。这些著作中，时代的智慧随处可见，同样的情况在利普修斯那部涉猎广泛的巨著《政治》中也有所体现。我要表达的是，无论在什么情况下，我都不会有意识地去掩盖自己的那些想法，就算是荒谬的那些也不会，比如我有一张秃顶灰发的肖像画，我想要画家画上我自己的样子，而不是一个美化了的理想面孔。写在这里面的，就是我本人的思想和见解；写在这里面的，是我笃信的事物，而不是想要用来让他人信服的事物。我出现在这里，就是为了将自己展示出来，如果获得了新知识会让我产生变化，那么明天我也许会看到一个不同的自己。我没有能够令人信服的权威，我也不会有这样的妄想，我认为自己才疏学浅，根本没有教导他人的资格。

有一个人读过了我前面的那篇文章，某天他来到我家中做客，说我应该更深入地去探讨一下儿童教育的问题。好吧，夫人，如果我在这个问题上还有什么其他的见解，那么送给即将出世的这位小公子（夫人正直大方，第一个孩子肯定是男孩）再好不过。而且我曾经有过为您服务的荣幸，当然会希望您事事顺心；此外，在您的婚事上面我也曾出力过，当然也有权关心这件事情带来的所有能够让家族繁盛的事情。可实话实说，有关这个问题我能说清楚的只有一点，在所有的人文科学中，最困难和伟大的一门可能就是儿童的教育和抚养问题。

这就像农作物耕种一样，播种前的准备和播种中的过程都是简单稳妥的；但是已经发芽的作物，如果你想让它茁壮成长，就要面对各种各样的知识和困境；这个道理对人类也适用，孕育胚胎并没有什么技巧可言，可只要孩子降生，就需要人们给予各种关心、抚养以及教育，人们就要整天担惊受怕。

孩子年幼的时候，并不能拥有鲜明的性格，也看不出什么明确的天赋，所以想要做出任何有理有据的预判都是非常困难的。

西门、瑟米斯托克利还有很多别的人，您可以看看他们早期与晚年的样子是多么的大相径庭。我们能够很明显地看到小熊和小狗的本性；但是人类因为受到习俗、观点和法律的约束，乔装改扮自己实在太过方便。

人类天性是很难被压抑的。因为当初做了错误的选择，让孩子去进行一些并不能让他此后独立的训练，然后多年苦心付诸东流，这种事情还是很常见的。因为会有这种风险，所以我的观点是要让孩子们去做最有利和最有效率的事情，不要因为他们小时候的行为就随意决定他们将来的方向。就算是柏拉图，我也认为在《理想国》一书中，他把太多的权力交给了孩子。

夫人，知识就是华美的饰物，还是神奇便利的工具，对于夫人您这样出身富贵的人来说，就更是这样。老实说，贫贱之人并不能让知识发挥它原有的价值。相比于寻找论据、撰写诉状或者开具处方，知识在指挥战争、治理平民、联合君主与外国这些方面的作用显然要光荣的多。所以，夫人，我敢肯定您不会忽略自己孩子在这方面的教育，因为您出自书香门第，也接受过相应的教育（因为一直到今天，几代德·弗瓦伯爵的文章都被我们保存着，伯爵夫人您与自己的丈夫都是他们的后代，您叔父弗朗索瓦·德·弗瓦，康达勒伯爵笔耕不辍，能够让府上的文采再延续几个世纪），我想做的仅仅是将一条与世俗成规不相同的拙见献给您，就当是我为您效劳。

您对于教师的选择会决定孩子教育的成败，这位老师会在很多重要的方面负有责任；不过在这方面我并不能提供什么有用的建议，所以暂且不提；对于教师职责我倒是有一些自己的看法，如果他觉得还不错，倒是可以尝试一下。贵族子弟学习知识的目的显然不是谋生（因为缪斯女神根本不会分神去关心这样一种俗不可耐的追求，并且这件事还与他人相关，决定权也在他人手中），不是社交，而是一种自我的追求，丰富自己的心灵，提高自己的修养，有意识地让自己成长为一个有能力的人，而不是有知识的人。我还有一句话要说，那就是在给他寻找老师的时候，并不一定要他学富五车，而是要他通情达理。如果两个条件都满足自然再好不过，但是性情与理解要比知识更加重要：他的工作需要换一种不同的方式了。

　　有些老师会一直在我们耳边说个不停，就像朝着漏斗灌水一样，而我们要做的不过就是鹦鹉学舌。他的这种做法需要改变，起初要根据自己学生的智力水平，因材施教，让他学会认识事物，做出自己的选择和判断；有的时候需要给他指引，有的时候则要让他自己探索。我不需要这位老师自己给出题目并进行解答，我要让他做的事情刚好相反，去听听学生怎么说。苏格拉底，还有他之后的阿凯西劳斯都是先让自己的学生开口，然后自己再发言的。

> 教师总是高高在上，大多数时候都是对自己的学生有害的。
>
> ——西塞罗

　　老师要让学生跑在前面，并判断他们奔跑的速度，以此来确定自己需要做出怎样的改变来适应学生的步调，这是一种很好的办法。假如老师和学生之间没有这样的配合，那么就很难把事情做好。能够很好地进行这样的配合，用稳定的速度进步，在我看来是一件最难办的事情；名师都目光如炬，他们最睿智的地方就是能够迁就学生的步调，指引他进步。上山的时候，我的步子迈得要比下山的时候更稳、更有力。

在我们这里，不管学生本人的天赋和表现是什么样子，使用的教材和规则都是一模一样的，所以在众多孩童中，真正能够成才的不过两三个，也就情有可原了。

老师不仅要让学生记住课本里的知识，还要让学生理解词汇的含义和要点；一个学生的好坏并不取决于他能记住多少，而是他能在生活中运用多少知识。按照柏拉图的教学方法，这个学生要做到循序渐进，在学习新知识的时候，要求他能够做到触类旁通，要看他是不是能够做到举一反三，让知识完全变成自己的。吃进去的时候是肉，吐出来还是肉，那就证明他只是囫囵吞枣，并没有消化。东西吃到胃里是要消化的，食物的形状和内容都没有改变，那就是胃没能发挥作用。

在各种各样思想的约束中，在各种权威著作的压迫下，我们的心灵活动严重受限。没办法挣脱脖子上的套索，我们就不可能迈开轻盈的步子。我们的活力和自由已经丧失了。

做自己的主人，我们永远都不可能做到。

——塞涅卡

我曾经私自拜访了比萨城的一位正派人物，一个亚里士多德的狂热追随者，他有一个绝对信念：亚里士多德的学说是所有思想与真理的试金石；所有与之不相符的全都是歪理邪说；亚里士多德预见了一切，也说明了一切。这个信念被进行了广泛的传播与误解，这让他曾经频繁地出入罗马宗教裁判所。

所有的知识，老师都要让学生自行选择，不能仅凭一句权威，就让他都牢牢记住。不管是亚里士多德，还是斯多葛学派或者伊壁鸠鲁学派的原则，都不能作为他自己的原则。要将这些五花八门的学说都告诉他，让他挑选自己能接受的，那些不能接受的就继续心存疑虑。毫不犹豫地表达肯定，只有疯子才能做到。

我愿意去了解，也一样愿意去疑惑。
——但丁

因为，假如学生能够凭借自己的理性思考去接纳色诺芬和柏拉图的学说，那么这两种学说就不再属于前者，而是变成他自己的。跟随别人的脚步，永远不可能有什么收获。如果一个人什么都没找到，原因就是他根本没去找。

没有国王站在我们头上，让每个人都做自己的主人。
——塞涅卡

至少要做到让学生清楚自己学到了哪些知识。他要吸收思想中的精华部分，而不是只对着几个名句死记硬背。他可以大胆一点，忘记这些知识的出处，但一定要知道自己如何运用这些知识。

真理和理性都是一视同仁的，先后顺序在它们看来完全不重要。不管是出自柏拉图还是我，只要我们两人的观点相同，有着同样的理解就可以。蜜蜂来来回回地采花粉，但只有后来酿造的蜂蜜才属于它们。那之前是荬蒁还是牛至根本不重要。这和来自他人的知识很像，将这种知识完全消化，编撰成为自己的作品，用来表明自己的观点。一个人的教育、工作和研究，其作用都是自我培养。

让学生将自己学会的东西藏在心里，把自己创造的东西展现给众人。剽窃者、拾人牙慧者只能将自己建造的房屋和买到的东西在人前显摆，却不能炫耀他从别人知识中获得的感悟。你没有办法看到法官接受他人的馈赠，只能看到他的儿女都有了理想的婚姻和满身的荣耀。没有人会将自己的收入公之于众，但是没有人会将自己收获的东西隐藏起来。

在学习上有所收获，会让我们变得更加睿智和完美。

埃庇卡摩斯说过，在理解的基础上才会有见闻，先有理解，才能去使用、支配所有的事物，才能够有行为，成为掌控和主宰；除此之外，全都是又聋又瞎、没有灵魂的。显然，理解如果受到限制，活力与大度也会就此消失。有哪位老师曾经问过自己的学生，是如何看待西塞罗名言的修辞和语法的吗？他们不过是一口气将这些名言塞到你的脑子里，让你记住，就好像其中的每一个字里都含有意义深远的神的启示。死记硬背并不能等同于理解，不过是将道理储存在自己的大脑中。已经弄清楚的道理完全可以运用自如，完全不受老师的约束，也不用回到书本的框架里。纯粹的书面知识就是最悲惨的知识！我可以容忍把它们当成饰品，但是绝不接受它们作为基础，在这一点上我与柏拉图看法一致，他说过坚强、信仰和诚实才是真正的哲学，追求其他价值的学科都只是它们的装饰。

　　如果当今优秀的宫廷舞蹈家帕瓦里或庞培允许我们欣赏他们的表演，而不用离席就能够学会蹦蹦跳跳，那我该有多愿意啊。这就好比有些人对我们要求提高理解能力，却不允许我们动脑筋；要求我们学会骑马、投掷标枪、弹琴或者声乐，却禁止我们练习；要求我们学会是非判断且能言善辩，却禁止我们去说话和判断。如果只是需要学习，那么入目之物皆可作为课本：侍者的狡狯、仆人的驽钝、席间的交谈，全部是新鲜的。

　　要进行这样的学习，最合适的方式就是多与人交流，另外就是出国游历。这与法国贵族出国的方式是不一样的，并不是仅仅告知我们圣洛东达神殿的台阶有多少级，利维亚小姐的短裤如何精美；或者像另外一些人那样，谈论某处废墟出土的尼禄头像要比在某个金币上的头上长了又或者宽了多少；我们需要告知人们的是这些国家的民俗特性以及风俗，让我们的思想能够跟当地人民的思想产生碰撞和摩擦。

我多想在孩子还小的时候就带他出国游历,这样做还有另一个好处,我们先要到语言差异比较大的地方去,只有从小就进行训练,才能巧舌如簧。

二是,人们往往会觉得养育在父母身边的孩子会不明事理。因为就算是最明理的父母在骨肉亲情面前也做不到公正严厉,总会不自觉地放任和溺爱。孩子有错他们狠不下心去惩罚,不忍看到他们跟普通人一样随意地生活和冒险。他们也见不得孩子满身大汗和尘土地从操练场上返回,生冷不忌有啥吃啥。不能看到孩子骑着烈马,拿着无锋剑或者一把火枪对抗严厉的教师。但是如果要培养孩子的男子气概,只能这么做,就不要说在青少年时期不能心软,而且总是要违背医学规律。

把他留在旷野,到处杯弓蛇影。

——贺拉斯

不只是心灵需要打磨,肉体也一样需要锻炼。如果没有强大的肉体支撑,心灵也会因为承受过大的压力,而觉得难以担负两份重压。这一方面我感触颇深,我正是因为自己的肉体过于娇弱,才会让心灵被压迫得举步维艰。在学习中我经常可以看到,我的老师也会经常跟我谈起,一个身体强壮的人,可以通过吃苦耐劳而让自己获得强大的智慧和勇气。

我见到过一些男人、女人以及孩子，他们天生身强体壮，被棒打一顿也不会比我被手指戳一下反应更大，被打的时候他们不会呼痛，连眉头都不皱一下。在竞技学家像哲学家一样比赛耐力的时候，他们从内心获得的力量远不如从肉体中获得的。来自工作的耐力实际上是对痛苦的忍耐："劳作打磨出了忍耐疼痛的厚茧。"（西塞罗）

让孩子忍耐训练过程中的劳累和痛苦，就是训练他们承受脱臼、肠绞痛、烫伤以及牢狱和刑罚的劳累与痛苦。生在如今的时代，一个人无论好坏总能经受最后的两种痛苦，可能孩子也会不幸遇到。我们有证据可以证明，这个社会上的杰出人物正受到那些胡作非为者手上的鞭子与绞索的威胁。

而且，对孩子来说，老师应该有绝对的权威，而父母在场会削弱甚至剥夺这种权威。了解自己家族的权势与财富，而且全家上下都对他尊敬有加，这种情况在我看来对一个这种年纪孩子的成长是有害的。

在人际交往中，我总是会看到这样一个弊端，人们不愿意去结识他人，而总是想着展现自己，不想通过努力获取新的知识，而总是想着向别人推销自己的东西。在谈话中，谦恭与沉默是用处很大的品质。孩子在学会了知识以后，老师还要教会他谦虚谨慎；就算有人当面说了些令他不开心的话，也不要在面上表现出来；因为对一切不符合自己喜好的事物进行攻击是非常缺乏礼貌，并且令人生厌的行为。要让孩子学会以自省为乐，事与愿违的时候不该埋怨他人，不要想着

违背社会的习俗。"作为一个聪明人也能做到低调和谦虚。"（塞涅卡）

那种无法无天的作风一样要改正。以及那些属于年轻人的争强好胜，需要假装聪明来展现自己的能力，通过批评别人和与众不同的表现来赢得无聊的名声。就像能够不遵守韵律约束的只有伟大诗人一样，能够在作风上不顾及世俗眼光的也只有那些独领风骚的人。"如果有一个苏格拉底还有亚里斯提卜放浪形骸，做出一些奇怪的事情，也不代表他能够有样学样；在这些国家里，可以不修边幅的就只有那些超脱世俗的贤者。"（西塞罗）

要教会孩子一件事情，讨论和争辩只能跟旗鼓相当的有才之士进行，这种情况下不需要无所不用其极，而是将最有效的招数使出来就好。教会孩子如何做好挑选论据的工作，要简明扼要并恰当地表达出来。特别需要告诉他的就是，如果遇到真理，就直接在它面前俯首称臣，不要做任何的抵抗，不管这个真理是出自对方之口，还是来自你的深思熟虑。因为只要站在讲台上，就不要再去说那些陈词滥调。千万不要参与一些自己并不赞同的事情。如果一个地方可以自由到用金钱来买卖忏悔与认错，那么此处的任何一项工作都不要介入。"人并不一定要将所有文明规定的思想观念都纳入自己的保护圈。"（西塞罗）

如果他的老师能够做到我要求的，就要让自己的学生宣誓对君主效忠，展现出自己的热忱和勇气；然而这只是在公务上的要求，他不可以有任何的私心。一旦产生了私人感情，就做不到之前那样完全的坦诚，就会有很多麻烦出现；此外，一个人受雇于他人或者被人收买以后，他所做出的判断就会缺乏公正和自由，或者是变得很随意和无关紧要。

他是君主万里挑一的人选，被教养在自己的庭院中，这位侍臣没有什么特殊的权利，他的责任就是取悦自己的君主，所以他不会去考虑或者说出任何让君主不高兴的话。这种恩宠与获利的关系就是导致他很难向君主谏言的重要原因，同时也会让他非常地自以为是。所以我们总会从这样的人口中听到一些与国内其他人不同的言论，不过在这些方面他们的话基本上都是不可信的。

要让良心和美德在他的言辞中闪光，而理智则是他唯一的向导。让他知道，假如自己的言论中出现了谬误，即便他人还没有看出，自己也要进行更正，这是一种判断与诚实的表现，也是他应该追求的重要品质；普通人身上的品质是对谬误的坚持与拒不承认，而且越鄙俗的人越是如此；而知错必改，查缺补漏，能够果断地放弃一起坏的念头，这都是属于哲学家的稀有且强健的气度。

要叮嘱他，不管在什么时候，防人之心不可无；因为我见到了一种状况，总是那些平庸之辈占据了最靠前的位置，拥有财富和权势的人却并不一定有才华。

我看到那些坐在餐桌上首的人，话题无非就是一块挂毯的华丽，或者希腊马姆塞葡萄酒的香醇；在餐桌另一端却出现了很多绝妙的金句,但鲜少有人听进去。

要对每个人的长处进行观察:放牧人、泥瓦匠、路上的行人;要学会利用所有的条件,要学习别人的长处;所有的事物都会有自己的作用,就算是别人身上的愚蠢和缺点,也能够让人学到东西。对他人的行为进行仔细的观察,就会有一些念头油然而生,对优雅的举止心生艳羡,对粗鄙的举止心生嫌恶。

培养他广泛的好奇心,对于所有的事物都坚持探索。去查看周围所有觉得奇怪的事物:一座房子、一口井或者一个人,还有古战场遗迹,以及恺撒或者查理曼大帝的行军路线。

什么样的土地会被冰霜冻硬,被烈日晒成沙土,
什么样的风能把帆船吹到意大利。

——普罗佩提乌斯

他还需要知道每一位君主的喜好、实力以及同盟者。学习这些知识很有趣,并且学会了非常实用。

还有一部分人是值得往来的,而且很重要,他们就是那些活在书籍和记忆里的人。学习历史,认识那些重要时期的伟大人物。了解每个人的意志,可以作为休闲式的学习,亦可称为一种颇有成就的研究,就像柏拉图说的那样,那是斯巴达人给他留下的仅有的一种学习。去阅读普鲁塔克的《名人传》,怎么可能不获益匪浅呢?然而我的老师不能忘记自己的责任，不该让学生牢牢记住迦太基灭亡的时间，而是要清楚汉尼拔和西庇阿的性情；不该让他们熟悉马塞卢斯死于何处，而是要让他们清楚他的死因正是自己未能尽责。

老师没必要让学生了解太多的历史故事，而要让他学会如何去判断。我认为人类的智慧在这一领域才表现出了最大的差异。同样是李维的著作，我看到了其他人不曾看到的一百件事；而普鲁塔克又看到了我不曾发现的一百件事，也许这正是作者未曾言明的用意。在一些人看来，这纯粹是一种语法学习，但是在另一些人看来，这是一种哲学研究，可以通过它去探索人性中最深刻的奥秘。

我认为普鲁塔克在长篇论述方面可以称得上一位杰出的大师级人物，所以他的著作中有很多篇目值得我们去认真阅读；不过还是有很多论述只是寥寥几句的概述，为那些想要在这方面进行深入研究的人指明方向，不过是针对个别的重要问题做一个引入。我们一定要把这一类章节都拆分出来，进行适当的解读。例如他曾说亚洲的居民只是为了一个人服务，也不能说出那个单音节的词汇："不。"也许正是这个词汇带给拉博埃西灵感，引发了他的深入思考，所以他才会写出《自愿奴役》这部作品。

此外，普鲁塔克还会从某人的一生中截取某一件事情或某一个词语，这种看似无意义的举动，实际上则是一篇演说。遗憾的是，真正学识渊博的人总是言简意赅；他们定然因此而获得更高的赞誉，但是我们如果去效仿就只会适得其反。

普鲁塔克更愿意听到我们称赞他是非分明，而不是学富五车。他想要看到我们不断的求教，而不是心满意足的样子。他很清楚，人们在好的事情上总是话太多，亚历山德里达斯曾经有理有据地批判过那个给民选法官说了太多溢美之词的人："嘿，外乡人，把自己该说的话说完，不要这个样子。"瘦弱的人用填充麻木的办法来充胖子，无知的人用满口废话的方式来装聪明。

更多地接触外面的世界，能够帮助我们更好地判断人性，能够对人性进行深刻的洞察。每个人都活在自己的世界里，不能把眼光放得长远，就只能看到跟前的事物。有人问过苏格拉底来自何处。他没有告诉对方他"来自雅典"，却说自己"来自世界"。这个人拥有天纵之才，他将整个宇宙视为自己的城邦，从整个人类出发，去探讨自己的知识、人际关系与情感，而不像我们这样只考虑自己周围的事物。

在我自己村庄的葡萄被冻伤了以后，我的神父就开始引经据典，说上帝对整个人类发怒，并斩钉截铁地说野蛮人很快就要死于干渴。再来说一下我们的内战，大家不是都在嚷嚷这地球已经陷入混乱，末日审判的日期已经扼住我们的咽喉，完全不去考虑曾经发生过更坏的事情，而这个世界的居民不是还过着好日子吗？

但是我虽然看到了很多在战争中不受法律约束的恣意妄为，但仍然为这场战争的和缓感到庆幸。有些人看到自己头上有冰雹，就会觉得半个地球都是雷电交加的。那位萨瓦人说过，如果这位愚蠢的法国国王善于理财，那么他就可以给自己的公爵当御膳总管。实在是这个人的脑子里不能想出什么比自己的主人更高的职位来。我们都在不自知的情况下犯了这样的错误，而这个错误却会带来很大很严重的伤害。不过若是有人会在脑海中描绘出庄严神圣的大自然母亲的形象，就像在画中一般鲜明，能看到她各种各样的、不断变换的面部表情，他就会看到自己连同整个国家在内，都变成了一个小圆点那样的存在；直到那时，人类才能够准确判断出不同事物的大小。

这包罗万象的世界，有些人还将它看作沧海一粟，或者是将它看作一面镜子，我们必须用它来对照自己，用正确的方式来看待自己。总而言之，我想看到的是这个世界能够成为我学生的课本。各种各样的特点、宗派、评判、观点、法律和风俗，让我们学会正确地自我评判一切，让我们的判断能力不断提升，随之可以看到自身的短板以及与生俱来的弊病：这个学习过程可称不上轻松。国家动荡，人民受苦，让我们明白了没有什么重大奇迹会出现在我们的历史中。无数姓名，各种胜利与征服早就已经被人们忘记，居然还有人妄想通过抓住十名轻骑兵、占领一个因为陷落而闻名的鸡棚而在史册留名，真的不是在开玩笑吗？数不尽的穷奢极侈的外交场面，显贵们前呼后拥的宫廷礼仪，让我们对君王睥睨天下的傲慢与自豪习以为常，无论看到如何富丽堂皇的场景都不会多看一眼。无数先烈已经在我们之前长眠于地底，鼓励我们不要对来到另一个世界与他们做伴感到畏惧。在其他方面也一样。

毕达哥拉斯说，人生就像一场所有人都聚集在一起的奥林匹克运动会。有些人会锻炼身体，希望通过比赛获得荣誉；有些人携带商品，为了获取利益。还有些人——并不能说他们不好——并没有抱着什么目的来到这里，不过是想看看事情是如何发展、为何如此发展的，他们只是其他人生的观众，通过这种方式来对自己的人生做出判断和修正。

通过这些例子，我们能够相应的提炼出所有最好的哲学观点，然后再用这些哲学和原理来检验人类的行为。教导孩子：

人类能够祈祷获得什么，
辛劳所得的报酬怎么花，
国家和父母对我们有这样的期待，
上帝要你做什么，要你承担什么责任，
我们被创造成什么，为什么。

——柏修斯

学习旨在清楚自己应该知道和不应该知道的东西有哪些；什么是勇敢，什么是抑制与公正；抱负和贪心、奴役和屈服、放纵和自由，两者之间都有什么不同；如何鉴别最实在的满足；面对死亡、痛苦和羞耻，我们应该抱有何种程度的畏惧。

> 困难要如何去规避，要如何忍耐。
>
> ——维吉尔

催促我们不断前进的动力是什么，我们的内心又因为什么而出现波澜？我认为儿童的启蒙读物，应该包含一些能够调整他日后的习惯与意识的内容，让他学会自我认知，让他了解怎样让自己的生命更有价值，让自己的死亡更有意义。而关于七种自由艺术，我觉得应该从教授能够让心灵变得自由宽广的艺术开始。

这七种艺术都有利于陶冶性情，也有利于其他一切方面的良性发展。不过还是要选择最实用和最直观的那些。

假如我们知道要把人生中的一切都用恰当与自然的标准进行规范，就能够看到如今正在流传的大部分科学都不实用。就算是那些最具实用性的科学，太过宽泛和深邃的事物也会不接地气，所以我们还是选择放弃苏格拉底的教育观念，就是我们要在学习过程中尽量不去传播那些没有实用价值的学科。

> 勇敢地做一个聪明人，行动起来！
> 在生活中胆怯的人就跟那个乡下人一样，
> 要等水退下去才敢渡河，

但是一条河流就算经过千年也不会干涸。

——贺拉斯

教授孩子星相学，告诉他们第八星球的运行规律，随后再告知那就是他们自己的形象，这完完全全是不成熟的做法。

双鱼座、代表激情的狮子座、
西方海洋中的摩羯座拥有什么能力？

——普罗佩提乌斯

昂宿星座、牛郎星座
又能对我有什么影响？

——阿那克里翁

阿那克西米尼在写给自己学生毕达哥拉斯的信中说道："死亡和奴役都已经迫在眉睫，我哪里还有心情去探讨什么星座的奥妙？"（在那段时期，波斯国王正在准备对他的国家发动战争。）所有人都该这么说："我当时正遭受着野心、贪婪、莽撞和迷信的攻击，一生之中很多与之相似的敌人都停留在我的内心，我怎么可能还有闲情逸致去猜测地球的运转？"

让一个孩子学会变聪明和卓越的方法，随后再进行逻辑、物理、几何以及修辞学的讲解。因为已经具备了相应的判断能力，不管他选择了哪一个学科，都能够很快融会贯通。老师可以用谈话或者文章讲解的形式来授课，偶尔可以用一些能够对此类教学目的有帮助的作者节选，或者也可以直接将详细解析的精华部分教给学生。假如对于某些书籍，或者这些书籍中的重要信息并不是很了解，老师可以邀请一些文人提供帮助，在需要的时候将材料拿出来进行整理，作为学生的教材，借此来达到自己的教学目的。

哪还会有人不相信，这种授课形式要比希腊语法学家加扎的更加轻松自在？加扎只知道讲解那些乏味又难懂的教条，那些缺乏生动和丰富含义的言辞，没有办法让人理解，也不可能带给人启发。依我之见，人类的心灵很清楚哪里可以找到粮食，哪里可以摄取养分。能够更快地结出更大的果实。

让人难以理解的是，我们所处的这个时代，事情居然已经变成了这副模样，就算是那些有知识的人，也认为哲学是一个虚无的、不切实际的词语，不管是在普通人的观念中，还是在实际生活的应用中，哲学都是缺少价值和用处的。我敢肯定，那些诡辩学家们在哲学道路上的出现正是原因所在。

把哲学的形象描绘得狰狞恐怖、愁眉苦脸，让孩子们无法靠近，实在是一个最大的错误。谁把这苍白丑陋的面具戴在哲学头上的？实际上，再也没有比哲学更轻松愉悦、令人开怀的了，我甚至想说搞笑逗趣。它仅仅告诉大家要尽情享受人生，快乐度过每一天。如果有人在此处愁眉不展，只能说他来错地方了。

语法学家德梅特里乌斯在德尔菲神庙里见到了一些聚坐在一起的哲学家，就对他们说："如果不是我想错了，那么就是你们并没有激烈的讨论，才可能做到这么快乐平和。"这当中有一个人是梅加拉的赫拉克利翁，他回答说："如果有人在讨论问题时愁眉不展，那么他讨论的话题只可能是希腊动词'我扔'里面是不是出现了两个人，或者'更坏''更好'的比较级与'最坏''最好'的最高级是如何衍生的。参与哲学推论从来都只会带给人快乐，让人兴高采烈，不可能让人心生苦恼，垂头丧气。"

> 身体不舒服，人们便能猜出心中的不快，
> 喜乐的心情也能够被猜到，
> 因为这两种状态都能从脸上表现出来。
> ——朱维纳利斯

哲学的存在会让心灵变得健康，从而使身体也保持健康。心灵的安定祥和会有一些外在体现，以哲学的样子来塑造人的样貌，最后这个人会变得优雅而骄傲、随和而富有生气。智慧有一个最明显的特征，就是长久的愉悦；就像存在于月亮王国里的一切，常年明朗。那些三段论的胡说八道让哲学的学习者蒙受冤屈，但哲学本身并没有错，这些人所认识的哲学不过都是别人的讹传。哲学该做的并不是完全凭借空想的本轮说，而应该是要通过自然、可以接触的推论，让心灵

得到宁静，学会对快乐的追求与渴望。哲学是以美德为目的，而不是经院派口中说的那样，站在料峭高耸的山巅上，让人无法企及。

真正靠近哲学的人，会有完全不同的看法，他们看到哲学是处在一片开满鲜花的肥沃平原上；站在那里，能够清楚地看到下面的一切。如果你熟悉那个地方，也可以从一条开着鲜花的林荫道上走过，快乐而平缓地上升，就像走在通往上天的路上。高尚的美德美好、振奋、让人爱戴、温柔而勇敢，完全与刻薄、乖张、畏惧和桎梏站在对立面，它将本心视为向导，引快乐与机遇为伴；另外，有一些人生来与美德不沾边，因为这个缺点，就认为哲学是一个愚蠢、忧愁、苦闷、阴沉、喜爱纷争的凶恶的怪物，说它是站在偏远山巅的荆棘丛中惊吓行人的幽魂。

我的老师发现，让学生对美德由衷敬佩还不够，他们还需要同等或者更多的感情；要告诉他们，诗人能够表现出群众的情操，让人能够拥有双手触摸的真实感受，在通往爱神维纳斯小屋的道路上，奥林匹斯众神洒下的汗水要比在通往智慧女神雅典娜小屋的道路上更多。

孩子的自我意识形成以后，就为他引荐布拉达曼或者安琪丽克①作为玩伴。一个拥有天然生动的美丽，英气大方，长

---

① 这两个人是意大利诗人阿里奥斯托的《愤怒的罗兰》里的女主角，性格截然不同。——译者注

得却不会像男孩子；与之相比，另一个就带着一种病态的美丽，并且装模作样还有点小气。一个身着男式衬衫，戴着闪闪发光的头盔；另一个穿裙装，头戴一顶镶珠无边帽。

如果他跟那个女人一样的弗里吉尼牧羊人[①]做出了完全不同的选择，老师就会觉得他在爱情方面也十分有男子气概。这时候老师就能够教授一门新的课程：真正的美德，其价值与高尚之处体现在实践过程中的轻松愉悦，能够毫不费力地做一件有意义的事，无论老幼、诚实或谨慎的人都能够实现。宣扬美德是通过调和而非强制的方式。美德青睐的第一个人是苏格拉底，他主动脱离强制的意识，于是轻松自在地实现了美德。这便是人生快乐的乳母。她让趣味被正当化，变得踏实又纯粹。如果她压抑了趣味，就会让人迫不及待想要去冒险。她将自己不要的趣味都抹除，促使我们去追逐她想要保留的乐趣。她让我们能够充分满足自己天性中的趣味，像一个慈爱的母亲那样让我们得到满足，但是不会过分（可能我们不想说克制与我们的趣味是对立的，因为要做的是在酒客喝醉以前，在食客胃胀以前，在好色之徒变秃之前叫停）。

假如不能得到跟普通人一样的命运，她就会选择避让和舍弃，重新创造一个属于自己的命运，不会踌躇不前。她清

[①] 指希腊神话里的帕里斯，他是特洛伊王子，在阿佛洛狄忒的协助下拐走了斯巴达王的妻子海伦，于是引发了特洛伊战争。——译者注

楚变得强大、富有和博学的办法，会躺在飘着麝香味道的床上享乐。她热爱生活、美好、荣耀和健康。然而由于自己独特的使命，她知道要怎样克制地使用财富，也知道这些财富一直都在流失。这是一个困难的使命，但是更高尚，如果缺少了这项使命，人生就不再符合自然规律，不再安稳和平坦，于是我们再也无法躲避那些暗礁、荆棘和怪物。

假如这个学生的性格有些与众不同，喜欢听一些奇怪的言论，而不是那些美好的旅程和富有智慧的探讨。听到战鼓擂动，他的伙伴们都激情澎湃，只有他转身离开，被人叫过去看街头演出。他对事物的评判完全出于自己的喜好，觉得从战争中获胜带着风尘归来，完全不如在网球场或者舞会上引人注目更让他快活，面对这种学生我别无他法，只能告诉他的老师，趁早在没人的时候掐死他了事，不然就把他送到一个好一点的城镇里做一名甜点师，就算他父亲是公爵也不会有什么不同，因为按照柏拉图的理论，对一个孩子的培养全凭个人资质，而不会去看他的父亲资质如何。

哲学已经是一门教育我们如何生活的知识，无论是在孩提时代或者人生中的其他阶段都能从中受益，那为何不让孩子们学习呢？

在黏土湿润柔软的时候，就该赶紧动手，
让灵活的转盘给它们成功塑形！
——柏修斯

我们总是在人生过完以后，才会被人教导该如何生活。很多的学生在染上梅毒以后，才会学到亚里士多德跟节欲有关的课程。西塞罗说自己就算过了两辈子，也不可能去看抒情诗人的作品。在我看来，这些诡辩学家真是一群值得同情的庸碌之辈。留给我们这些孩子的时间则更少，他们学习的时间只有人生中最初的十五六年，之后的时间全部都用来躬身实践。

我们只有很少的时间用来完成所有必需的教育。要对时间进行合理的利用，辩证法中所有复杂和生硬的东西都不需要，因为这些对改善生活毫无帮助；那些简单明了的哲学理论，实际上要比薄伽丘的故事更容易让人明白。能让孩子在哺乳期就开始接受的教育，比识文断字和书写能力的培养更加重要。哲学的话题不只有人类的衰老，还有人类的诞生。

我对普鲁塔克的观点表示赞同，亚里士多德能够激起自己的学生亚历山大热情的并不是三段论的构成技巧，也不是几何原理，而是那些关于勇气、胆识、慷慨、节欲和永远无所畏惧的教导。亚里士多德让当时还是一个少年的亚历山大带着这样的精神武器去征服整个世界的帝国，他身后只有三万名步兵、四千匹战马和四万两千埃居。普鲁塔克说，亚历山大对于艺术以及其他学科的教育也很重视，称赞这些学科能够陶冶性情；可就算他本人对这些都很感兴趣，想要让他进行大力推广也还要费一番力气。

> 无论老幼，都能够找到心灵寄托，
> 对老年人来说这更像是一种倾诉。
>
> ——柏修斯

伊壁鸠鲁给迈尼瑟斯写过一封信，开始的部分是这样说的："希望年少的时候不会逃避哲学，年老的时候不会厌倦哲学。"这话的意思就好像：如果有人的做法不相同，那么就是还不曾有过幸福生活的机会，或者已经永远失去了这个机会一样。

说了这么多，我是非常不想人们把孩子当犯人管的。我不希望孩子有一个阴晴不定的老师。我不希望孩子的心灵受到伤害，如同当今的普遍情况，不得不每天工作十四五个小时，累得像个脚夫。因为性格忧郁而孤僻，就毫不怜惜自己，完全沉浸在学习中，我们不去劝阻，这也是不对的。这样一来，孩子就会变得不善言辞不爱交际，让自己与好的工作机会失之交臂。

有多少与我同时代的人，我看到他们因为对知识过分贪婪而变成了傻子？卡涅阿德斯就是因为读书太多而变得像个疯子，胡子也不刮，指甲也不剪。我很不想看到别人的不文明或野蛮让自己的优雅外表受到影响。法国的智慧在很早以前就已经被确定了，虽然历史悠久，却不能保持。凭良心说，如今我们看到法国的孩子，个个都无与伦比地优雅；可仍旧跟我们的期待有相当的差距；成年以后就完全变得平庸。我曾听到一些有远见卓识的人说过,到处都是这样的学校,孩子送进去以后就被教成了呆子。

我们口中的这个孩子,在书房里、花园里、桌子或者床边上、一个人或者有人陪伴的时候,白天或者晚上,任何时间地点都能够开始学习。因为哲学作为一个培养判断与习惯的老师,会成为他主要学习的课程,于是他就拥有了进入一切的权利。在一次宴会上,有宾客请演说家伊索克拉特谈论一下自己的艺术,于是他说:"此刻要做的事情,并不是我会做的;此刻要做的事情,刚好是我不会的。"每个人都觉得他言之有理。大家聚在一起的原因正是为了谈天说笑、品鉴佳肴,这种时候如果有人演讲或者开始修辞学的辩论,难道不会觉得很扫兴、很不合适吗?

在谈论其他学科的时候也是如此,不过哲学因为有涉及人及人类义务责任的内容,所有聪明人都是这样评价的,所以要让气氛和谐,在宴会和游戏中谈论哲学是可以接受的。柏拉图让哲学来到了自己的餐桌上,我们也看到了哲学如何使宾主尽欢的。在恰当的时间和场合,尽管我们其实都在说一些最崇高的、有利于全人类的道理:

无论贫富,都一样适用,
无论老幼,遗忘都有害。

——贺拉斯

所以，我们可以肯定，这个人不可能过得比他人清闲。然而情况就像我们在藏画室里欣赏一样，即便走的路程是一个既定目的地的三倍，仍不会觉得劳累。我们上课的情形与此相同，看起来都是随意闲聊，时间地点不限，话题无所不包，在你还未察觉的时候就已经讲完。

学习中占很大比重的内容会是游戏和运动，包括跑步、角斗、音乐、舞蹈、狩猎、骑马和兵刃训练。我希望教育不单单培养他的内心，也要培养他的风度、体格和待人接物。这并不是单纯的训练一个精神或者一具肉体，而是在培养人；两项内容是不应该被分隔开的。就像柏拉图说的那样，训练中不该有侧重和偏好，而是要做到均衡，就像驾驭拴在同一根辕木上的两匹马。按照他的说法，就像身体锻炼显然占的比重太小，没有获得充分的时间和重视，却还觉得两者可以并行，而不是反过来呢。

另外，这样的教育也要张弛有度，而不是像现在的主流教育观，让孩子们远离文艺，却总是接触到可怕和残忍。千万别跟我说什么暴力和强权。在我看来，这是善良天性最大的敌人。您要是想让孩子明白羞耻，畏惧惩罚，就不能让他漠然地对待这些。然而，面对汗水、严寒、狂风烈日以及各种各样的困难，就该让他不当回事。不应该在衣食住行上娇惯孩子，而是要让他们学会适应各种环境。别把孩子养成一个娇滴滴的小男人，而应该培养他做一个坚强的男子汉。

不管是在小时候，长大后还是年老的时候，我的信念和判断都不曾改变。然而最让我看不惯的是多数学校采取的教学方法。如果能够更宽容一些,也许带来的伤害就会降低很多。这里是名副其实的少管所。在还没有堕落之前就给予了堕落者应受的处罚,于是他们就真的堕落了。尽可以去看看他们上课的样子,您只能听到孩子的不断讨饶,老师却在愤怒叫嚣。看着眼前稚嫩畏惧的心灵,还能板起脸来挥舞着鞭子驱赶他们,这到底是什么启蒙良方?这种方式非常有失公允,而且贻害无穷。

我们还可以把昆体良的精辟见解放在这里,他告诉我们这种野蛮的教育体制会造成很坏的影响,尤其是体罚的施行。与悬挂滴血的柳条相比,教室里更适合摆放芬芳的花朵!我要学习哲学家斯珀西普斯在自己学校里的做法,让自己的教室里充满欢笑,迎来花神与惠美之神。那些对他们有好处的事情,我们都要快乐地进行。对孩子有益的肉里加的都是蜜水,对孩子有害的肉里加的都是苦水。

最有趣的是柏拉图在《法律篇》里,着重描绘了自己城邦内青年们的娱乐活动,对赛跑、竞技、声乐、跳高、舞蹈等活动都进行了详细的描写,并且提到了在古代,这些事务都是交给诸神:阿波罗、缪斯和密涅瓦来掌管的。

他在体育方面有颇多建树;但是在文艺方面言之寥寥,似乎只是在提及音乐的时候才单独说到了诗歌。

行为习惯中的各种怪癖都应该避免,这是社交与往来中遇到的最大障碍,人们应该避之如蛇蝎。亚历山大的御厨总管德莫丰，站在阴影下面会流汗，站在阳光下面要发抖，有谁会觉得这种体制不奇怪的吗？我还曾遇到一个人，闻到苹果的味道会跑得比撞到枪口上还快。有些人害怕老鼠，有些人看到奶油或者拍打羽毛床垫就会觉得恶心，比如日耳曼的恺撒，他不能看到公鸡，也听不得公鸡打鸣。

可能这其中有什么深层的原因，但我觉得只要及早发现都是能够解决的。教育对我个人在这方面有很大的帮助，做到这些自然要费一番心思，我对除了啤酒之外的任何事物都适应良好。在自己的身体能够听从指挥的时候，应当让它学会对所有的饮食习惯和生活方式都适应良好。胃口和意志都能够被控制的时候，就要完全放开手让年轻人去适应不同民族和地域的风俗，必要的时候，就算是荒唐一下也是可以的。

要根据习俗的偏好去培养他。教会他做所有的事情，但是只对做好事感兴趣。卡利斯提尼斯正是因为不愿意跟自己的君主亚历山大一起纵情饮酒而失宠，对于他的做法，就算是那些哲学家们也不敢苟同。他该跟自己的主人一起玩闹，追求享乐。我还想让他在玩闹的时候比其他人更活跃、更兴奋。不作恶并不是因为自己能力不够，也不是因为不得其法，只是因为没有过这个念头。"不想作恶与不能作恶，这中间有着很大的差异。"（塞涅卡）

我想对一位领主表达自己的尊敬，他在法国的时候从来不像其他人一样寻欢作乐；我问过他，在德国的时候有多少次因为国事而在贵宾面前醉酒。这位领主的确因此而醉酒，他告诉我有三次,并且每一次的情况都可以说得清清楚楚。所以我明白了,如果没有这样的天赋,还想要为国效力,确实非常不易。

我常常会对阿西皮亚德斯的天才心生敬佩,不管身处怎样的环境中,他都可以自有应对,毫发无伤。他可以比波斯人还要奢靡,他也可以比斯巴达人还要俭朴;在斯巴达的时候,他是一个改邪归正的人,而在爱奥尼亚,他就是一个贪图享乐之辈。

> 不管是什么样的衣服、处境和命运,
> 亚里斯提卜都毫不在意。
>
> ——贺拉斯

我要以此为榜样培养自己的学生——

> 衣衫褴褛满不在乎,
> 衣着华丽也不造作,
> 有无钱财皆可洒脱的人令我赞叹。
>
> ——贺拉斯

我教授的就是这样的课程。躬身实践的人要比听闻道理的人更受益。您如果理解他,就会去倾听;您如果倾听了,就会理解他。

在柏拉图的谈话中，有人这样说："上帝如果没有谈论哲学，就肯定是在学习很多知识、谈论艺术！"

比艺术更重要的是生活的艺术，
它来源于生活而非教育。

——西塞罗

弗里阿斯人的君主莱昂问毕达哥拉斯能教哪一门学问，教授什么艺术。毕达哥拉斯回答说："我既不懂哪一门学科，也不懂哪一种艺术；不过我是哲学家。"

有人这样批判第欧根尼，说他不学无术却还要研究哲学。他回答说："正因为这样，我才更应该研究哲学。"

赫格西亚斯让第欧根尼为自己读一本书，后者对他说："您太有意思了，在挑选无花果的时候，您要真的天然的，而不想要画里的那个；怎么到了选择生活的时候，您就不选那个真的天然的，而是存在于文字中的那个呢？"

他掌握课本上的知识以后，不需要多说，而是要多去实践，在行动中不断地去执行。需要考察他做事的时候有没有深思熟虑，行为是否端正纯良，言辞是否优雅有主见，在病中是否坚强，玩乐的时候是否礼让，在享受上是否能够克制，对鱼肉酒水的口味是否挑剔，能不能恰当地处理经济事务。

一个人如果不拿自己的知识出去炫耀，而是用来规范自

己的生活，

　　他就能严于律己，坚守个人原则。

——西塞罗

　　只有我们的生活经历才能够真实地反映出自己的行为。

　　泽克斯达姆斯被人问道，为什么斯巴达人没有把自己的勇武条理汇编成文字，让青年们阅读，他是这样回答的："这么做的目的是为了让年轻人学习行动，而不是学习文字。"对比一下我们中学的拉丁文学生，一直到十五六岁的时候，经过那么长时间，也只是在学习如何讲话！这个本来就充斥着废话的世界，从未出现过一个少言寡语的人，从来都是聒噪的人随处可见。就这样，我们虚度半生。我们被要求用四五年的时间听写单词和句子；随后的四五年用来学习写作可以分成四五个步骤的长文；然后再用不少于五年的时间去精雕细琢长文的写作技巧。这样的工作，还是交给那些以此作为毕生事业的人比较好。

　　有一次，我在去往奥尔良的路上，途经克莱里平原的时候遇到了两位正要赶往波尔多的艺术教师，前后不过五十步的距离。在他们后面比较远的地方，我还看到了一队行人，走在前面的那位主人正是已故的德·拉·罗什富科伯爵。我的一个随从就去询问走在前面的教师，走在他后面的那位贵族是谁。这位教师并没有注意到身后的大队人马，还以为随从说的是他身边的同伴，就开玩笑说："这位并不是贵族，他是一位语法学家,我是一位逻辑学家。"

但是我们要做的事情刚好不一样,我们需要培养贵族,而不是什么语法学家或者逻辑学家。随便他们怎么清闲都可以,反正我们还有很多别的正事要做。不过我们的学生需要明白事理,明了以后自然就会有话说,就算不能马上说出来,晚一点总能说出口。我曾听闻有些人谦虚地表示自己不善言辞,纵然胸中有丘壑,奈何没有与之相应的口才,不能很好地表达出来。但这不过就是借口。你猜我是怎么想的?这些人都没有能学会完整的理论,也没有能够彻底理解,不能归纳和领悟其中的道理,所以也不能进行充分的说明:这完全是因为他们没能做到心领神会。

如果看到有人在创作的过程中磕磕绊绊,不能顺利说出来,那您就完全可以理解为这些人的工作还没能够到达出现成果的阶段,仍旧处在培育期,不过是一个未成形的胚胎。我个人坚持认为,并且苏格拉底表示过相同的观点,一个人但凡有了明确的概念,就一定能表达出来,意大利的贝加莫土语也可以;如果不能说话,也可以用面部表情来表示。

> 能够准确地找到主旨,后面肯定不缺语言表达。
> ——贺拉斯

另外,塞涅卡用非常诗意的语言来形容自己的散文:"事物了然于心,辞藻自然浮现。"西塞罗也说:"事物可以带动词汇。"他对希腊语的夺格、连词、名词和语法一窍不通；他的仆人和小桥上卖鱼的婆婆也一样。但您如果愿意的话，完全可以跟他们无障碍沟通，此时运用的语言规则可以说基本不逊于法国最优秀的文科老师。他们没必要精研修辞学，也没必要用一段引入的话来让那些"公正的读者"仔细听；他不用费心去了解这一切。老实说，质朴真理散发出的光辉，会让所有华丽的辞藻都黯淡无光。

那些精雕细琢的文章，只能讨普通大众的喜欢，因为这些人没有办法消化更有营养、更有分量的肉，塔西佗笔下的阿佩尔就是一个好例子。萨摩斯岛的使者来觐见斯巴达国王克利奥米尼的时候，进行了一番华丽的长篇演说，希望能用唱作俱佳的表现说服他对波利克拉特暴君开战。国王让使者念完了稿子，然后告诉他们："最前面说了什么我已经忘记；所以中间的内容也会受到影响；我只听到最后的结论，这件事情我不愿去做。"我认为这个回复妙极了，正好可以敲打一下那些喜欢咬文嚼字的人。

另一边是什么情形呢？雅典人要开始一项大工程，需要在两位建筑师之间进行选择。第一位建筑师装模作样地做了充足准备，进行了一次与工程相关的华丽演说，博得了众人的青睐。然而第二位建筑师上来，仅仅说了三句话："雅典的各位大人，前面这位提到的那些，我全都能做到。"

西塞罗在自己的雄辩才能达到巅峰的时候，有很多人敬佩他。小加图对此只是一笑了之，说了一句："我们有一名受人欢迎的执政官。"不管放在哪里，有用处的名言警句总是讨人喜欢的。就算是跟前后文不搭，句子本身也值得品鉴。可我并不觉得只要合辙押韵就是好的诗句；随他们在心情好的时候拉长短音节去吧，没什么大不了。假如人们喜欢他的创意，假如他的思想和判断有很好的反响，我会说这是一个很好的诗人，却不懂得韵律。

> 他的诗歌有着高雅的情操，文字却略显粗糙。
> ——贺拉斯

贺拉斯说，要让所有的格律与人工雕琢都在自己的作品中不着痕迹。

> 将韵脚和音步去掉，词句的顺序修改，
> 将最前面的词放在诗句的最后，
> 能看到诗人无处不在的用心。
> ——贺拉斯

就算如此也没有妨碍他施展才华，诗句依旧很美。米南应邀写一部喜剧，临近截稿日期他还没有动笔，有人指责他，他便回道："剧本结构已经完全准备好，接下来只要把诗句填进去就可以完成。"他心里已经有成算，剩下的小细节就完全不成问题。

在龙沙和杜·贝莱的诗歌让法国享誉国际之后，所有的小学徒们写出来的诗句都似乎在模仿两人，全都是抑扬顿挫、侃侃而言。"掷地有声，空无一物。"（塞涅卡）在一般人看来，从未见过如此多的诗人出现。然而这两人的韵脚学来简单，但是龙沙那种丰富的描绘以及杜·贝莱那些微妙的创新，这些人根本连一点皮毛都学不会。

不过，要是有人想要强迫一个孩子学习这种复杂的三段论诡辩技巧："火腿让人想喝，喝下去能够解渴，火腿能解渴。"这种时候要怎么应对？让孩子笑一笑就好。有时候微笑以对要比任何回答都要微妙。

让孩子引用亚里斯提卜的那句俏皮话进行反诘："把他绑上都不能让我清静，干吗还要松开？"有人对克里斯波斯说，可以用辩证法的技巧来跟克里昂特斯对抗一下，得到的回答是："这种小伎俩，你还是去找小孩子玩吧，不要把成年人的正统思想都带歪了。"假如运用这些傻里傻气的遁词："一些晦涩难懂的诡辩"，去欺骗一个孩子，后果会很严重。可要是这些遁词并没有什么用，只不过是把孩子逗笑，那我觉得也就没有什么禁止学习的必要。

这个世界上总是有这样的傻瓜，愿意跑一里路，去追回一个金句。"有些人不用语言去迎合主题，反而放弃了主题去寻找能够运用语言的地方。"（昆体良）还有人说："有的人为了能用到自己喜欢的词汇，居然愿意去触碰自己根本毫无兴趣的主题。"（塞涅卡）

但是我宁愿不要那些金句，把它们放进口袋，也不想放弃自己的思路，而保留精彩的语句。要反过来让语言为主题服务，去迎合主题，如果法语不能清楚地表达出来，就用加斯科涅语！我的观点是，内容一定要足够鲜明，可以完全占据听众的想象空间，让他们连原话都想不起来。我喜欢的是那种淳朴的语言，不管是口语还是书面语都要朴实无华；激情满满，铿锵有力，不需要舒缓悠长，也不需要短促激进。

能够震撼人心的文体才是好的文体。

——卢卡努

就算别人看不懂，也不能让人厌恶，装模作样，乱七八糟，胡说八道，不严谨；不能太古板，经院式的、讼师风格的都不能要，士兵风格的都更好一点，斯维托尼乌斯就是这样形容裘力斯·恺撒的语言；虽然我并不太清楚这种评价的由来。

我曾经很喜欢模仿现在这些年轻人的随意穿着，斜披着大衣，披风只搭着一边肩膀，袜子有一只不拉直，通过这种奇装异服来表示自己那种睥睨一切的骄傲和不羁的感觉。但我觉得这种风格更适合用在语言里。不管是什么样的矫揉造作，特别是在表达法国式的快乐与自由方面，对宫廷官员来说是非常不合时宜的。在一个君主国家，所有的贵族都要按照宫廷官员的标准来培养。所以我们为什么不略微地向轻松自然的方向倾斜一下呢？

在衣服上看到露在外面的线头和针脚会让我不高兴，同理，在美好的肉体上看到突出的骨骼和血管也不可以。

用来表达真理的语言，就该是朴实无华的。

——塞涅卡

没有人说一句话还要斟酌半天，除非他想说得矫揉造作。

——塞涅卡

想要实现语言的生动会让我偏离主旨，带来真实的伤害。

通过怪异的穿着来吸引他人的目光，这种做法很小家子气。同理，用一些生僻字和奇怪的造句在语言表达上，恰恰表现出了一种刻板而不成熟的妄想。我只希望能够使用巴黎菜场里的语言！语法学家亚里斯多芬完全不熟悉这种语言，居然还要对伊壁鸠鲁那种俭朴的用词和只求表达清楚的演讲目标大加批判。学别人说话很简单，所有人都能做到。学别人的判断和创新，就没这么立竿见影了。大多数读者因为找到了一件同款的外袍，就误以为这些人的身材也很接近。

能力和灵性没有办法外借，但服饰和外套就随意了。

我经常走动的人中，说话风格大都和我的随笔很像，然而我不清楚这些人的思维方式是不是也很"随笔"。

（柏拉图说）雅典人偏好辞藻华丽、内容丰富的谈话，而斯巴达人则更喜欢简洁明了的语言风格，克里特人则更关注理念而非语言风格的多样性。克里特人要比这些人好一些。芝诺说自己的学生分为两种：一种被他称作语史学家，勤奋好学，是他引以为傲的学生；另一种是文体爱好者，他们关注的重点只是语言而已，善于表达并不是什么坏事，可总比不上行动力强，况且终其一生只是忙着不停讲话，我怎么可能不觉得厌烦？

首先，我要了解自己的语言，然后，再去了解与我往来密切的邻邦语言。毫无疑问，希腊语和拉丁语都是美丽严谨的，但是要想精通得付出很多心力。下面我来说说自己尝试过的一种学习方法，要比现在流行的那些简单很多，愿意的朋友可以尝试一下。

我已故的父亲穷尽自己的力量，对那些学者和有见地的人进行了研究，发现了如今普遍存在的一个问题，所以就想要建立一种更好的教育模式。有人告诉他，如今我们要耗费大量的时间和精力去学习古希腊罗马人能够轻松掌握的语言，正是这个原因让我们不可能像他们一样深刻。我不觉得只有这个原因。

幸好我的父亲发现了一种方法代替学习，在我还没断奶、不会说话的时候，就让一个德国人来教导我。这个人不会法语，却精通拉丁语，在客死法国的时候已经是个很有名的医生。我的父亲重金聘请他，让他每天都督促我学习。他还另外聘请了两位稍微逊色一些的人跟在我身边，用来分担德国人的工作。我们只用拉丁语交谈。而家中其余的人，也要遵守一条死命令，就是我在场的时候，父亲自己、母亲、仆人和侍女，都要尽可能地使用自己学会的拉丁语词汇来跟我交谈。

每个人都有不少收获。我的父母掌握了足以理解对话的词汇，在必要的时候还能派上用场，服侍我的那些仆人也一样。整体看来，因为我们总是使用拉丁语进行交流，这种习惯还影响了周围的村庄，很多工匠和工具的拉丁语名字在这里流行开来，到现在仍在使用。在我满六岁以后，能够理解的法语或者佩里戈尔方言基本上跟阿拉伯语差不多。在我学习的过程中，没有书本和语法规则，也没有强制的鞭子，我不用哭着鼻子就掌握了这门语言，我的拉丁语和学校里的语言老师一样纯正，因为在我这里不会出现混淆和窜改的可能。所以，在上学校规定的作文课时，其他学生拿到的都是法语题目，只有我会收到一篇拙劣的拉丁语文章，然后我要做的就是把它修改成为纯正的拉丁语。

我的家庭教师中有《论罗马人民集会》的作者尼古拉·格鲁奇、亚里士多德的注释者纪尧姆·盖朗特、著名的苏格兰诗人乔治·布坎南、法国和意大利如今最优秀的演说家马克·安东尼·缪莱，他们总说我从小就学习拉丁语，语言运用非常纯熟，他们跟我说话的时候都要很小心。后来我还见过布坎南，他当时已经成为元帅德·布里萨克（已故）的门客，他说自己正要写一部跟儿童教育有关的书，希望用我的童年经历举例；在那个时候他刚好是元帅儿子德·布里萨克伯爵的老师，我们都清楚这位伯爵在后来表现得多么勇敢和高尚。

我基本上是不懂希腊文的。父亲打算用一种练习与游戏相结合的方式来提高我的学习效果。我们两个人互相较量，轮流背诵词语变格；这种方式跟一些人通过下棋来学习几何学和数学很像。有些人建议父亲去引起我对知识和做人道理的兴趣，不要强制我去学习，而是让我自己产生学习的想法；在自由和温柔中成长的心，不需要约束与严格。有些人相信，将一个孩子突然从清晨的睡眠中惊醒（孩子通常要比成年人睡得更沉），会对他们脆弱的大脑造成损害，而我的父亲，我可以这样说，他在这方面做到了近乎迷信的地步，我一直都是被某种乐器唤醒，我的家中一直都会有一个演奏者。

以此为例，所有其他的环节就可以被推演出来，还要借这个机会让大家都看到这位好父亲的爱与细心，能够在孩子的教育上进行这么审慎的安排，如果还没有得到回报，那么原因也肯定不在他的身上。原因有以下两点：土壤贫瘠，不适合耕种；虽然我本人身体强健，但是因为性格温柔，又对事物提不起兴致，总是没什么精神，所以没人能让我改掉这种懒散的个性，叫我一起玩乐都没用。亲眼所见的事情就能很快明白。虽然长相木讷，但是脑子转得很快，很多观点都超越了同龄人。思维走得不快，想到什么地方就是什么地方。理解得不够快，也没有什么创新的观点，最要命的是那个差得令人难以置信的记性。以上种种原因，也就导致了父亲的教育并没有取得好的成果，这很正常。

还有就是盲目地去征求各种意见，见到一个人就询问一下看法。我这位好父亲很担心自己最关注的这项教育事业会走向失败，最终竟然去跟随主流意见，就跟鹤群一样，大家都跟着领头的飞。在离开那些用他从意大利带回的启蒙课本给自己启蒙的人以后，他就只能依照当时的风俗，在我六岁那年，让我去当时办得如火如荼的那个据说是法国最好的学校居耶纳中学读书。

在学校里，他再不能给我安排合格的家庭教师，也不能在学科的其他地方允许我做一些校规不允许的事情，就算他有这个想法也不可能随心所欲。因为，这怎么说都是一个学校。我的拉丁语越来越差，后来因为不怎么用就彻底荒疏了。新式教育给我带来的最大好处就是一下子进入了高年级。十三岁那年我从学校出来的时候，已经把所有的课程都完成了（他们是这么说的），但其实这些课程没有一个能派得上用场。

奥维德《变形记》里的故事读起来让人很快乐，我对阅读最初的兴趣就源于此。因为我在大概七八岁的时候，放弃了所有的游戏，悄悄地看这些故事。特别是书中使用的语言是我的母语，我几乎没有阅读障碍，书里的内容也非常适合我这个年纪的孩子。像《湖中的朗斯洛》《阿马迪斯》《波尔多的于翁》这种受孩子欢迎的通俗话本,我根本连书本的名字都没听过,更不用说书里的内容了,我那时候可是严格遵守纪律的。

其余那些规定的文章,我更是没心情去看。当时我的那位辅导老师也是很有想法的人,跟我这种学生有着一种无言的默契。那段时间,我一下就把维吉尔的《埃涅阿斯纪》看完了,然后又接连看了泰伦提乌斯、普洛图斯和意大利喜剧,那些温馨的故事总是能牢牢抓住我的心灵。如果当时那个老师疯狂地阻止我读这样的书,那么我觉得在我离开学校的时候,心中剩下的就只有对书籍的憎恨,这几乎是贵族阶级的常态。

我这位老师的做法很不错。他对此不闻不问,让我暗地里贪婪地阅读这样的书籍,不断被激起阅读的欲望,然后在正规课程上,又态度温和地让我努力学习。父亲将我托付给这些老师,提出的要求里主要就是品德与宽和。所以我身上的问题也就只有懒惰松散。老师要担心的是我不做事情,而不是我做坏事情。没人觉得我能变成一个坏人,他们都觉得我会长成一个废人。他们在我身上观察到的性格是好逸恶劳,完全没有什么阴谋诡计的天赋。

我发现事情真的就在按照这种推测发展。总是不停有人在我耳边抱怨:"每天什么事情都不做,对亲友很冷淡,一点都不关注公共事务;太自私。"最缺少公正的人,不会说:

"为什么他拿走？为什么没给钱？"而是会说："为什么不是免费？为什么不白给？"

这些人只不过让我多一些附加的工作，我倒是没什么抵触。可是这些人让我去做一些不应该是我做的事情，并且表现要比没完成分内之事的态度还要恶劣，我就觉得很不公平。如果他们以惩罚的方式要我去做一件事情，那么这件事情在他们看来就在没什么好处，他们也不必再为此而感谢我；实话说，我主动要求去做一件好事情应该更有意义，因为我不亏欠任何人。财产的所有人是我，我自然有权随意处置。但是如果我用一些花哨的言论来为我的行为做一些辩护，那么也许这些指责就可以被反驳过去。我想对一些人说，别因为我有能力做更多事情，就气愤我现在没有做到那么多。

而在我内心深处，还是经常出现波澜，对外界事物的刺激，我的心灵会做出最真实的判断，独处的时候我则会认真仔细地思考。主要是因为，我坚信自己的内心，绝对不会屈服于强权暴力。

我是不是还要说一下自己小时候的种种优点，比如自信的神情、欢快的语调、敏捷的动作，这样才更能贴近我扮演的不同角色？因为年龄还不够。

我才刚满十二岁。

——维吉尔

我是布坎南、盖朗特、缪莱这些人拉丁悲剧中的主人公，在居耶纳中学粉墨登场。安德列亚斯·戈维亚努斯校长在上述这一领域，以及与其职务相关的其他领域内，都足以称得上法国最杰出的校长，令其他人望尘莫及。人们也都觉得我是个中高手。我并不反对贵族子弟参加这样的活动，我自己亲眼见过一些亲王也会客串此类角色，表现得就像古代王公一样严肃认真，令人称赞。

希腊人允许贵族将戏剧演员当成自己的职业："他对悲剧演员阿里斯顿说出了自己反抗罗马的计划。阿里斯顿是名门子弟，十分富有，他的职业并没有让自己的身份蒙羞，因为在希腊，一名悲剧演员并不是什么低贱的职业。"（李维）

我一直都觉得批判这些娱乐的人说得很不对，不允许正规剧团进入大城市，让平民百姓没有机会接触娱乐是很不公正的。好的市政管理，不只是组织市民参加严肃的宗教仪式，文体活动也还是要有；这样人们才能彼此更亲近友好。而且活动都是当着行政长官和亲王的面举行，哪里还找得出更正规的娱乐活动。由行政长官和亲王出资，举办能够娱乐大众的文体活动，彰显父母官对百姓的关怀，拥有很多人口的大城市设立专供此类演出的场地，这样一些隐藏在暗处的不好的事情就可以避免，我觉得这种做法非常符合情理。

我们再回到正题上来，教育中最重要的部分就是要激发孩子的渴望与激情，不然最后就只能教出一个会掉书袋的驴。

对待驴子，我们要挥动鞭子抽打它，才能让那满满一袋的学问不流失；知识总要学以致用，而不是留在书房就可以，要让知识成为自己的伴侣。

第十三章
论友谊

我曾经雇用了一位画家，在看到他创作的过程以后，我有了要去模仿的兴趣。为了显示自己的才华，他选择了墙壁正中间最好的一块地方进行绘画；在周围空白的区域，用怪物填满，全都是一些光怪陆离的形象，选取一些古怪的图像来彰显绘画的美妙。那我在此处写下的，其实不也是一些连接着不同肢体的躯干，没有固定的形态，七拼八凑出来的那些比例不协调的怪物吗？

> 美女的躯干上连着一条鱼尾。
> ——贺拉斯

接下来我开始模仿画家的第二阶段，不过因为这一部分是其中的精华，我自身能力是完全达不到的。因为我不曾具备相当的功底，也就不敢去依照艺术规则去尝试创作一幅内容丰富、技巧高超的作品。我想要通过艾蒂安·德·拉博埃西一篇文章，让我这部作品的其余部分增色一些。这是一篇被他命名为《自愿奴役》的论文；不过那些不清楚这件事情的人，也会在后来将这篇论文称作《反对独夫》。作者当时齿少气锐，创作这样一篇时评，呼吁大家对暴君进行自由的批判。文中的部分章节受到了不少有识之士的关注与赞赏，彼此传阅他的文章，因为这确实是一部内容丰富的优秀作品。

但这部作品还称不上是他最好的那一部。在他变得成熟以后，我与他结识；要是当时的他也和我一样，有一个将自己的奇思妙想整理成册的计划，那么如今我们就可以读到很多脍炙人口的作品，我们就可以更靠近远古的荣耀，因为我还不曾见过任何一个人的天赋可以与之比肩。可惜他只留下了这部作品，还是在很偶然的情况下产生的，我敢肯定在文稿遗失之后，他自己也没有再看到过；另一篇应该是因为内战而闻名遐迩的元月敕令回忆录，也许将来会有机会出版。

上面就是我从他的遗物中整理出来的全部文稿。他在重病期间，满怀爱心地叮嘱，除了他已经请人出版的论文集，他的藏书室和所有文稿也都由我来继承。我要特别感谢那部论文集，正是因为它我们才有机会结识彼此。我读到那本书，听说他的名字，要比我认识他的时间早得多，我们那日渐深厚的友谊由此开始，就像是天意，这种坦率、真诚的情谊，肯定是凤毛麟角，在两个男人之间就显得更加不可能。想要建立这样的友谊，要多么地走运，三百年里出现过这么一次，已经是很走运了。

我跟他之间的往来，并没有其他原因，而是纯粹的天性使然。亚里士多德说，一个好的立法者对友谊的关注要多过公正。最完美的人际关系就是友谊。通常情况下，因为欲望、利益或者是公共及个人需求而产生和延续的人际关系都称不上美丽和高尚；友谊变得不再纯粹，中间混入了别的目的、理由或者期待，就不再是友谊。

从古至今的那四种情感：亲情、爱情、社交的以及客套的情感，不管是单一的还是结合在一起，都不能与我们的友谊相比。

子女对父辈的感情，更像一种尊敬。友谊的培养需要通过交流，两者之间有一道天然的鸿沟难以跨越，交流的阻力太大，而且这种交流对于亲情带来的责任也会造成影响。父辈有很多隐蔽的思想是不可能直接告诉子女的，不然就会有损父辈的威严。此外，劝谏和纠正是友谊最重要的一部分，子女很难对父辈做这样的事情。

曾经有一些民族，会出现弑父或者杀子的习俗，这样做是为了避免其中一方日后会成为另一方的阻碍，按照自然规律，只有其中一方毁灭，才能保障另一方的存活。古时候的一些哲学家对这种天然的习俗嗤之以鼻，亚里斯提卜就是其中之一。有人强迫他说，应该对自己的亲生骨肉怀有亲情，他就吐口水，说孩子是他生的没错，可是他身上还会生虱子和虫子呢。另外还有一人提供证词，说普鲁塔克劝说他与自己的兄弟和好，他却说："我不可能因为自己跟他们从同一个洞出来，就会对兄弟之情看重几分。"

兄弟的确是一个蕴含了美好和情感的词语，我跟他也是因为这一点才会联系在一起。可是财产的分配问题、贫富差距，都会给这种兄弟之间的感情造成伤害，最终导致日渐疏远。就算是两兄弟之间可以保持相同的步调前行，也总是会出现各种各样的矛盾。而且，这种因为性格和趣味彼此相投而产生的友谊，又怎么可能仅限于兄弟之间？父亲跟孩子可能出现完全不同的性格，兄弟也不例外。我的儿子、我的亲戚，也可能是坏人、讨厌鬼和傻瓜。另外，因为自然法则和义务而不得不维持的友谊，会剥夺我们自由选择和意志的权利。感情与友谊是最能彰显一个人自由意志的事物。

我并非没有在此处体验过所有可能产生的感情。我有最好的父亲，即便是在生命即将走到尽头的时候也不曾失去他的宽容。我的家族，也以父慈子孝、兄友弟恭而闻名，被世人看作榜样。

人人都知道，我像爱自己的父亲一样爱我的兄弟。

——贺拉斯

尽管对于女人的感情也是我的自由意志，但两者没有可比性，两种感情的性质也完全不同。我不得不说，情欲之火显然更动人、更狂热和旺盛。

女神对我们很了解,
她们的关爱中有着温柔的疼痛。

——卡图鲁斯

然而这个爱情之火燃得快灭得急,忽高忽低,非常不稳定,并且只占据了心灵的一个角落。友谊的热情则更加广泛,而且一直都克制而平均,是一种长久平和的热情,温柔惬意,不会给人带来痛苦和窘迫。爱情中还存在着一个麻烦事情,当我们爱而不得的时候,就会被一种疯狂的欲望反扑。

就像追逐野兔的猎人,
不畏寒暑,不惧崎岖,
抓到以后就不再想起,
抓不到时就念念不忘。

——阿里奥斯托

爱情在接近尾声的时候,就不再是两情相悦,而是爱意渐消,相看两厌。肉欲是很容易被满足的,爱情也会在这种欲望的满足中流失。但友谊不同,渴望获得友谊,从而产生愉悦,因为这是一种精神上的愉悦,会让友谊在这种愉悦中提升、满足和升华,人的心灵也会在这个过程中走向纯洁。

而处在这种完美的友谊中,我的心中也会产生一些朦胧的情愫,拉博埃西就更不用说了,已经有太多的表白被他直接写到自己的诗句中。所以我同时产生过两种感情,它们不会产生冲突,但也不能相提并论:友谊张开翅膀越飞越高,轻蔑地看着在下面走得小心翼翼的爱情。

说到婚姻,这不过就是个贸易市场,唯有进入是可以自由选择的(期限是被强制规定好的,人的意愿根本无法左右)。这个市场的建立就是出于其他理由,这中间有数不清的外部困难需要处理,一个搞不好,这种联系就会中断,而热情的道路也会就此更改。但友谊中就只有纯粹的友情,任何其他的无聊与麻烦都不存在。

这种高贵的友情是需要用默契和交流培养的,坦白说,女性因为缺少天赋,所以很难形成这样的默契和交流;女性的心灵不够强大,无法承受这样紧密而长久的约束。诚然,假如没有上述问题,能够建立一种结合了自由与自由意志,让心灵和肉体都可以融入其中的完美的享受,让整个人沉浸其中的友谊,结果肯定会更加理想。然而至今为止还没有什么证据能够证明女性拥有这样的才能,古代哲学流派也全都默认拒绝女性。

于是另一种希腊式爱情也自然与我们的习俗相悖。这种希腊式爱情通常都发生在两个年龄差距很大的异性之间,他们之间彼此的宠爱也是不均等的,这完全与我们这里两性相悦、彼此登对的规则不相符:"这样友善的爱情到底是什么?

为什么有人会去爱一个丑陋的青年,却没有人去爱一个英俊的老人?"(西塞罗)而在我说出这句话的时候,我觉得柏拉图学院中的情况也不能反驳我。丘比特在年轻人心中燃起了对花季少女的爱火,这种热情强烈而不受约束,是一切莽撞行为的诱因,而他们并没有严加制止;然而这样的一种爱只是套着一层繁衍假象的表面现象。精神层面上不可能出现这种情形,因为精神的表现都是隐蔽的,都只是刚刚出现,还不曾萌芽。

品行低劣的人心生爱意,就会使用钱财、礼物、地位或者其他卑鄙的手段来达到自己的目的,而这正是柏拉图最不齿的方式。一个精神高尚的人心生爱意,就会用高尚的手段去追求:哲学教育,尊重宗教风俗,遵纪守法,奉献国家,弘扬勇敢、谨慎和正义之风。心中有爱,用来美化自己的灵魂,让灵魂也高洁美好,足以令爱的人接纳,当肉体的风采不再,就期待用精神的交流建立起一种更加紧密长久的联系。

在追求日渐成熟的过程中,被爱者会借由精神之美,而产生一种精神欲望。(人们并不需要追求者在这个过程中保持谨慎从容,但是被爱者需要严格地保持这种状态,因为后者需要对精神之美进行判别,而这种美是非常隐秘且不易识别的。)精神之美才是最重要的,而肉体之美只是一种不那么重要的偶然产物;这一点正好是追求者的对立面。因此人们对被爱者更加推崇,确定奥林匹斯众神也对被爱者更加青睐,对埃斯库罗斯在描述阿喀琉斯与帕特洛克罗斯的爱情中，将阿喀琉斯塑造成追求者的做法大加斥责，并将阿喀琉斯这个美丽的年轻人捧上了希腊第一美男子的宝座。

彼此统一之后，友谊中最重要且最有价值的部分占据主导地位，开始产生各种影响，人们认为这其中就有很多利人利己的结果出现。那些拥有此类习俗的国家也从中获得了源源不断的力量，成为公正与自由最坚定的守卫者。能够为此提供佐证的就是阿莫迪乌斯与阿里斯托吉产生的那种健康的爱。因此这两人才会被认为是高尚而神圣的。他们认为，暴君的凶残和人民的软弱才是它最大的敌人。

总而言之，如果说学院派的观点里还有什么能让人认同的，那应该就是将爱归结为友谊，这一点与斯多葛派对爱的认知已有共通之处："当一个人的美好让我们着迷，爱便是能与之建立友谊的一种方式。"（西塞罗）再说一下我对友谊更加简洁和客观的表达："一个人的性情稳固、年纪成熟之后，才能够对友谊产生更全面的判断。"（西塞罗）

现在，大众对朋友或者友谊的认知，仅限于彼此相识、互通往来，是产生于某种机遇或者偶然之中的，我们的心灵以此为契机产生了交流。但是我想说的那种友谊，是建立在两个人亲密无间的精神交流之上的，两颗互相交融，不分彼此，看不到任何拼接的痕迹。要是有人非要我说出爱他的理由，那么我也觉得没有什么语言能够进行表达，只能说："因为他是他，因为我是我。"

而在我能够清楚地理解和说明的事物之外，能够让我与他建立深厚友谊的，还有某些难以描述的缘分。还没有见过面，只是听到别人的描述，就已经相互倾心并产生结交的意愿，我认为这中间还有一点命中注定的意味。我们在听到对方名字的那一瞬间就已经拥抱了彼此。

我们第一次相遇，是在城中一次大型集会中，倾盖如故，交谈时无比默契，互生景仰，此后再也没有人能比我们更加亲密。他曾写过一首很出色的拉丁语讽刺诗，这首诗后来发表。这首诗里，他对我们两人那种一见如故，很快就建立亲密友谊的情况进行了解释和说明。韶华易逝，我们两人都已近而立之年，他还要年长几岁，我们本就相见恨晚，也就再不愿磨磨蹭蹭地浪费时间，依照习俗温敦缓慢地促进这段友谊，用大量的时间进行谨慎的交流。

我们的友谊是独一无二的，并不是出于一种特别的原因，也不会是两三种或者千百种，那个原因是这所有原因融合提炼而成的核心。我无法准确地描述，它已经夺走了我的意志，融入并消弭于他的意志中；同时，它还夺取了他的意志，融入并消弭于我的意志中，我们带着相同的渴望、相同的热情。我此处所指的消弭，是实实在在的消弭无踪，我们两个人的自我已经完全不见，我们已经不分彼此了。

罗马执政官判定提比略·格拉库斯有罪后，便开始追捕所有的同谋者；列里乌斯当着执政官的面问盖乌斯·布罗修斯（格拉库斯最重要的一个朋友），他可以为自己的朋友做什么事的时候，布罗修斯说道："所有事。"

"所有事？"接着他又问，"要是他让你放火烧毁我们的神庙呢？"

"他绝不可能下这样的命令。"布罗修斯否定道。

"如果他真的这样命令呢？"莱利乌斯接着问。

"那么我就服从命令。"他答道。

史书这样评价，假如布罗修斯是格拉库斯真正的挚友，就不应该在最后关头说出这种大逆不道且冒犯了执政官的实话，他不应该在最后关头没有对格拉库斯表示坚定的信心。但是，认为这个回答带有煽动性并加以指责的人，并没能明白这件事背后的原因，不知道实际上布罗修斯非常清楚格拉库斯真正的意志和所有的行为。他们的友谊并不是因为血缘，也并不是因为单纯的社交理由，或者共同的反对国家的立场，个人野心或者唯恐天下不乱，他们之间的友谊是纯粹的。他们意气相投，能够完全了解和掌控彼此的性格，完全依靠美德和理性驾驭友谊的马车（仿佛这两个条件是不可或缺的），所以布罗修斯的回答完全没有问题。

假如这两人不能一致行动，便不是我所说的那种友谊，也不会是他们所表现出的这种友谊。对于这样的问题，我的答案也不可能更完美。要是有人问我："如果您的意志让您杀死自己的女儿，您要怎么做？"我只能服从。这并不能说明我赞成这种行为，只能说明我完全相信自己的意志，也相信朋友的意志。我不可能怀疑自己朋友的动机和判断，任何的人和事都不能动摇我的信任。无论他的行为以怎样一种方式出现在我的眼前，我都能马上领会他的意图。我们的内心协调一致，充满了对彼此的热情和敬仰，这种情感来自内心深处，我不仅像了解自己的内心一样了解他的内心，我更愿意相信他超过相信我自己。

希望没有人会把一般人身上那种普遍的友谊与我这一种混淆；对这种友谊，就算是这中间最好的那些，我也不会有跟别人不一样的看法。可我仍要警告大家，不要看错这中间的规则，否则后果不堪设想。如果是面对那四类友谊，就一定要握紧缰绳，时刻提防。没有那种亲密到可以不必担心产生罅隙的情感。开伦说，"爱他的时候想着将来会恨他，恨他的时候想着将来会爱他"。对于我这种最崇高的友谊来说，这样的警语是令人憎恶的，但是对那些普遍的友谊来说，这的确是能让人警醒的良言；面对这样的友谊，亚里士多德的那句俗语是不可或缺的："我的朋友啊，这世上根本没有朋友！"

互助互利能够增进普遍的友谊，但是高尚的友情中不屑于此。因为这种做法会让我们的意志产生混乱。无论斯多葛派的观点如何，我心目中的友谊不会因为雪中送炭而有所增益，这就像我不会因为帮助自己做了事情而感谢我自己，同理我们之间的友谊，这种协调一致是一种彻底的、完全的一致性，不会涉及任何的义务，而像恩惠、指责、感激、请求和致谢这一类能够体现彼此差异的词汇，则是他们憎恨和摒弃的概念。彼此共有一切：意志、观点、判断、财富、妻儿、荣耀和生命，就像亚里士多德那个非常贴切的描述，两人会成为一个具备两具肉体的灵魂，所以给予和借用在两者之间是不会产生的。

这也可以解释立法者在婚姻关系确立中的一些做法，为体现婚姻关系中的一些想象中的神圣意味，夫妻之间的一切馈赠都被禁止，正是为了说明两者可以共有一切，于是便不存在能够分割彼此的部分。假如在我提及的这种友情中，一个人可以为另一个人做什么，那大概就是获得利益的人可以让他的朋友来表达感谢之情。两人最大的愿望就是做一些为对方好的事情，为此提供物质和机会的人可以被称作慷慨，朋友设身处地做一些他想做的事情便会让他感到圆满。哲学家第欧根尼没有钱花的时候，从来不提跟朋友借钱，他总是说去讨钱。为了对这种事情的实际操作过程进行详细说明，我来提一个非常令人难以置信的古代事例。

科林斯人欧达米达斯非常贫穷，但是他有两个十分富有的朋友，西希昂人卡里赛努斯和科林斯人阿雷特斯。他在临终前立下遗嘱，其中提道："我遗赠阿雷特斯的是赡养我的母亲；遗赠给卡里赛努斯的是为我女儿安排一桩好的婚事并给她尽可能多的嫁妆；假如两人中有谁先过世，那么在世的人则需要接受我给那一位的遗赠。"

先看到遗嘱内容的人都一笑了之，但是两位继承者都表示很乐意接受。卡里赛努斯在遗嘱确立的五天之后也离开了人世，于是阿雷特斯就代替他继承另一部分内容。他对这位老母亲尽到了赡养的义务，并从自己五塔兰的财产中分出两塔兰半作为独生女的嫁妆，剩余的两塔兰半作为欧达米达斯女儿的嫁妆，还安排两个女孩在同一天出嫁。

这是一个近乎完美的例子，不过要排除一种例外，就是朋友的数量只能是唯一的。理由很简单，我提到的这种完美友谊是不可分割的，自己的全部都已经交给彼此，不存在还有能够分给他人的剩余部分。更甚至他们还会因为自己没有更多的灵魂先给彼此而觉得懊恼。普遍的友谊是能够分享的；你完全可以喜欢这个人的好相貌，喜欢另一个人的好性情，喜欢第三个的慷慨，这些情谊有的像父亲有的像兄弟……但是这样的友谊会完全占有你的心灵和意志，不可能分享。假如两人同时向你求助，你要去帮谁？假如两人让你去做两件完全相反的事，你要何去何从？假如其中一人要求知道另一人要求你保密的事情，你该怎么办？

这种唯一、绝对的友谊是不可能产生任何其他义务的。我发誓保守的秘密，完全不需要装模作样就能够告知的也只有我自己。能够做到两个人心意相通已经是难以置信的奇迹，如果有人胆敢说出三个人也能做到这种境界，那便是对这种难以企及的友谊的无知。任何一种极致的事物都不可能找到一个能与之相提并论的存在。如果有人可以设想我对两人抱有同等的爱，这两人彼此相爱也爱我，他们对我的爱与我对他们的爱相同。那我只能说这个人将我说的那种独一无二的同一之爱扩大为一种低俗的平庸之爱。我说的这种友谊就算是走遍天涯海角也很难找到。

这个故事的后半段跟我说到的那种情况非常相似：欧达米达斯在危难之时向自己的朋友寻求帮助，并认为这是给朋友的好处和恩义。两位朋友继承了他的慷慨馈赠，也就是知道了要如何做为他好的事情。很显然，这位馈赠者的行为要比阿霍特斯之后做的那些事情更能体现友谊的力量。不管怎么说，没有体会过这种友谊的人，也很难想象这种友谊的强大力量。特别令我赞赏的还有一位士兵回答尼鲁士一世时说的话。士兵的马在先前的比试中获得奖励，国王询问这匹马价值几何，他是否愿意用它交换一个国家，士兵说："陛下，我肯定不愿意，但如果我能找到一个知心的人，我会很愿意用来交换他的友谊。"

他的话很对："如果我能找到"；因为那些普遍的友谊随处可见。可我说的那种友谊，可以完全交心，毫无保留地和他讨论所有事，不用耍任何小心思，做到完全的坦诚。

当人际关系中值得关注的只有一点时，人们也就只会关心这一点，务必做到尽善尽美。我不会关心自己的医生和律师有什么样的宗教信仰，因为他们为我提供的优质服务与这种考虑没有任何关系。那些为我服务的仆人们也是一样。我不会关心自己的仆人是否好色，只关心他是否勤快。我不担心赶驴的人好赌，我只怕他手脚笨拙，我不担心厨师好骂人，只担心他厨艺不精。我不愿意对他人的行为指手画脚——这种人已经太多了——我自己规范自己的行为。

> 我照我自己的方式,你也照你的原则去做事。
>
> ——泰伦提乌斯

与随意幽默的人进餐,我也不会太在意餐桌礼仪。床笫之间美丽要比温柔更重要;谈话时先看能力,就算语气太直也无伤大雅。在其他方面也一样。

阿格西劳斯被人看到自己骑着一根棍子与孩子玩耍,于是便要求目击者不要说出去,确信等对方成为父亲以后,也具备这种父爱,就能够对今日所见有一个公正的判断。如果有人也曾体验过与我相同的这种友谊,我也愿意送给他们相同的话。可我很清楚这样的友谊多么罕见,跟现在普遍存在的那种友谊多么不同,我对出现一名能够做出公正判断的法官并不心存侥幸。在古人留下的著作中,与此相关的话题都让我觉得不足以展现出这种感情的美妙与崇高。这个问题哲学教条显然要逊色于事实真相。

> 在睿智者的眼中,一位挚友才是无与伦比的。
>
> ——贺拉斯

古人米南德曾说,即便只是邂逅了朋友的影子,你也算是有福之人。他说出这种话自然是有理有据,特别这话还是发自肺腑的。假如让我回顾自己的一生,平心而论,感谢上帝,除失去了这样一位挚友外,我一直过得舒适安逸,快乐无忧，自然需求完全得到满足，也再没有其他欲望；不过我还是要说，如果这种生活比起与友人相伴的那四年，就会显得无足轻重，乏味空洞犹如漫漫长夜了。从他离去的那一天起——

　　我永远会为这一天伤怀，
　　（神啊，全凭你们的神意！）
——贺拉斯

　　我的生活中就只剩下无聊；即便有令人愉悦的消遣，也不能让我得到抚慰，反而会对他的离开更加思念。一个整体，我们俩一人一半，我认为自己窃取了他那一半的快乐。

　　从今往后，我不再寻求欢乐，
　　因为与我分享的人，已经不在。
——泰伦提乌斯

　　我对于随时随地处在第二位的生活已经非常习惯，但现在居然觉得只有一半的自己存在。

　　啊！如果我的灵魂已经被命运夺走了一半，
　　徒留另外一半在这世上又有什么用呢？
　　命运既已不再眷顾我，强颜苟活。

> 上天为什么不让我们一同沦落呢!
>
> ——贺拉斯

我无时无刻不在思念他,所有的事情和思想都能引起我的思念;就像他也会同样地思念我。他在学识和美德上令我望尘莫及,在友谊的处理上也同样优秀。

> 我的悲伤有什么值得你羞愧的?
> 为了挚友,我为何不能大哭一场?
>
> ——贺拉斯

> 兄弟,失去你令我多么的痛苦!
> 我所有的快乐都随你一起离开,
> 那些被你美丽友谊带来的快乐!
> 我的兄弟,你离开,我的幸福也散落一地,
> 我的灵魂,跟随你,一同被埋葬到坟墓里。
> 你的离去,带走了我人生中
> 学习的闲适与思考的快乐。
> 我无法再向你倾诉,也不能再聆听你?
> 我亲逾性命的兄弟啊,
> 我永远爱你,却再难相见?
>
> ——卡图鲁斯

不过让我听一下这位十六岁少年说的话。

因为我发现有人在之后居心叵测地出版了这部作品，一些唯恐天下不乱、企图动摇政策的人，他们一点都不关心这种行为是不是真的会推进政策改革。他们还将自己的文章放进去充数，所以我要将自己的刊登承诺收回。避免那些对作者的思想和作为不甚了解的读者损害其名誉，我要声明这篇论文只是作者少年四起的习作，没有任何创新的主题，同类题材在其他书籍中也不少见。

我完全相信他倾注于自己作品的信念，因为这个人做事一心一意，就算是玩游戏也坚持诚信原则。我还能够确定一点，如果他自己可以做主，他会想在威尼斯出生而不是萨尔拉；这种选择事出有因。不过他还有另外一条座右铭，烙印在他的灵魂深处，他会非常虔诚并且严格地遵守自己出生地的法律。他是最守法的公民，对保证国家安定十分热心，坚决反对改革和引发社会动荡。他会通过自己的影响力去避免引起动荡，绝对不会助长这种行为。他的思想塑造完全是以几世纪以前的人为范本。

所以我会另外再选择一篇文章，将这篇严肃题材的文章替换下来。两篇文章创作年代相同，不过后者显然不会那么严肃。

第十四章
论寿命

我无法承认普通人对于寿命长短所提出的一些观点,我也发现了一些特别的情况,比如那些先贤哲人们在对待寿命这件事情时,往往会比现在的人所看待的要更短一些。加图自杀之前,曾经告诫那些劝他放弃自杀念头的人说道:"现在我已经活到这把年纪了,怎么还能责怪我是早早地放弃了自己的生命呢?"当时他只不过四十八岁而已。

可是他认为,当时他在这个年龄已经非常成熟了,算活得很长的人,寿命比较高了,毕竟没有多少人能活到他这个岁数呢。有的人在谈及我根本不懂得什么生命发展的自然过程,还谈及在他们命题中所指的自然而然的寿命,并且期待自己的寿命能延长几年。不管是任何人,在自然的环境中,都有可能遭遇各种突如其来的灾祸,使他原本渴望中的寿命突然之间戛然而止,不能再延续下去。倘若某个人运气比较好，能够避开诸如此类的意外，那么他就可以按自己期望的那样多活几年。使人一直活着，直到年事已高，体力衰竭，最后圆满地结束自己的生命。如果在人的一生中，能够订立这样伟大、美妙的梦想，这将是多么美好的目标！毕竟在这个世界中，不论是任何人，能够以这种方式死亡，的确算得上是特别罕见的了。

只不过我们把这样的死亡称为自然死亡，似乎是认为当看到某一个人摔断了自己的脖子，或者在河里被淹死了，或者患上了瘟疫或者胸膜炎而死，都是违背了自然法则的事情，就好像在日常生活的环境下，我们并不会遭遇诸如此类种种不合时宜的事情。我们千万不要听了诸如此类善意的话而得意忘形，反而应该把那些普遍的、统一的、共性的规律称为自然决定的事情。

活着一直到死，也就是所谓的寿终正寝，只是一种非常罕见的、特殊的、非正常的死亡。根本不像其他的死亡方式一样自然。在所有不同类型的死亡中，这是排序最靠末尾的一种死亡方式，距离我们最为遥远，所以我们也很难期盼能够达到这种程度。实际上，这可以算得上是我们无法越过的一个界限，或许就是自然规律为我们设定的一个界限吧，使我们难以顺利地从这个方向通行过去。能够允许我们抵达最后的时刻，等待寿终正寝的结局到来，已经是非常罕见的、给予某些人的一种特权而已。这是命运对我们格外的恩赐，只有如此才能让这样一个少见的特权得以在长达二三百年的时间内交由一个人获得,使他能够在人漫长的一生中,从出生到死亡这两头之间,跨越了种种的困难和障碍,抵达最后的终途。

所以,我个人的观点是,我们最终活到的那个年纪,已经是很少人能够活到的年纪了,也已经超出了很多人的寿命。既然如此,普遍来说,大家是没有办法活到这个年纪的,达到这条界限,也就代表着我们其实已经生活了很长时间,我们活得也够长了。普遍的界限指的就是我们生命中的真正尺度,既然已经越过了死亡的边线,就绝不应该渴望着自己能够继续有所超越。人生中关于死亡的机会实在是太多了,眼见着其他人颓丧地倒在地上失去生命,自己却是那幸运跳脱的一个,所以应该认识到,自己现在还活着,还能呼吸,已经是命运恩赐、鸿运高照了,这是非比寻常的运气,所以也就不应该有很大的可能再继续下去。

我们一直保有这种幻想,尽管它是不符合实际情况的,也算得上是法律中存留下来的一个弊病。法律规定,不允许一个男人在二十五岁之前自由支配自己的财产,可是实际上,估计他二十五岁之后还没有那么多的时间可以自由支配自己的生活呢。奥古斯都修改了罗马旧法令,使其中的规定得以提前五年实施,其中宣布,男人到了三十岁就可以担任法官的职务。而塞维厄斯·塔利厄斯则允许年龄超过四十七岁的骑士们不再忍受兵役之苦。奥古斯特又改变了这条规定,将年龄限度降低为四十五岁。我认为让一个男人在五十五岁或者六十岁之前就退休是没有什么道理的。我的观点认为，如果从公众利益的出发点来看，需要把我们工作的年限和被雇用的年限尽量地延长一些；不过我倒是发现，真正的错误其实来源于另一方面，也就是人们往往投入工作的时间比较晚。我们前文提到的奥古斯都，十九岁的时候就已经成为万国大法官，却要求其他人必须要到三十岁才能获得足够的资格，去决定和宣判一根排水管需要装在哪个位置。

我自己是这样觉得的，我们大家的心灵基本上在二十岁左右就已经走向成熟了，在这个年龄阶段，以后可以做到的事情，差不多也都已经能够做到了。可是直到这个年纪，还无法显露出明显的资质，表现出足够的天赋的，从此之后也绝不会再有什么突出的表现。人们天性中的美好特质和品德，在这个年龄段之间就可以充分地发挥出来了；如果没能得到淋漓尽致的表达，那基本上也没有什么希望了。多菲内地区有一句民俗谚语是这样说的：

一颗刺儿在刚长出来的时候不能扎人，
那之后它大概率上也就不可能扎到人了。

我翻阅过人类史，并从上面研究到很多惊天动地的大事件，不管那些大事件是属于哪一个范畴的，也不管它们都发生在过去的那些时代还是在当下的这个时代，我觉得，在三十岁之前就已经做到的那些事情，在数目上要远比超过三十岁之后才做到的事情多得多。的确如此，而且即便是在同一个人身上也表现出这样的特质。我可以通过汉尼拔和他命中的敌人西庇尔一生的对抗中，放心大胆地说出这种话。

他们在年轻的时候，就获得了足够的荣誉和光耀，后半辈子就依靠着之前获得的光环生活着；在以后生活的日子中，他跟其他人比较来讲，算得上是伟大的人物，但如果跟自己相比的话就不一定如此了。就拿我本人来举例，很明显，在我自己现在这个年纪，我的精气神和精力都在逐渐地减弱，即便有所改善的地方也远远要低于衰退的速度。有些人懂得如何利用自己的时间，所以在年龄增长的时候，他的学识、智慧和经验都在逐渐增长，也是有这方面的可能的。不过像活力、速度、坚毅，以及很多从天赋里带来的那些非常重要、非常基本的品质，都在逐渐地衰退，逐渐地迟钝下去。

> 岁月如同重锤一样，敲击着我们脆弱不堪的躯体，
> 当磨损的弹簧在机械中被卡住，
> 精神变得恍惚无措，语言和理性都变得口齿不清起来。
> 　　　　　　　　　　　　——卢克莱修

有些时候，人们是身体先衰老；有些时候则是精神先一步衰老。我曾见过很多人，他们的头脑很早之前就不顶用了，远比他们的胃袋、腿脚失灵得更早一些；还有一些病患自己麻木不仁，并没有任何感觉，也没有显露出清晰的症状来，

但这只是说明他们陷入了更危险的境地而已。

  此次我想抱怨一下法律,我并不是埋怨法律让我们工作了太长时间,反而要抱怨它让我们开始工作的太晚。我认为,生命是非常脆弱的,考虑到这一点,以及在生命的过程中将遭遇到很多普通的与天然的无法避免的各种暗礁,所以,人绝对不应该让诞生、无所事事,以及学习等无关的杂事占去如此巨大比重的时间。

第十五章
论人的行为多变

对那些经常观察人类行为的人来说，最艰难的事情只在于一点，那就是去研究人类行为的一贯性和一致性。这是由于，人类所表现出来的行为往往是存在矛盾的，并且这种矛盾很难预料，有的时候大相径庭，看上去很难让人相信这是出于同一个人的手笔。小马略忽而称呼战神玛斯为自己的父亲，忽然又变成了维纳斯的孩子。听说卜尼法八世教皇在掌权的时候好像一头狐狸那样狡猾无比，做事情的时候则如同狮子一般威风凛凛，但是他死去的时候像狗一样悲惨。难道会有人相信，一直以来都代表着暴虐无道的那位尼禄皇帝会心慈手软？当有些人像往常一样，将一份要判处他人死刑的文件拿给他签字时，他竟然哀号道："上帝啊，如果让我签署这样的文件，我真期望自己连字都不会写！"对于这样一个凶残的人，难道判处一个人死刑真的会让他感到无比难过吗？

像这样的事情，人类行为自相矛盾的例子，简直出现过太多次了，数不胜数。所以最令我感到诧异的是，有一些非常聪慧的人们，竟然想尽办法，想要将这种自相矛盾的行为碎片加以拼凑，聚集在一起。毕竟，我一直认为在人性中，所有人共通的最普遍、最清晰的一个弱点，就是犹豫不决、优柔寡断。我们可以从那位幽默诗人普布利流斯所做的名言诗句中得到例子。

只有那些坏到底的决策才是始终不变的，一以贯之。
——普布利流斯·西鲁斯

大部分人会采取的普遍做法，就是通过一个人平时的举动来对他本人进行评价；可是，由于人类的行为和观点天生无法达到绝对的稳固，所以我常常有这样的感觉，即便是最为优秀的作家，也普遍会出现失误，因为他们会认为人类有着一以贯之的心智，能够始终保持坚韧，矢志不渝。

他们经常选择一种被普遍认可的行为模式，然后依照这种模式去对某人的行为和做法进行总结和归纳，倘若对方的举动无法用统一的模式进行归纳，那么他们就会评价说此人是一个虚伪造作的家伙。可是，他们无法用那样的办法评价像奥古斯都这样的人，因为奥古斯都这一生充满了各种变化，矛盾重重，简直叫人琢磨不定，即便是最胆大的评价者也不敢仅用一个结论来妄加论断。所以，我非常相信这一点："一以贯之"这种做法,其实是人类中最难实现的事情,而永不停歇的变化则是相当普遍的。倘若不再困惑于人类的行为,而只是以他们所经历的事情作为出发点,就事论事,往往更能找到真正的原因。

其实,如果我们想要从古代历史中找出那些一生都坚持恒久专一行为的人,那么这些人是屈指可数的,估计连数十个人都很难找到。可是智慧的主要目的是一以贯之、恒久专一。这是由于,想要用一个词将人类的生活归纳总结出来,把生活中所遇到的各种各样的规矩总结成一条人生准则,曾有这样一位古人①说道:"不管要不要接受同一样东西,一定要保持前后一致的态度;我并不愿意把后面这句话也加上去:希望这种想法是正确的;这是由于,如果人们的想法不正确,就绝不可能做到坚定不移。"的确,我过去曾经听说过,所谓的恶行,只是因为过度放纵了自己,不进行节制,也就绝对不可能做到一以贯之、前后如一。有人说这句话出自德摩斯梯尼,不管是什么样的德行,最初都要从讨论学习和审慎对待中开始;而通过前后一致、始终如一的行为表现来实现圆满的终结。我们总是口中说着要选择某一条大道,总想选择最好的那条道路,但没有人真正去做,去那样实践:

他需要去做,却不想去做,又不愿意去做自己要求自己

---

① 指塞涅卡。——译者注

做的事情，

  却要逼着自己去做那些自己已经放弃的事情，

  他经常左右摇摆，这一生犹豫不决，充满各种各样的矛盾。

——贺拉斯

  一般人们所采取的行动，都是依照自己内心的想法忽然改变的，忽然想要这样，又突然想要那样，只是任由当时的某一种风向将我们的思想吹远，随便它飘荡到哪儿去。我们往往在自己需要的时候，才会想起自己想要得到的东西，却任由自己模仿着变色龙的行径，被安放在什么地方，就换成跟环境一样的颜色。我们在那些时候曾想起过要下定决心去做的种种事情、种种梦想，却在瞬间就改变了心意，一会儿想到这个，一会儿想到那个，始终这样犹豫不决、优柔寡断，思想像钟摆一样摇来荡去，反复变动，没有一个常性。

  我们就好像是木偶一样受尽摆布和操纵，任由命运那强劲的大手蹂躏着我们。

——贺拉斯

  我们并不是踏踏实实地走在路上，而是在河流中飘荡；不由自主地被洪流的方向所裹挟着，听凭潮水涨起又落下，有的时候平静如常，有的时候狂暴不已。

难道我们不总是发现这样的情况吗？人们永远不知道自己想得到什么，

永远都在追寻，在追寻一片

能够让他抛掉所有包袱的空间或土地，似乎那里就能妥善安置他的一切？

——卢克莱修

每天都在发生着各种各样不同的新鲜事情，而我们的情绪也变化无常，随着时间的变化不断产生新的思绪。

人们的思想总是闪烁着，没有定性，

仿如圣洁的朱庇特

那电闪雷鸣布满整个大地。

——荷马

我们常常在不同的决定间徘徊犹豫。不管什么事情，我们都不愿意轻易做出决定——不愿意那样自由地、知行合一地给出绝对的结论。

倘若有人能够只用自己主观的想法去定义人生中的所有规则或者标准，那么我们毋庸置疑地会发现，他生活中所有的一切都是一以贯之的，所有的行为也都完全不会违背他个人的处事原则。

不过恩培多克勒注意到，阿格里琴坦人身上也有这样矛盾的性格特征，他们一方面沉溺于享乐，醉生梦死，就好似次日就将被送上断头台那样，可是另一方面又有长期规划，拼命地动用大量的人力物力去建筑宫殿，似乎笃定他们的王朝必将千秋万代地留存下去。

小加图的性格是显而易见的，我们可以清晰地说清楚他本人的个性。他是个一以贯之的人，每一次当他的心弦被拨动，所产生的每一次震颤都跟其他所有心弦被拨动时产生的震颤完全相同，奏响那样和谐的乐章，绝无一丁点儿的杂音存在。可是反观我们自己，我们做过多少事情，就会产生多少完全不同的看法。对于这种情况，我觉得需要将我们的所有举动进行比较的话，必须依照环境的相似性来进行，只有这样才是比较公正妥当的做法，我们不能过度引申，更不能拿后面发生的一切跟前面的情形进行对比。

我们这里本来是一个十分贫穷闭塞的小地方，不过之前也发生过一些纵情享乐的事情，据说这事儿就发生在距我家不远的地方，那里有个少女从窗户上跳了下去，因为不愿意接受一个兵痞子的强迫。她跳下去之后没有摔死，可是她自己依旧不肯罢休，拿起一把刀子准备自刎，幸而被家人抢救下来，可也身受重伤。事后她自己也承认，那个士兵也没有采取暴力的举动强迫她顺服，而是不断地去哀求她、引诱她，甚至为她准备了很多的礼物希望能赢得她的芳心，但是她仍然很害怕，担心最后士兵达不到目的一定会逼迫她就范。除此之外，她的言辞和端庄贞洁的外表，甚至她的做法都能告诉人们：她是一位品德高尚的女人，简直可以媲美柳克利希亚①。但是据我的了解，不管是在此事发生之前还是发生之后，那位少女都不是一个端庄的、总是会跟别人保持距离的人。另一个故事跟这件事的道理其实是一样的：不管你是多么光明磊落的一个人，当你在恋爱中深受挫败的时候，千万别觉得你的恋人冰清玉洁不可侵犯；这也并不代表着，另外一个赶骡子的车夫不可能受到命运的青睐。

安提柯吩咐自己的御用医生为一名士兵治好了令他备受折磨的慢性病——因为这名士兵品德高尚，在战争中冲锋陷阵，十分神勇，安提柯十分喜欢他。但是士兵被治愈之后，失去了在战场上拼命作战的勇气和热情，安提柯不解，就询问他为何病好之后竟然变成懦夫了。士兵是这样回答他的："皇帝陛下，就是您自己把我变成懦夫的，您吩咐别人治好了我的病，过去，我知道自己身患恶疾，在作战的时候就不会过于爱惜自己的生命，所以比较神勇。"有人抢走了卢库卢斯手下一个士兵的钱包，这名士兵为了夺回自己的东西，跟抢劫者狠狠打了一场。当他最终拿回了自己的东西之后，卢库卢斯相当看中他，就把一件光荣且艰险的事情交给他去做，为此还说尽了好话，就是为了煽动他答应。

---

① 罗马贵妇，因受到骄傲者塔克文之子塞克斯都的凌辱而自杀身亡。据说此事导致了罗马革命的爆发，君主统治被终结，罗马共和国得以建立。——译者注

> 就算把那些话语说给一个懦夫听，对方也会充满勇气，豪情满怀的。
>
> ——贺拉斯

但是那个士兵不假思索地回答道："让那些丢了钱包的穷鬼去好了！"

> 那个莽撞的乡野村夫居然这样回答道：
> "叫一个钱包被偷走的家伙去吧！他会去的。"
>
> ——贺拉斯

他根本不愿意前去，直接拒绝了。

此外我们还可以从其他的一些书籍中了解到这样的事例：穆罕默德二世看到，战争中匈牙利人的队伍冲垮了土耳其近卫军司令哈桑所率领的队伍，而哈桑在战场上还缩头缩脑只顾自保，于是出言狠狠斥责了哈桑，可没想到之后哈桑什么也没说，直接回头冲进了战场，一个人冲着敌人的先锋部队发起了攻势，连自己的命都不要了，最后被敌军的队伍包围，难以脱身。事实上，哈桑之所以选择这样做，很有可能并不是为了抗议或者证明自己，反而是突然改变了心意；也很有可能并不是出于勇敢才如此，而只是对故主的恨意更深所采取的报复。

其实这种情况是很常见的：头一天勇敢至极，甘愿赴死；

可第二天又见他畏畏缩缩，胆怯懦弱——而或许又因为一些别的什么，比如怒火、眼下的境况、美酒佳肴、冲锋的号角等，都会让他重新心怀豪情。一个人的思维和想法并不能改变他自己的灵魂，所处的环境却能改变一个人的情绪，让他变得更有勇气；而倘若他又受到其他环境的影响，变成另一种样子，那么千万别觉得大惊失色，因为这也是十分正常的现象。

我们身上经常表现出矛盾的倾向，并且总是非常多变的，所以有些人甚至认为有两个灵魂存在于我们身上。还有一些人认为，我们身上存在两种截然不同的个性永远影响着我们，而又各自发挥着作用，一种个性鼓动我们保持善良去做好事，另一种个性却鼓动我们去做坏事。倘若人的身体中确实只有一个灵魂的话，这样巨大的变化怎么可能同时存在于一个人身上。

我们不仅仅会受到一些偶然事件的影响，改变自己的心意和想法，即便有的时候所处的位置发生了变化，也会使得我们心境不同。不论任何人，只要略微专注些自己的生活就能发现，自己的心境无论如何都不可能完全一样。我们在看待事物的时候，常常会变换不同的角度，一会儿能注意到灵魂的这个表象，一会儿又能注意到灵魂的另一个表象。我们在谈论自己的时候所进行的表述经常出现矛盾，这往往是由于我们看待自己的方式也是矛盾的，所有这些矛盾的一切都源于我们看待事情的某一个角度或者方式。羞怯、自傲；单纯、放纵；侃侃而谈、沉默不已；辛勤劳动、虚弱；聪明、愚蠢；忧虑、开怀；虚伪、真挚；博学、无知；大方、小气；挥霍……上面所讲述的所有这些特点，在我身上都可以找到端倪，但这主要依赖于我看待自己的角度到底有何不同。不论任何人，在认真观察自己的时候，甚至在看待事情的时候，都会发现存在一些常常处于变化中的、前后不能一以贯之的东西，我也无法完整地讲述出在自己的身上到底有何种东西是完全纯粹的、整体的、坚定不移的、不会改变的，甚至我对于自己所表现出来的一些特质也无法做出完满的解释。在我的逻辑概念中，普遍相信的一个规则就是"各有各的不同"。

在我的概念中，一直认为需要把一些好事完整地、用讲好事的方法表述出来，并且有的时候有些预计将会实现的好事也应该乐观去看待，可是有的时候，人们面临的环境是非常特殊的，倘若不能仅仅通过意图来判断一件事情到底是否是一件好事的话，我们经常还会由于某些罪恶的想法而去做好事。所以，如果发现某个人做了一件英勇的事情，我们并不能推测出那个人就是个真正的勇士。一位真正的勇敢者，不管在什么样的情况下都会表现出真正的英勇行为。倘若这种英勇只是一种美德，而并非勇气的一种表现的话，那么我们可以说，这种美德会让一个人不管在任何时候都呈现相同的勇气和决心——不管他独自一人的时候，还是在与其他人共处的时候；不管是在一个私人的领地，还是在战场上。这是由于，不管在什么样的境况下，勇敢始终只有一种，并不应该像两种东西——类似于存在一种大街上的勇敢，或者存在一种军营中的勇敢。不论在任何时候，他的胆量都应该是相同的，躺在床上接受病痛折磨的时候，在战场上受伤的时候，都应该如此。不论是身处家中，还是在战场上勇于献身的时候，都要对死亡不以为意。我们经常可以从现实事例中看到，同一个人如果在攻城略地的时候非常勇猛，那么当他在辩论中失败或者失去自己的孩子时，也不会表现得像女子一样难以忍受痛苦。

如果一个人在被羞辱的时候表现出了自身怯懦的那一面，却能够在贫困中坚守初心，不改变自己的意志；或者一个人害怕理发匠的剃刀，可面对敌人的刀剑胁迫时英勇不屈；真正值得我们尊敬的应该是这样的行为，而并非那个人自己。

西塞罗曾经说过，有许许多多的希腊人根本做不到正面迎击敌人，在疾病方面却有着令人震惊的耐受力。与他们刚好相反的是辛布赖人和凯尔特伯里亚人："如果事物之间不存在一个坚定的原则的话，那它绝不可能保持稳定。"（西塞罗）

亚历山大是一个非常勇敢的人，我们可以说，这个世界上再没有其他人能比他更加勇敢了。但是我们所说的只是他所表现出来的那种特殊的勇敢，而并非指代他在任何情景之下都能保持同样的勇敢，也并非指代所有相关的勇气。即便我们可以发现，他的这种勇敢的表现是非常优秀的，超越了很多人，但是依然可以从中找到一些细节的问题。大家可以清晰地发现，当他开始疑心自己的手下准备谋反伤害他的时候就变得万分紧张，甚至为了搞清楚其中的一些内情，他抛弃了所有正义的做法，行事十分狠毒且冒险，可以说，他对这种企图非常惊惧，甚至使他简直丧失了平时的理智。而且，不管在任何事上他都抱有极度怀疑的态度，事实上这恰恰证明了他只是表面上看上去比较严厉、内在却比较虚弱的一种特点。在谋害了克雷塔斯之后，他一度对这件事情相当自责，还到处想要寻求赎罪，这件事情也证实他的勇气也并非一以贯之，而是有所变化的。

  一些琐碎的行动最终组成了我们的全部行为，"他们对欢乐保持轻视的态度，但是却不肯接受苦难的磨砺；他们不羡慕荣华富贵，但是却以名声败坏为耻辱。"（西塞罗）我们所追寻的只是一种虚伪的、矫揉造作的声誉而已。因为这种为了得到美德的做法才能使得美德继续得以延续和留存；我们这样举例来说好了，在某些时候，当我们戴上道德的面具去做一些其他的事情时，美德的真相马上就会显露出其真实的面貌。美德如果能够跟灵魂紧密联系起来，互相渗透，那么就再也不能与灵魂相割裂，倘若此时想要将美德与灵魂割裂开来，必然使灵魂遭受迫害。因此，要对一个人的品行加以判断，一定要长时间地、心怀疑惑地去调查他的踪迹。倘若所谓的坚定不移并非出自某个人本身所信赖的信仰，"在那个已经对道路进行过仔仔细细的审查，并坚定不移地选择了自己道路的人"（西塞罗），倘若环境发生的变化会导致他选择的道路发生变化（在此，我指的是道路的变化，因为人们的步子可以变得轻快，也可以变得缓慢起来），那么就任由他自己去奔跑好了。这就跟塔尔博特所说的那句名言中描述的情况是一样的：像这样的人只会四处飘荡，毫无定性，永无稳固之时。

　　古代有一位学者说，我们之所以诞生在世上，实际上完全是出于偶然，所以我们会受到偶然的影响，甚至偶然产生的影响如此之大，也就是十分常见的现象了。如果人们不能为自己确定一个大概的人生目标，就很难在处理个别行为的时候安排妥帖。如果一个人脑海中没有事件完整的形状地图，就很难将一些碎片拼凑成整体。如果一个人不知道自己下笔要描画些什么，把颜色放到他眼前也无济于事。任何人都不可能准确地为自己的一生做好规划，所以我们最好分阶段地为自己设立目标。要想成为一个出色的弓箭手，必须先确定要瞄准的目标，并举起弓箭，通过练习不断调整自己的动作细节。我们给出的忠告往往起不到应有的作用，是因为没能对准合适的目标。如果一个港口刚好可以顺风入港，可是没有要往那儿去的船只的话也是徒劳无益的。人们对于索福克勒斯的看法很难引起我个人的认同（西塞罗记载，索福克勒斯的儿子指控他已经丧失理智，而他为自己申辩的时候要求法官读一读他最后一部悲剧《科洛诺的俄狄甫斯》），我觉得索福克勒斯完全能够处理个人事务，因为读过他的那部悲剧之后，完全可以证实他儿子对他的指控就是无稽之谈。

　　同样地，巴黎西人推测出来的结论也很难获得我的认同。

巴黎西人奉命到米利都去整顿公务，他们上了岛以后，看到有些当地的农户很擅长处理个人事务——田地种得很好，农舍也都非常整洁有序，所以他们记下了这些农户的名字，并在随后召开的全体公民大会上宣称，要让这些擅长整理私人事务的农户来担任当地的新总督和新官员，只是因为他们认为，这些人既然非常善于处理个人事务，那么肯定也很擅长处理公务。

我们每个人实际上都是由各类零碎的散片组合而成的，全身所有的组织都是那么复杂而充满无穷的变化，所有的零件时时刻刻都在发挥作用。我们不同于自己本身，就像我们不同于其他人一样。"请你仔细思考，一直保持不变，做一个一以贯之的人，事实上是非常伟大的一件事。"（塞涅卡）

野心的引诱，能够让人们学到勇气、克制、自由，有些时候也能让人们学习到正义；而贪婪，也能够让那些懒散的躲在小角落里打发时间的小学徒们积极向上，奋进努力，甚至不惜离开家乡，接受人生之舟的颠簸风浪，学会谨小慎微地过日子；即便只是爱情，也可以让赶赴异乡求学的少年充满决心和勇气，也可以让伏在母亲膝头的少女变得坚强。

维纳斯悄悄指引着那个少女，让她小心地躲过熟睡的卫士们，

孤身一人走进黑暗的夜幕，寻找意中的少年郎。

——提布卢斯

只依靠表面上的一些行为来定义自己，无疑不是睿智谨慎的行事风格；我们所做的，应该是认真探究自己的内心，仔细检查引发此种行为和反应的到底是什么原因，是什么样的弹簧引发了这样的反弹。不过，这样做十分艰难，且是一件高深莫测的事情，我还是希望人们尽量少去尝试比较好。

第十六章
论书籍

我非常相信，如果让专家们来对我日常所谈及的一些话题进行阐释和说明的话，无疑会谈得更加深入，更有内容。而这篇文章完全是依照我自己的天性创作出来的，并不是凭借知识的多少来进行的，倘若有人怀疑我所说的这些内容，觉得我是在大放厥词，那么我也不会放在心上，我所写的这些论点并不是展示给其他人来进行评价的，而全部是写给自己的，并且在某些情况下连我自己也不怎么对自己所提出的论点感到心满意足。要是有谁想要通过我所写的内容得到一些教诲的话，无疑也是姜太公钓鱼愿者上钩而已。我并不擅长做学问。在我所写的这篇文章之内，基本上是我所想到的一些稀奇古怪的观点和结论，我并不是希望人们能够借助这些观点来对世界或事物进行认知，只是希望大家能通过这些来了解我。或许将来的某一天，我可以利用这些事物真正实现自我认识,也或许在这之前我就已经对自己有所认识了,但是当命运把真实的情形展现在我的面前时,我已经忘却了那些。

我这个人吧,读过很多书,但是大部分情况下是读过之后就不记得了。

因此,在我所写的文章中,我不能给大家任何保证,只能借此展示在此时此刻我心里在想些什么而已。千万不要希望能够借助我所谈及的这些事物,获得一些真正的认知,我只是希望大家能从我谈论事物的方式中获得一些有益的启发。

例如,大家可以去观察一下我在引用其他事例进行证明的时候,选择是否恰当,能否展示我所要表达的真正意图。这是由于,很多时候我自己不太擅长修辞描述,或者有些时候因为自己的思路太过混杂,没有办法清晰准确地说明自己真实的含义,所以就援引其他人的话来证明我的观点。我在描述事情的时候所采用的引证主要依靠质量取胜,而不是以数量取胜。倘若我们借引用的数量来比较优劣的话,估计要引用的其他人的证据要有两倍之多。我所引证的这些事实,除了很少一部分内容之外,大部分来源于当代或者古代的名家,这些不需要多加解释,想必大家也都了解了。由于我需要把那些古代人用于解释说明或者证明自己的观点和看法引用到我所写的文章之内,用于解释和说明我提出的观点和引证方法,有些时候我是故意不去写自己到底引用了哪位作者的名言警句,为的就是让那些特别喜欢批评他人的评判家们千万要谨慎行事,不要太过轻狂。他们总是看到某一篇文章之后就发动抨击,尤其是针对那些活跃于世的年轻作家们所写的文章,他们往往就跟那些庸俗的人一样,受尽了众人的非议,同时也想要像普通人一样反对其他人的观念和观点。我故意引用普鲁塔克且不署名字,好让他们错误地认为那就是我的观点,让他们错误地辱骂到名人身上去,或者由于想要骂我而实际上骂到了塞涅卡身上,让他们出尽洋相。我引用这些大人物的话语,主要是用于隐藏自己身上所有的弱点。

我比较看重的是,某些人懂得怎样从我所写的文章中汲取有益的部分,也就是在我的身上拔毛,我说的这句话意思是,因为他有足够清晰的判断力,可以鉴别文章中充斥的力量以及美学。我的记忆力不是很好,所以根本搞不清楚每一句话到底来自什么地方,也无法对这些引用的词句进行归类,可是我明白,自己的能力十分有限,也知道我永远都无法在自己的土地上,找到在另外一块土地上盛开的美丽花朵;而也会一直觉得自己的果园中结出的果实不如其他地方的果实味道甜美。

倘若我在表述自己观点的时候,没能清楚地表达,倘若我的文章中充满了虚伪造作的修饰之语,倘若我自己没有意识到这些,或者在别人为我指明这些错误之后仍没有注意到,那么我需要对此负极大的责任。这是由于,我们自己往往注意不到有一些错误的发生,可是当其他人明确为我们指出错误之后,我们自己仍不愿正视错误,这就属于我们判断上的失误。我们可以拥有足够的学问，也可以掌握真理，可有的时候我们不一定具备判断力；而有的时候具备判断力也并不一定就掌握了学问和真理。甚至在很多情况下我们可以说，承认自己是愚昧无知的，我认为这一点才是能够证实自己非常有判断力的最光明磊落、最值得信赖的特殊证据。

我在讲述自己的观点时，也都是按自己的想法来的。没有特殊的规则或者章法，都是依照自己某一时间的联想，不由自主地堆积而成，有的时候这些想法蜂拥而至，有的时候则是排列起来按次序推进。我希望自己在描述的时候可以正常一些，也更自然一些，虽然这样的表述略微有些混乱，也都是可以理解的。在那个时候有着怎样的心情，就选用怎样的办法去书写。因此我们必须对这些情况加以介绍和说明，让大家注意到这一点，否则当我们一旦开始谈论的时候，就会变得不着边际，搞不清楚到底在谈论些什么了。

确实，我非常希望能够对所有的事物都进行全面、彻底的调查和了解，可是这样做要付出极大的代价，这一点是我无法承担的。我这一辈子的生活目标就是悠闲地度过自己这一生，我不希望自己过得太辛苦劳累。不管是什么样的东西，我都不能心甘情愿地为它甘心奉献，费尽心思，即便做学问需要我这样的付出，我也不愿意这么去做；也不论做学问到底如何光荣，如何能给我带来满足感。我阅读书籍，主要是想从其中找寻一种乐趣，也就是在岁月中快乐地游历、娱乐的快感。倘若非要对书籍认真探讨和研究的话，我所找寻的

也只是有关于怎样真实地认识自己,怎样享受自己的人生,怎样坦然地从这个世界上离开的学问:

我这匹马呕心沥血所追寻的,汗流浃背所追寻的,就是这样的目标,所以应该朝它狂奔而去。

——普罗佩提乌斯

倘若我在阅读某本书的时候遇到点难处,我也不会绞尽脑汁为它费心费力地研究;可能稍微想上一两次,如果真的得不到明确的答案,也就丢在一旁置之不理了。

我读书也就只是一个不求甚解的过程,倘若我自己坚持研究不肯放弃的话,反而会导致自己的精力和时间都被白白地耗费掉,毕竟我个性相当冲动,如果思考了一次之后还弄不清楚其中的含义,再次去思考的话,反而会让自己陷入更加迷惑的境地。在我做事情的时候,只有心境愉快才能完成一件事情;呕心沥血的追求,其目的反而使我难以判断真实的问题并常常会令我主动放弃。我的眼睛变得模糊起来,整个人也变得愈加迷茫。所以一定要重新收回自己的视线,使得焦点再度集结,这就好像我们在观察红布的时候所做的一样,要想弄清它的颜色,就先要盯住红布上下左右转动着看,一直要眨好几次眼才能看清楚红布的颜色。

倘若对某一本书已经翻阅得厌倦了,就把它丢到一边,去看另一本,等到自己感觉到无聊的时候,或者没什么事情可做的时候,再重新拿起来阅读。现代人写的作品我一般不怎么会去阅读,因为我认为古代人所写的书籍内容更加丰富,也更为准确严峻。在我阅读的过程中也会将希腊人的作品排除在外,因为我对希腊文的了解比较少,学习的内容总是一知半解,在阅读类似书籍的时候,我常常是无从准确判断的。

在我阅读过的一些纯粹用于休闲娱乐的书籍中,我认为现代人薄伽丘所写的《十日谈》以及拉伯雷所写的一些书籍,如果能够把让·塞贡的作品归在此类的话,还有他的《吻》一书,都是令人觉得十分有趣,值得一读。而像《高卢的阿马迪斯》之类的著作,即便是我在儿童时代也不会对这些书产生兴趣。除此之外,我还要冒昧地讲上一句,像我这颗沉重而老迈的心灵,即便是在阅读亚里士多德或者善良的奥维德时,都很难让我觉得感动,以前我深深地迷恋奥维德在写作中流畅的笔法和那些诡异的故事,现在我却很少被这些所吸引了。

我对于这世上我能理解的以及超出我理解范围的事情表达看法,都是非常随心所欲的。当我对一件事情进行表述或评价的时候,并非事物本身就是如此,而是说我个人的意见是这样的。我讨厌柏拉图所写的那本《阿克西奥切斯》,因为觉得那本书对于他这样一位伟大的作家来讲无疑显得太不具备说服力了,当然我也不会百分之百地保证自己说的就是对的。过去古代的圣贤都非常推崇这本书,所以我也不至于会愚蠢到敢于挑战权威,还不如表示同意对方的观点,这样才能使我觉得心安理得。我只能责怪自己太过浅薄，看事情的方式出现了错误，或者否认自己的观点，认为自己的看法太过表面，或者根本没有找对正确的方向。倘若没有偏离太多，语句表达还算通顺的话，其他也就顾不得了。即便弄清楚自己的弱点到底是什么也愿意直接承认。如果出现了某些念头或者注意到某些可以证实看法的现象，就会恰当地给出合理的解释，即便这些现象并不十分明确，且常常是片面的。伊索的大多数寓言故事中都有好几种隐藏的含义，也有很多种理解方式。有的人认为寓言中含有某种隐喻，所以在解读寓言的时候往往选择最符合原文的一种解释方式；而事实上大部分的情况是，这样的解释往往十分肤浅，只局限于表面；其他还有很多等待挖掘的内容要更加重要也更加精彩，可那些人常会忽略这些。我所做的就是尽量挖掘这部分内容。

我们继续沿着我的思维过程继续说下去好了。长期以来我都认为，在诗歌领域比较出色的人中，维吉尔、卢克莱修、卡图卢斯和贺拉斯的水平是非常高的，远超其他人。特别是维吉尔所作的《乔琪克》一诗，在我的概念里甚至觉得这首诗歌是最完美的作品，没有任何诗歌能与之相媲美。如果将《乔琪克》和《埃涅阿斯纪》放在一起作比较，很轻松就能看出，倘若维吉尔的时间很充足的话，完全可以将《埃涅阿斯纪》中的一些章节细细梳理一番。我觉得《埃涅阿斯纪》的第五卷是无与伦比的，应该是最出色的章节。我也非常喜欢卢卡努的作品，常常看起来就不忍放下，不过我之所以这样沉迷,并不是因为他的文笔很好,而是因为他自己的观点和评价往往非常中肯。还有泰伦提乌斯,他也是一个好手,拉丁文写得高贵风流——我觉得他的写作风格比较适合对心理活动和我们的习俗进行描述,每次当我在日常生活中发现了些什么的时候,总会不由自主地想起他的作品。我非常喜欢读他的书,百读不厌,并且每次重读都能有新的发现,重新注意到其中典雅美妙之处。

在维吉尔时代之后的人们,常常会大发牢骚,认为不能将维吉尔和卢克莱修放在一起进行比较。我赞同他们的看法,这样的比较无疑是不合适的。不过当我真的阅读起卢克莱修的作品时候,也经常不由自主地这样想。倘若他们二人会对后人这样的比较气愤不已的话,那针对现在有些人将卢克莱修和阿里奥斯托放在一起进行比较的行为——非常不伦不类——也不知道他们又会对这些蠢人怎么表示不满了。不知道阿里奥斯托本人又会怎样表示呢?

啊!这真是一个毫无判断力的时代!更没有任何情趣可言!

——卡图卢斯

相比于将维吉尔和卢克莱修放在一起进行比较,我觉得古人更不满意的是,将普洛图斯和富有贵族气质的泰伦提乌斯相提并论。泰伦提乌斯之所以能名扬天下,被很多人看重,主要是因为罗马雄辩术之父西塞罗对他十分推崇,经常夸赞他是当世少见的奇才,没有人能比得上,还有另外一位罗马诗人,也是第一法官的贺拉斯经常对他大加夸赞。

在我们当下的这个时代,喜欢创作喜剧的人(尤其是更擅长写喜剧的意大利人),常常会从泰伦提乌斯或者普洛图斯的剧本中摘录三四段话,就这样创作出一个剧本来,这样的情况简直让我震惊至极。他们会从薄伽丘的故事中抽取五六个,并将它们堆砌在一起,就变成了一个剧本。他们在一个本子中放进去那么多复杂的情节,恰好可以证实他们对自己的创作一点信心都没有,所以才需要借助情节来吸引人们。他们自己绞尽脑汁,简直想破了脑袋也想不出该创作出什么样的内容才能吸引到观众,更不知道要怎样才能满足观众。而我所说的泰伦提乌斯跟他们这些人是完全不同的。他在内容创作之外所采用的笔法无比完美,常常令人们忽略掉内容本身,从开始到结尾,人们都会被他那出色的笔触和言语所吸引,他的每一句话都是那样撩人心弦。

仿佛一条清澈见底的大河,纯洁无比,澄明动人。

——贺拉斯

他的文字会让人们的灵魂沉浸其中,甚至会忘却故事本身的美感。

从这方面来讲我的思路变得更加广阔:我注意到,古代的许多优秀诗人在创作中根本不会矫揉造作,他们不会像西班牙人或者信奉彼特拉克的人们那样夸张,也不会像后来几个世纪中的诗歌一样,每篇都充满了嘲讽和尖锐的批判。不管是多么优秀的评论家,没有任何一位敢于在这些方面批判古人的作品。人们都赞赏卡图卢斯清新真挚、明丽隽永的短诗,远比欣赏马提雅尔所创作的辛辣嘲讽诗歌更推崇得多。就像我在上文中所说的那样,马提雅尔对自己的评价也是:他根本不费什么力气;故事远比才情更有表现力。

前一类人波澜不惊地写出震惊世俗的作品,他们不会故意摆出某种姿态,但随手写下的都是些真正的幽默,不需要挠痒痒就能令人忍俊不禁。而后一类人总是需要不断给故事增加内容,没有什么才情,所以才更依赖故事情节。他们必须骑在马背上,因为双腿不够强壮。举个例子来讲,这就跟在舞会上是一样的,舞跳得比较差的老师很难展示出贵族气派,也很难跳得典雅高贵,所以就会借助危险的动作,不停跳跃,或者模仿船夫摇晃身子的奇怪举动吸引人们的注意。女人们其实也是这样的,有的女人跳起舞来身子乱晃,有的女人跳舞却脚步轻快,身姿曼妙,姿态优雅而舒展,非常自然平常,很明显,后一种人的体态要求要更难做到一些。我也见过很多表演,有些非常优秀的演员只穿着日常的衣服,姿态也跟平时没什么差别,只依靠自身才能令我们欣赏到完美的艺术表演。而那些刚入行的演员做不到这些,技艺还不够优秀,所以必须在脸上涂满油彩,换上夸张的戏剧服装,再加上摇头晃脑的动作和表情，才会逗人笑起来。

其实我的观点在很多方面都可以得到证实，比如在《埃涅阿斯纪》和《愤怒的罗兰》中，如果对二者进行比较就能发现。《埃涅阿斯纪》目标明确，内容非常轻盈，在表述的时候更扎实从容，作品借助作者的笔触遨游在天际，非常有意蕴。可《愤怒的罗兰》中的情节更加复杂，说完一件事又去描述另外一件事，就好像小鸟不停地在树枝上跳跃，它不能远行，只能短暂地飞飞停停，走过一小段路就要暂停歇息，否则就会气力不济无法喘息。

它只能飞上一段时间就休息一会儿。

——维吉尔

在这样的题材中，我喜欢上面所讲述的那些作家。

除此之外还有另外一种题材，这种题材的内容是非常有意思的，并且往往能产生有益的作用。我阅读此类题材的书籍时，能够使自己的性格得到陶冶和熏陶。在这方面，自从普鲁塔克的作品被介绍到法国以后，他是让我受益良多的一位作者，另外还有塞涅卡的作品。这两个人有一个我非常喜欢的共同特点，就是我往往从他们书中挖掘的知识都来自小段的议论，举个例子来讲，就像普鲁塔克的《短文集》以及塞涅卡所作的《道德书简》，二者都不需要花费极长的时间——毕竟我很难长时间地去阅读一本作品。塞涅卡的著作中最优秀的一篇就是《道德书简》，也是最能给人带来好处的一篇。我们在阅读的时候不需要严肃地坐下来进行阅读，这本书是不管在任何时间都可以随时放下的，因为所有的篇幅都不是连贯的，而是以短章的形式出现。

这两个作家的处世哲学大体上一致，二人的命运也十分类似，他们诞生在同一个世纪，两个人都曾是罗马皇帝的老师，都降生在国外，且生在有钱有权的家庭。他们二人的学说中最优秀的部分是哲学方面的，对哲学解析得相当透彻。普鲁塔克的个性比较平稳，在著作中往往能够一以贯之，他的态度是相当沉着的；而塞涅卡时常大悲大喜，他喜欢许多事情，爱好相当广泛；同时，塞涅卡是一个非常严肃的人，致力于提高自己的道德水平，摒弃有关于懦弱、恐惧和恶性欲望的一切，他对自己进行严格的自我控制；但普鲁塔克似乎并不在乎这些缺点，也并没有严苛地对这些弱点进行防范。普鲁塔克信奉柏拉图提出的学说，非常温和，在社会生活中具有很强的适应性；而塞涅卡更多地偏向于斯多葛和伊壁鸠鲁等人的看法，有些超脱于现实生活之外。但是我自己认为，这非常有利于提高个人修养，也更严肃一些。塞涅卡似乎被他那个时代皇帝的暴政所控制着，并更倾向于屈服于那些暴政，这是由于我敢打赌，他在作品中谴责那位谋杀了恺撒的人所进行的伟大事业，这一定是迫于政治压力才不得已选择的做法。而普鲁塔克相对来说更为自由。塞涅卡的文章中充满了嘲讽，非常辛辣尖锐；普鲁塔克的文章里讲述了更多有内容的东西。读完塞涅卡会让你觉得心潮澎湃,热血翻涌;但是读了普鲁塔克之后让你觉得非常舒服,心情很好,并且一定能够有所收获。塞涅卡为你开辟了新的视角和道路,普鲁塔克则指引你走向正确的方向。

还有西塞罗,他能够帮助我达到目标的作品主要是有关伦理哲学方面的著作。不过我还是要直说——既然现在不考虑礼仪方面的问题了,那我就不需要再多加顾忌什么,还是直说为好——有的时候我非常讨厌他的写作方式,因为他所有的文章都是固定的模式。在他大多数的作品中,序跋、定义、分类、词源等几乎涵盖了大部分内容,所有完美的、动人的、吸引人的精华,全部都被冗长的、枯燥的言辞所埋没了。对我来说,花费很长的时间——花费一个小时已经很长了——去阅读西塞罗的作品,随后再仔细回想从他的作品中能够汲取到什么有益处的东西时,往往什么都想不到。因为这一个小时尚不能在他那些冗长的作品中读到能对我有所裨益的观点,也没有对我在乎的一些问题进行解释。

我的目标只是希望作为一个人可以明智,却并不是要求自己足够博学,能够跟其他人进行争辩,所以,逻辑学以及亚里士多德哲学等书籍对我来说是根本没有什么价值的。我对书籍的要求是作者必须在最初的时候就把结论亮出来,我已经厌烦了对死亡和肉欲进行的解释,不需要他们对此进行仔细的分析或者反复的讲述和揣测,我需要的只是他们讲述一些真实的、强有力的理由,教会我在类似的事情出现的时候可以采用怎样的方法应对。我不需要用一些精妙的语法或者非常枯燥的修辞来解决我的问题，我对他们的诉求就是，所有的文章必须直抒胸臆，可是西塞罗所有的文章都不是这样直截了当的，而是充满了各种唠叨的话语，拐弯抹角，让人觉得心生厌烦。其实西塞罗的文章比较适合在教学的时候，或者诉讼的时候、说教的时候来使用，因为那时候我们就可以有足够的时间打瞌睡了，即便睡上十五分钟之后醒过来，还能发现自己立即能够接上之前的话题。我们只有在面对那些不管有理没理都要努力去说服法官，或者一定要把事情讲透才能让孩子或者普通人弄明白的情况下，才需要这样条分缕析地进行表述。我不需要有人想尽办法吸引我的注意力，就好像一个传令的家伙一样几十次地大喊："嘿！注意了！"罗马人在举行祭祀礼的时候会大喊："注意！注意！"可是我们主要喊的口号则是："鼓起勇气啊！"在我看来这些都是毫无必要的废话！既然我已经来到了这里，那就证实我已经准备好了，不需要一些前菜去调动食欲，或者再对那些内容详加描述了，即便是生肉我也能立即咬碎了吃进肚子里去！那些虚伪的礼节对我来说完全起不到应有的作用，而且适得其反，破坏了我阅读的兴趣。

　　我觉得柏拉图的那本《对话录》也是非常拖沓的，里面充满了各种陈词滥调，反而埋没了其真正的内容。我认为，像柏拉图这样的人，事实上可以说些更加有价值的话，可是他却花费很长的时间去描述那些根本不知所谓的、也不知为何的长篇大论，这令我觉得十分不满。不知道我这样大放厥词是否能够得到大家的宽容呢？我无法欣赏柏拉图所写的美文，所以希望大家可以原谅我的愚昧无知。

一般情况下，我对书籍的要求是其中的内容必然包含一定的学问和知识，那些没什么内容、知识仅用来当点缀的书籍，我是看不上的。

我最喜欢读的两本书，以及六普林尼等类似的作品中，都没有任何提醒我注意的名词，像这样的书，针对的对象都是那些心里已经有些看法的人，也或者说当其中出现了"注意注意"这样的话语时，也往往能证明这些言语中确实真正讲述了些什么，甚至可以单独拿出来进行开篇创作。

除此之外，西塞罗的《给阿提库斯的信札》一书我也非常喜欢，这部书里除了记录了很多有关他那个时代的丰富史实之外，还对他个人的性格和脾气进行了讲述。所以，就像我在前文中说过的那样，我一直都非常好奇作家本人的灵魂以及他们进行的判断到底是怎样的，我们可以通过他们创作的一些作品，以及他们在人间的一些具体的表现来了解他们自己，可是就无法了解到他们本人的生活习惯，也无法了解到他们本人的性格。

我曾经上千百次地抱憾，布鲁图斯所著的那本论述美德的书籍已经无法流传后世了：毕竟，从一个行动家那里探讨理论是相当有趣的一件事情。可是说教与说教的人是大相径庭的，我乐于从普鲁塔克所创作的作品中去观察布鲁图斯，也喜欢从布鲁图斯本人的著作中去观察他。我希望弄清楚在阵前的时候，布鲁图斯会对他的士兵说些什么；还想要弄清楚，在大战来临之际，他跟自己的好朋友又会说些什么；我还想知道当他在论坛或者议院里的时候又会说些什么；甚至想知道当他回到书房或者卧室里的时候，跟别人交谈的具体内容。

有关于西塞罗，我赞同众人的意见，他是一个学识渊博的人，但是并非一个高尚的人。作为一个公民，他非常优秀，性格也十分随和，一般跟他一样喜欢开玩笑的胖子可能都是这样的。但是说句实话吧，我觉得他这个人过于贪图享乐，充满了野心，也非常虚荣。而且他竟然将诗歌公开发行！这一点我绝不能原谅。他写的诗非常差劲，当然这并不能算是一个巨大的缺点，但是对此他居然没有一点判断力，根本没有意识到将这些劣质的诗歌出版以后将会怎样地伤害他那优秀的名声。

我确实相信他雄辩的才能不同凡响，或许在世上找不出第二个能跟他相提并论的人了，我也相信从今以后也没有任何人能比得上他。小西塞罗跟他父亲的相似之处恐怕只有名字而已。他在做亚细亚总司令的时候，有一天他发现桌上坐了几位不认识的家伙，其中还有塞斯蒂厄斯，就坐在靠下的席位上。那时，有些豪门士族举办盛宴的时候经常会有人跑来偷偷坐在那个位置上，小西塞罗向仆人询问这个人的名字，仆人也跟他进行了说明。但是小西塞罗仿佛根本没有注意到，完全把仆人告诉他的话抛到脑后去了，后来又一直针对这事询问了两三次。那位仆人一直要回答他的提问，就这样反复说了几遍之后觉得十分厌烦，所以就故意提到了一件事情，好让自己的主人准确地记住那个家伙，他是这样回答的："那个人就是之前别人告诉过你的塞斯蒂厄斯啊，他看不起您父亲的雄辩才能，觉得根本不如他呢。"小西塞罗听了这话之后大发雷霆，命令他的仆人将这个可怜的塞斯蒂厄斯抓了起来，当着众人的面痛打了他一顿。说实话，他这个主人真是一点礼貌都不懂。

即便是很多赞同他的雄辩才能举世无双的人，也有很多人会着重指出他在进行演说的时候所犯下的一些错误。举个例子来讲，他的朋友，那个伟大的布鲁图斯就曾说过这个伟大的辩才"关节有病"。还有一个跟他处于同一时期的演说家也说过，他有一个非常令人不解的举动，就是会在每一个段落末都使用很长的句子，并且特别喜欢多次使用"似乎是"这几个字。

我喜欢读起来节奏明快的句子，那些句子长短交替，朗朗上口。有些时候他也会把某些音节重新组合起来，不过像这样的情况很少。我回忆起他曾经说过这样的句子："在我看来，我宁愿老了以后尽快死去，也不愿意还没老的时候心就已经衰老了。"（西塞罗）

我更加喜欢那些历史学家们创作的著作，他们在叙述中表述得更有意思，也经过了更加得当的了解。通常，我想要了解的人物往往在历史书中显得更加丰满有趣，他们的表现也更加生动形象，在历史书中，可以完整地勾勒出他们个人的性格特征，甚至他们的某些思想，当他们面对一些意外发生的事件时复杂的、不断变化的心理活动。我最喜欢传记历史学家，他们着重于对事件的原因进行探究多过于对事件发展的探究，注意于人物的内心情况多于外因的情况，他们往往最容易引起我的兴趣，而这一点也就可以证实，为何我认为普鲁塔克是最合我心意的历史学家。

其实我有一些遗憾，为何不多出现一些像拉尔修的第欧根尼一样的人物呢？还是说像他这样的人没有被更多的人认识和了解到。因为我特别在乎这些，人间圣贤有着怎样的命运，过着怎样的生活，我对他们本人感兴趣，甚至跟对他们所提出的各种各样的学说和思想一样好奇。

要对这些历史进行探究的时候，需要将所有的作品，不管是古代的还是现代的，不管是文笔粗鄙的还是言语公正的，都要仔细进行翻阅，并从中得到作者所指出的、在各个不同角度之间出现的历史事实。不过我认为有一个人特别值得我们深入挖掘，就是恺撒，这不仅仅是由于历史科学中他所占据的重要地位，甚至从他本人来看，也是一个非常完美的典型人物，远比其他人更为出色，甚至要比萨卢斯特更出色。

在我对恺撒的一生进行阅读的时候，心里自然怀着更多的钦佩和羡慕，有的时候我会赞叹他的行动以及留存于后世的各种奇迹的行为，有的时候也会赞颂和敬佩他那无与伦比的文笔。就像西塞罗所说的，他的文笔非常优秀，不仅其他所有的历史学家，甚至西塞罗本人可能都比不上他。恺撒在谈论自己的敌人时，对他们进行的评论也是相当中肯的；倘若我们必须批评恺撒本人的话，除了他自己过于修饰他那罪恶的事业以及难以示于人前的野心之外，还有就是他不喜欢对自己本人进行描述，往往把自己隐藏起来。这是由于，如果他所做的事情只包含我们从历史书上所读到的那么多，那他绝不可能使那么多伟大的历史事件得以实现。我看中的那些历史学家，有的是因为非常淳朴，有的是因为他们太过优秀。那些淳朴的历史学家不会把自己个人的意识掺杂到历史中，他只会将所有搜集到的资料进行罗列和汇总，他不会对资料进行选择或加工，更不会故意删除某些历史，他会把所有的资料全部展示在人们眼前，好让人们自己对事情原本的真相做出判断。像这样的淳朴历史学家的代表，包括那位善良的让·傅华萨，他在进行历史记录的时候是非常认真的，态度也相当诚恳，只要有人告诉他，任何一条史料可能不真实，他都会照单全收并立即进行更正。甚至各种各样的传闻、道听途说的故事，他也都记录在历史书上了。他所记录的就是单纯的、完全没有个人意识色彩的历史材料，全凭人们根据自己个人的理解来对这些材料进行加工和取用。

而那些特别优秀的历史学家，具备认知历史的能力，他们可以从两份历史资料中准确地辨别出到底哪份资料更值得相信，可以通过亲王当时的社会地位以及性格特征来推断他们的真实想法和做出的决定，并且令这些人说出符合自己身份的言语。这些历史学家们的看法是非常有道理的，我们也可以绝对相信。但是在大部分情况下，像这样的历史学家是非常少的，这种权威也只有极少数人才具备。除了淳朴的历史学家和优秀的历史学家，还有许多位于中间地带的历史学家，但这些人大部分情况下会给我们造成一定的误解。不管是什么样的事情，他们都希望能够帮我们彻底包办，甚至确定进行评论的规则，用自己的想象去更改历史，要求历史去符合他们的想象。这是由于在某些时候当人们的评论被影响了以后，后人在对相关的历史进行描述的时候，必然要受到这种评价的影响。他们想尽办法对已知的事实进行选择，好让人们去了解到他们愿意让大家知道的事物，却往往把那些更具有价值的话语或者小事隐藏起来，或者把一些自己不能理解的事情删掉，甚至有些用拉丁文或法语进行表达的东西也全部抹除。他们完全可以想尽各种办法大胆地展示自己雄辩的才能和优秀的文笔，并且竭尽所能地评价这些事实，不过在他们这样做了以后，还是希望尽量能给我们留下一些没有经过删除或者改动的东西，可以供我们在他们评判了以后进行思考和认识，换句话来说，就是希望他们能够准确地保留历史的真相。

特别是在最近这几个世纪，我们经常遇见一些资质平庸的家伙，只是因为会写字，有一点文采，就被选中了要编写历史，似乎意思就是说我们编写历史就是要学会写文章！虽然他们说的也有一定的道理，可既然他们已经被选中要对这些事情进行描述，需要动用自己的嘴巴，那么他们就需要多多注意这些了。因此，他们往往从城市中听来一些绯闻，添加上几句好听话，马上就可以写成一篇漂亮的文章了。

比较好的历史书常常是那些确实经历过真实事件，或者在真实事件中担任指挥，甚至在类似事件中有过经历的人进行编述的。像这样的历史书大部分来自希腊人和罗马人，毕竟当许多目击者针对同一个题材进行表述的时候（正如当下的时代中也有许多有气魄有才能的人），即便故事情节不太准确，但大体上还是符合实际的，或者说这件事本来就很难说得清楚。

如果让一个医生去处理战争中的事情，或者让小学生对各个国家亲王的真实意图进行猜测，那么人们能从中获取什么真正的学问呢？

我们还能用一个例子来学习罗马人是怎样一丝不苟地对待这件事情的：阿西尼厄斯·波利奥注意到，恺撒所写的一些历史事件中存在失实的地方，他认为这些事件之所以失实，是因为恺撒在统领军队的时候不可能亲自过问营中的任何部分，而很多未经核实的报告可能让他产生偏听偏信的状况，甚至在有些时候，他外出以后副官协助他代办的事情并没有汇报给他。

我们从上述这个例子中可以注意到，想要弄清楚事情的真相是需要非常谨慎的，想要弄清楚一场战斗中的真实情况，我们不能依靠单一的信息来去推测，指挥官或者士兵提供的信息都是片面的，我们很难问出准确的一切。所以，我们唯有像法庭进行审讯的方法一样，对证人给出的证词进行比较，并且要求在讲述的这些事件中的任何一个细节都能找到实际的物证。事实上，有的时候我们甚至不完全了解自己身上所发生的事情。在这方面，让·博丁已经表述得非常清晰了，他的想法跟我基本上完全相同。

很多次我拿起一本书，还以为那是我还没有读过的新书，事实上早在几年前我就已经认真阅读过那本书了，书上写满了各种注释，还有阅读的心得。因为我自己常常容易记错，还太过于健忘，所以最近为了弥补这些过错，我继续采用了以前的一个老习惯，就是会在自己阅读过一次的书籍后面记一下读完的日期以及一些简单的评论，起码等我下次阅读的时候能提示我，帮助我对这本书以及作者所讲述的大概内容和想法进行回想。在此，我希望把其中的一些注释讲述给大家。

下面所描述的是，我在圭契阿迪尼所看的一部书中所记下来的注释，大概是十年前记录的了（不管我所阅读的书是用何种语言所写的，我总会用自己的话来进行注释）：作者是一个非常勤奋的历史学家，在我看来，他的著作真实地反映了他那个时代的历史，具备极强的真实性。这一点其他人很难相比，毕竟在大多数时候，他自己亲身经历了这些事件，并且深居前列。从文章表象上也发现不了他可能因为某些仇恨、偏见或虚荣而改变事实真相的可能，他对当时的一些风云人物，特别是那些帮助过他的、提拔过他的人所进行的评论，比如克莱芒七世教皇，都是值得信赖的。似乎他在文章中最喜欢借题发挥，多增加自己的评论。虽然其中也不乏许多观点清晰的好文章，但他太过于沉迷在这方面了；又因为他几乎知无不言，把自己知道的事情全都说出来了，而列举的资料又是相当丰富的，因此在这一部取之不竭的作品中，他整个人的表述就显得相当啰唆，简直像个多嘴多舌的老学究。

除了这些之外还有一点，他对书中的很多人和事以及想法、动机都进行了评论，但是他并没有提到美德、宗教以及良心这些词语，似乎认为世界上并不存在这些东西。针对历史中的所有行动，不论从表面上能看到多么高尚的行为，他都认为那些完全是出于私利和某些恶意。他对很多行动进行了评价，但是没有将任何一项行动归结于理性，这一点简直令人感到难以置信。不可能说这个世界上所有人心地都很坏，任何人都不能做到洁身自好；这甚至使我自己有一些疑心，或许他本人就是一个心术不正的人，以自己狭隘的想法去揣摩别人的心。

我还在菲利普·德·科明的书中写过这样的话：他的语言非常流畅，清新自然，有些稚嫩笨拙，叙事的口吻相当朴实，可以清晰地感受到作者的赤诚之心，在谈及自己的时候不虚伪也不浮华，在谈及别人的时候，没有偏执也不会忌妒。他的演说以及劝慰充满了激情且相当真挚，他的口吻是非常严肃郑重的，而且不会沉溺于自我陶醉，这些足以看出这位作者出自名门望族，而且具备相当的阅历。

而在杜·贝莱两兄弟所写的回忆录中，我还记录过这样的一段话：能够读到亲身经历过这件事情的人所描写的历史，总是一件值得庆祝的乐事。不过需要指出的是，这两位贵族在写本书的时候并不像古代的圣人一样坦诚和自由：例如，让·德·儒安维尔（圣路易国王的仆人）、艾因哈德（查理曼大帝的枢密大臣），甚至近代菲利普·德·科明在创作撰写类似的历史书籍时所表现出来的那样真挚和坦诚。他们所写的这部历史书完全不像真实的历史，而似乎是在为弗朗索瓦一世抗议查理五世皇帝的行为所进行的辩护。我不想说他们或许篡改了什么重要的历史事实，可是这本书中确实常常出现一些毫无缘由的偏袒，不愿意对事件进行评论，甚至删除了一些他们主人生活中所面临的困难问题，例如他们没有提及德·蒙莫朗西和德·布里翁失宠的事情，也没有提及埃唐普夫人。虽然一些私密的事情能够被遮掩过去，但那些是众所周知的事情，特别是像这样的事情严重影响了公众的生活，所以对这些保持沉默是绝不可饶恕的，也是他们这部书最大的缺陷。因此，若想详细地了解弗朗索瓦一世以及他那个时代所发生的真实历史，还是听从我的建议，到其他地方去找寻吧，像这部书是不可能找得到的。这本书也有优点，就是记录了那些大人物在战争中的亲身经历，以及在战功方面有一些特别的看法，还对他们当时那个时代亲王之间私下的谈话和趣事进行了记录，里面还记录了朗杰领主纪尧姆·杜·贝莱主持交易和谈判的事情，有许多值得阅读的趣事，文章整体写得也还算不错。

第十七章
困难会增大我们的欲望

无论是什么样的观点，都会有与之相对的观点存在，这是最为顶尖的哲学家们[1]的看法。稍早前，我突然记起这样一句话："除了我们已经放手的东西，能让我们感到快乐的，别无他物"，这是一位贤者[2]在谈到死亡这一话题时，所表露出的态度。此外，他还扬言："如果因为某个东西的消失而难过，就会想尽办法不让这个东西消失。"换言之，倘若我们惧怕死亡，那么活着对我们来说，就不是一件能够感到快乐的事情了。在我看来，这种观点应该反过来说才对，也就是：当我们在乎某个东西时，才会对它抱以珍惜的态度。这就好比是在寒冷的冬天，火会以更加热烈的姿态燃烧。当我们遭

---

[1] 怀疑论的信奉者们，这一理论由古希腊哲学家皮浪提出。——译者注
[2] 指塞涅卡。——译者注

遇困境时，才会激发更加强烈的斗志，这一点毋庸置疑。

倘若达那厄逃离了铜塔，
她就不会怀上朱庇特的孩子；

——奥维德

如此看来，真正让我们感到兴奋的，是长久以来积攒的厌烦感，是长久以来无法拥有的事物。"当我们越发的在乎快乐时，它的存在会显得越加重要，这一点对任何事都是一样的。"（塞涅卡）

加拉，放弃我吧；倘若爱情只有幸福没有苦痛，那它很快就会消退。

——马尔希埃

正因如此，利库尔戈斯①才会要求斯巴达的所有夫妻保持距离，即使亲热也只能在没人的时候进行，否则，一旦被人发现，他们就和偷情的人别无两样。这样做的目的，主要是为了让他们的爱情长久保鲜。然而，亲热的想做而不能做、随时被察觉的风险以及随之而来的屈辱感，在无形之中都加重了爱情的趣味。那些情爱书中的简单论述，成了无数低俗

---

① 古代斯巴达的立法者。——译者注

调戏的温床！对于淫乱的欲望来说，苦痛带给它的印象会更为深刻。当人们因它而受伤时，它会转而变得幸福。这就和风尘女弗洛拉的做法一样，每当她和庞培在一起时，她都要在他身上留下咬痕。

> 默不作声、垂头丧气，
> 以及内心深处的嗟叹，
>
> ——贺拉斯

> 对于心仪的身体，他们会用力抱紧，
> 他们会用牙齿和嘴去弄痛这些躯体，
> 只要是心仪的东西，他们就想施以迫害，
> 正因如此，暴躁的因子就出现了。
>
> ——卢克莱修

越是得不到的东西，就显得越发抢眼，这是一个普遍存在的现象。

比如，安科纳省人热衷于去圣地亚哥·德·孔波斯特拉祷告，而加利西亚人却乐意去洛雷特圣母丘陵祷告①；住在列日的人更喜欢卢卡的温泉，而住在托斯卡纳的人却喜欢斯帕

---

① 安科纳省位于意大利中部，圣地亚哥·德·孔波斯特拉位于西班牙西北部，加利西亚位于西班牙，洛雷特圣母丘陵位于法国北部。——译者注

的温泉浴场①；比起罗马学生，罗马剑术学校里更多的是法国学生。就拿名人加图②来说，当妻子在他身边时，他并不懂得珍惜，而当妻子离开他投向别人的怀抱时，他才知道珍惜。这一点，人人都是如此。

当我从马场中挑选出一匹年老的公马，由于它早已对身边的牝马感到烦腻，因此当牝马出现时，它并不激动。然而，倘若有外来的牝马出现在它附近，那么它就会立刻发情，开始疯狂地叫喊。

人类的欲望就是如此，到手的东西会感到厌烦，还未拥有的东西就会眼馋。

对于随便就能拥有的东西，他视而不见，但对难以企及的东西，他却苦苦追寻。

——贺拉斯

对拥有某种东西的遏制，就是欲望萌生的源头。

倘若你给你的情人自由，
用不了多久，她就会离我而去了。

——奥维德

---

① 列日位于比利时东部，卢卡位于意大利中部，斯帕位于比利时。——译者注
② 这里指小加图。——译者注

倘若让我们彻底地拥有它们，就会打消我们心中的欲望。这一点，无论是富有还是贫困，都同样受用。

你因自己的富有而烦恼，我因自己的贫困而烦恼。
——泰伦提乌斯

无论是欲望，还是拥有，都会让我们远离快乐。比起被喜欢的女人拒绝，毫无难度地拥有喜欢的女人，事实上会让你感到更痛苦：由于我们对喜欢的事物抱有非常之高的期待值，因此当我们唾手可得时，就会感到难受，甚至会因此而一蹶不振。

只有采取傲慢的态度，才能长久地吸引住对方。
——奥维德

所以，当你摆出傲慢的姿态后，
那些昨天将你拒之门外的女人，今天就会主动出现。
——普罗佩提乌斯

为了让情人们沉迷于自己的美貌，波佩打算戴上面具，这是为什么？女人们会用长裙遮住能够迷倒男人的部位，这是为什么？她们绞尽心思地把能够点燃欲望的地方遮挡起来，这是为什么呢?前不久,女人们又在腰部设置了遮挡物①,倘若她们这样做不是为了进一步勾起我们的欲望,那还能是为了什么呢?

> 在被人发现后,她才会跑到柳树那里去。
> ——维吉尔

> 我的情欲,会因她身上的那条裙子而延迟出现。
> ——普罗佩提乌斯

像这种处女情结般的羞涩,究竟有何用处?倘若不是出于进一步激发我们的情欲的目的,那么她们装出的若即若离的暧昧以及揣着明白装糊涂的态度,究竟是为了什么呢?要知道,这不单单是种幸福的感觉,更是一种自信的态度,确信自己的激情可以战胜一切。正因如此,她们才会认为:"严肃、端庄、贞洁和节制是女性最卓越的品德,决不可逾越,而能让女性放下这些品德,才是件不可思议的事。"事实上,面对我们的压迫,她们会感到害怕,并在怨恨中屈服于我们的纠缠。无论一个女人的外表多么美丽,倘若她缺失这些要素,那她就只是个普通的女人而已。在意大利,很多漂亮的女人必须绞尽脑汁、另辟蹊径才能将自己卖出去。只不过,

---

① 裙子里的撑环。——译者注

因为只要有钱就可以得到她们,所以她们一个个看上去并不是很亢奋。简言之,对于影响相同的事情,人们总倾向于歌颂难度更大的那一个,这对美德同样适用。

就像我们亲眼所见一般,为了让善良的人们看得更加清晰,从而振作精神,上天会在肃穆的教会中制造不停休的纷争。然而,倘若我们从中比较一下利害关系,很有可能发现,这种纷争所产生的影响,是否真的是利大于弊。

为了杜绝离婚现象的出现,我们曾以约束之名来对待婚姻,然而,这样的方式毁掉了感情里的主动性和亲密性。不同的是,罗马人因为拥有了离婚的权利,因此他们的婚姻关系长久地稳定着。甚至罗马男人会十分珍惜自己的妻子,即使他们会在离婚后获得自由,但在长达五年多的日子里,几乎无人愿意享受这种自由。

轻易就能做到的事,没什么人想去做,越是被制止的事,却越是有人想要去尝试。

——奥维德

以上这句话,如果用某位贤者[1]的话来解释,便是:死刑的存在,并不能让人从善,甚至只会助长罪行,让人想去搞破坏。

---

[1] 指塞涅卡。——译者注

当人们觉得罪行被消灭时,却不知它早已四处蔓延。

——卢提利乌斯

综合过往的经验,依我看,长久以来国家的管理并未因此有所好转。要知道,社会秩序和风气的维护,一定是多管齐下的。

作为锡西厄①的邻近地区,在古希腊故事里出现的阿尔吉佩人,由于他们的生活中根本就没有责罚,也没有用来责罚的工具,因此他们的生活十分简单和淳朴,不会想着去害人,而是想着如何去帮助人,如果有谁去了他们那里,就会生活得无忧无虑。正因如此,周边的许多人会因为各种各样的琐事,去找阿尔吉佩人帮忙。

比起我们用沟渠和树篱筑起的围栏,有些民族的围栏虽然是用棉丝做的,却显得更为坚挺,牢不可破。

"因为有了锁,小偷才会想着去偷盗。如果是敞开大门的房子,小偷才不会去偷盗。"(塞涅卡)

或许,在内战爆发的时候,勇敢地敞开大门,能够让我的房子幸免于难。这样一来,我们的军人会因此而受到打击,毕竟敢于挑战才是他们军人引以为豪的事情,但我将这件事忽略了。要知道,在没有公平可言时,敢为人先才是最值得尊敬的事。不管是胆小鬼还是背叛者,他们轻松地霸占了我

---

① 古欧洲东南部,以黑海北岸为中心的地区。——译者注

的房子。虽然门口有人看守，但只要是彬彬有礼的和善的人，就都能进入我的屋子。除了太阳和月亮，我的房子再没有别的守卫。

倘若一个贵族对自卫这件事并无把握，那就不应该逞强。任何人，只有准备不足，就一定会被察觉。在边境地区建起要塞，这是我们的父辈未曾想过的事情。那些不用武力就能实现的攻击，日益变得丰富起来，甚至早已超越了守卫的方法。通常来说，人们总是会绞尽脑汁想着如何攻击，至于防卫这件事，只有富有的人才会上心。不过，我所采取的防卫是十分牢固的。虽然我并未采用任何装备，但这样牢固的防卫反倒让我觉得不安，况且等内战结束后，我肯定得去掉一些防卫工具。因为这些防卫工具虽然有用，却不能成为割舍不掉的依赖物。

要知道，在战争年代里，无论是你的亲人还是仆人，都是不可信的，因为他们极有可能以宗教信仰或是别的借口，站在与你相对立的一面。对于我们房屋的防卫花销，政府早已无力承担。不仅如此，我们自身也无法承担这项费用，它不仅会使我们破产，甚至会更大范围地导致全民族的破产。但对政府来说，个体的破产并不能让它受到影响。换言之，倘若你破产了，你所能得到的，只会是友人们的指责，因为他们会觉得这一切都是你的掉以轻心造成的。那些被偷盗的房屋，都是做足了防卫工作的，而我的房子却没有遭受抢劫，如此一来，偷盗者选择作案的目标，仅仅是因为那些房子看上去更难攻克。无论是哪种防卫，本质上都和战争雷同。除了上帝有能力让我置身战争之中，否则，我绝对不会和它扯上关系的。就如同我的内心有一片净土一般，作为我的栖身之所、安身之地，我绝对不会让我的房子遭受战乱。虽然通过战争可以出现新的社会团体，但我对此毫无感觉。比起其他防卫森严的房子，我或许是全法国唯一将房子敞开大门的人。什么房产证什么钥匙，我统统都没有拿出来。无论是胆怯还是逃命，都要做得像样一点才行。倘若对上天的完全信赖能换来庇佑，那我甘愿如此相信下去；就算结果并非如此，那我也拥有了很长一段时间的平静，甚至这段时间着实该被写下来。究竟有多久呢？屈指一算，足足得有三十年了[1]。

---

[1] 写于1590年前后。——译者注

第十八章
论信仰自由

良好的意愿如果不能得到指引和控制，就会变成一些能够导致严重后果的恶劣事件，这种情况经常会出现。宗教论战让如今的法国陷入内乱之中，而最合理妥善的办法就是让国家的宗教和政策维持原状。那些持相同观点的热心人士（我指的不是打着这个幌子挟私报复，或者为了一己私利而谄媚亲王的人；我说的是真正对宗教态度虔诚，热衷维护国家和平稳定，并正在身体力行的人），他们中有很多在我看来已经变得盲目而疯狂，偶尔会做出有失公允、粗暴莽撞的判断。

基督教曾经用立法获得了权威，当时也的确有很多人在宗教狂热的鼓动下反对所有异教书籍，让很多文人对这段难以挽回的损失感到痛心疾首。我个人看来，这次文化灾难带来的严重后果，甚至要高于野蛮人那几次纵火焚烧。

历史学家内里乌斯·塔西佗就是很好的见证人，虽然他的皇帝亲戚命令全世界的图书馆去收藏书籍，可只要一本书里出现个别与我们信仰相违背的语句，这本书就不可能躲过审查人员的搜索，也不能避免被焚毁的命运。更恶劣的是，那些为我们服务的皇帝总是能很容易得到虚伪的褒奖，而那些与我们立场相对的君主，他的一言一行都可以成为攻讦的对象，这一点只要看一看被称作"背教者"的朱利安皇帝的生平事迹，就可以一目了然。

实际上这是一位卓越超凡的伟大人物，被神圣的思想充满心灵，并且以此来规范自己的行为；老实说，在所有能够体现美德的事情上，你都能找到他的光辉足迹。就拿贞洁为例（他可以证明自己终其一生都洁身自好），有人曾评价他像亚历山大与西庇阿那样纯洁，即使拥有很多美丽的女俘虏，但是他不曾召见过任何一个，彼时他正青春年少，死于帕提亚人之手的时候，也不过三十一岁。在推行司法条例的时候，他会听取各方意见，从来不畏劳苦。尽管出于好奇心，他会打听参与者的宗教信仰，但是对其他宗教的不喜也丝毫不会影响他的公正性。他还制定过一些好的法令，大大减少了前一任皇帝征收的御用金和税金。

有两位杰出的历史学家，可以证明朱利安皇帝的政绩，其中一位就是安米阿努斯·马西利纳斯，他在自己的历史书中多次对朱利安皇帝禁止任何基督教修辞学家和语法学家在校任职的规定进行了强烈的批判；而且表示自己希望皇帝的这条法令可以永远不再有人记起。如果这位皇帝还做过什么更过分的事情，我想马西利纳斯是一定会有所记载的，不管怎么看，他都是我们这一方的。

对我们来说，朱利安是一位严厉的敌人，却称不上凶残；理由便是，身为敌人的我们仍然会提到下面这件事情。有一天卡尔西登主教马利斯沿着城墙散步，并且大胆地指责这位皇帝是基督教的叛徒，皇帝什么也没做，只说了一句："滚开，你这恶徒，为自己的有眼无珠流泪吧。"主教反讽他："我要感谢耶稣基督让我目不能视，这样就不会看到你那个丑样子了。"据说朱利安皇帝当时表现出了一个哲学家的耐心。这件事情，至少可以证明他不像人们说的那样凶残。他（第二位证人是欧特罗庇厄斯）虽然与基督教为敌，却并不嗜血。

回过头来说说司法，这位皇帝也无可指摘，除了帝国建立初期，他对待自己的前任君主君士坦提二世手段有些严酷。他像士兵一样过着朴素的生活，即便是和平时期，也会像处在备战时期一样节俭。他有很高的警惕性，夜晚被划分为三四块，只有一点时间用来休息，剩余的时间都会用来巡查兵营、检查岗哨或阅读。他身上具备很多稀有的品质，通晓各种文学就是其中的一个。

传闻亚历山大躺在床上的时候，担心睡意会影响到自己的思考和阅读，于是命人在床边摆上一个水盆，手中拖着一个铜球悬于床外，打瞌睡的时候手指放松，他就会被铜球坠入盆中的声音惊醒。朱利安在做事情的时候会全神贯注，而且超出常人的节食能力让他很难出现困顿的状态，也就不需要使用这种办法。

他有着令人称道的军事才华,具备了一位将领必备的品质。终其一生他都未曾离开过战场,其中协助我们抵抗德国人和法兰克人是主要内容。我们想不起是不是出现过比他经历过更多危险,面临过更多生死考验的人。他牺牲的情况跟伊巴密浓达有些类似。他中了一箭,本来可以自行拔出,但是因为箭头太尖利,划破了手而无法用力。他不断提出将自己这样抬到战场上鼓舞士气的要求,但就算他没有到场督战,士兵们依旧勇猛,直到黑夜降临才鸣金收兵。

他学习过哲学,所以不会过分看重生命和俗世,并且笃信灵魂不朽。

在宗教问题上,他是个完全的恶人。他背弃了我们的宗教,所以才会被叫作"背教者"。但我认为下面这个观点更加合理,那就是我们的宗教从来都没有打动过他的心灵,只不过是要遵守国法才进行了信教的伪装,而获得国家权力之后,他就露出了本来面目。

他非常笃信自己的宗教,还为此遭到了周围人的嘲讽;曾有人讽刺道,假如他能战胜帕提亚人,就会把全世界的牛都杀了,拿去献祭。他对占卜术异常狂热,所有占卜的运势他都完全相信。临终之前,他还曾说过自己非常感激神明,没有让他死于某场意外,而是很早便告知他将死于何时何地,没有让他像一个虚弱怠惰的人一样窝囊地死去,也不必忍受长期卧病在床的痛苦;让他在得胜归来的路上,在荣耀的花团锦簇中,毫无遗憾地结束了自己的一生。他好像还跟马库斯·布鲁图斯一样有过灵性体验,第一次是在高卢被神明威吓,第二次则是在波斯被神明临终感召。

有人说在他发觉自己中箭之后,说出了这样一句话:"拿撒勒①人,你赢了。"还有人说他说的是:"这下你高兴了,拿撒勒人。"如果我的证人们确信他说过,就绝不可能忘记,那是他们就在军队里,肯定会翔实地记录他临终前的言行。发生在他身上的某些奇迹现象,他们也不可能遗漏。

我们再回到本文主题上来,马西利纳斯说朱利安一直以来都是一个异教徒,只是因为他的士兵都是基督徒,所以他出于担心而不敢暴露自己的信仰。当他最终获得强大力量的时候,就能够按照自己的心意来表明身份,他命令人们打开神庙,想尽一切办法供奉偶像。为实现自己的目的,他在看到君士坦丁堡那些已经彼此分裂的基督教会主教以及各怀心思的人民时,便召见了他们,真心实意地要求他们化干戈为玉帛,让每一个人都能够安心地坚持自己的宗教信仰。

他全心全意地促成此事,想要通过这种方式让教派变多,人们从内部分裂,力量被削弱。因为人们的思想同意之后,便会团结在一起对抗他。他也使用了一些基督教的残酷手段,想要证明人类才是这个世界上最可怕的野兽。

上面基本上就是他的原话,这一点需要特别注意,朱利

---

① 指耶稣·基督,这是他在拿撒勒传道时别人对他的称呼。——译者注

安皇帝企图通过信仰自由引发混乱，但我们的国王在前不久却希望用信仰自由来结束混乱。所以便有如下结论，前者是完全不控制任何宗派的发展，让他们各持己见，这是在引发矛盾制造分裂，缺少法律保障或者限制条件，只能让混乱不断加剧。而后者虽然也不控制任何宗派的发展，让他们各持己见，但是正因为这种不闻不问的态度让他们的斗志消磨殆尽，反抗意志也不可能因为想要挑战艰难和稀有奇特的事情而越发坚定。

但是我仍然坚信，国王要表示自己虔诚的宗教信仰，如果不能实现自己的意志，那么就该伪装一下，对自己力所能及的事情表达意愿。

第十九章
万事皆有时

有人曾经对比过有"监察官"称号的大加图和自我了断的小加图,也算是比较两个性情相似的高尚之人。大加图的天性得到了一个全方位的展示,在军事与政治才能上表现得尤为突出。而小加图的美德则更加圣洁,跟活在如今这个社会的人相提并论都是一种亵渎。西庇阿的仁慈善良,以及他在各方面显示出来的卓越才华,不管是大加图还是他同时期的人都难以企及,大加图居然如此污蔑他,这位监察官的忌妒和野心还能找到什么借口吗?

有关大加图,人们最常说的就是他晚年开始学习希腊语,非常有热情,就好像长久以来的希望得到了满足,但我不认为这是一件让他面上有光的事情。这就像我们说的返老还童一样,万事皆有时,好的事情是这样的,其他所有事情也都是这样。我能在不合适的时候念祷词,像 T. 昆图斯·弗拉米尼那个让人不太满意的行为一样，作为一军主帅，被人揭发他大战在即，还有闲心在一边偷偷为自己的一场胜利感谢上帝。

> 圣贤之人在做好事的时候也有规范。
>
> ——朱维纳利斯

色诺克拉特在老年时期还忙于学习，欧德摩尼达见此情形，便说道："这个时候还在研习小学课本，这人几时才能学成！"

托勒密一世为了强身健体，每天练习乐器，一些人对国王赞不绝口，菲洛皮门却说："国王在这个年纪进行这种操练不应被赞扬；因为这个对他来说早就不实用了。"

贤者都会说，年轻力壮的时候要做好准备，年老之后才能享福。他们发现人性之中最大的罪恶就是每天都在变换的欲望。我们需要不停地开始新生活。学习和欲望偶尔要呈现衰老的状态。我们已经走完人生的半程，但欲望和追求还是个新生儿。

> 让人去加工大理石，
> 为你的葬礼做准备，
> 别管那些锣鼓声喧。
>
> ——贺拉斯

我制定的计划都在一年之内；然后就只想着完成；再也没有新的计划和期盼；离开的所有地方都道一声永别；每天都舍弃一些自己拥有的事物。

我不曾遗弃也不做多余的事，长时间如此。路上携带的干粮足以支撑后面的路途。

——塞涅克

我曾活过，将命运安排的路程走完。

——维吉尔

我最终在晚年时获得了身体和心灵的安慰，我心中的欲望和对生活的困惑都得到了缓解，我对时局的走向、钱财、荣誉、知识、健康以及我自己都不再关注。大加图晚年学习希腊语，但他真正该学习的是永远保持缄默。

我们可以随时随地进行下一步学习，可基础扫盲不行，一把年纪还在学 ABC，实在是蠢透了！

情趣可以因人而异，但不是在任何年龄
都可以做任何的事情。

——马克西米安

就算非要学习不可，也要根据自己的情况来选择合适的

内容，我们也能跟那个人一样，在有人问自己一把年纪学这个能做什么的时候，告诉他："为了死得更优秀，更洒脱。"（塞涅卡）

这是属于小加图在感觉自己即将走向生命终结时候进行的那种，他研究柏拉图哲学中的灵魂不朽学说。我们不应该怀疑，他会长时间对自己的死亡毫无准备，他足够自信、坚定、学识渊博，要比柏拉图的灵魂学说更加深刻。他的知识和勇敢在这一领域已经凌驾于哲学之上。他的做法并非为死亡做准备，而是他可以直面命运，坚定不移地完成自己的毕生事业，这就好比一个人不可能因为要思考一件重要的事情就打断自己的睡眠。

作为副执政官，他在被宣布撤职当夜，仍旧在寻欢作乐；而在他临终之前的那一晚，仍旧在研读著作：在他看来，被罢免和死亡并没有什么不一样。

第二十章
论发怒

普鲁塔克在各方面都十分突出，尤其是在对人类行为的判断方面。他在比较利库尔戈斯和纽默时，说了很多名言。他认为，将孩子交给父亲管教的做法是极端幼稚的。诚如亚里士多德所说，我们大部分民族都按照库克罗普斯①的做法，把妻儿交给男人，让他按照自己的心意去管教。只有斯巴达人和克雷特岛人按照法律来教育孩子。众所周知，对孩子的教育和培养决定了国家的兴旺，可是我们非常不慎重，不管父母有多么愚蠢和恶劣，都让他来教养孩子。

特别是，每当我走过街道，看到怒气冲冲的父母拼命地揍孩子，把他们打得半死不活，我心里就无数次涌起这个念头：搞个恶作剧，给孩子们出口恶气。你就会看到父母们气

---

① 希腊传说中的独眼巨人。——译者注

得七窍生烟，双眼冒火。

> 他们愤怒不已，满地乱滚，
> 就像山体滑坡时，一块岩石
> 从半山腰垂直坠落。
>
> ——朱维纳利斯

（根据希波克拉底的说法，让人面孔扭曲的病最为危险。）他们的声音震耳欲聋，有时他们甚至经常对着刚断奶的孩子怒吼。孩子被打成了残废和痴呆，我们的司法工作却对此毫不关心，仿佛这些缺胳膊少腿的人不是我们社会的一员。

> 感谢你给国家增加人口，
> 但是要让他为国家做贡献，耕耘土地，
> 有益于国家的和平和战争。
>
> ——朱维纳利斯

发怒会扰乱判断的公正性。对于盛怒而做出错误判决的法官，每个人都会毫不犹豫地判处他死刑。那么为什么就允许父亲和老师在愤怒的时候鞭打和责罚孩子呢？这不是在让孩子悔改，而是在报复孩子，把惩罚当成了孩子的药物。但是当医生对病人发火的时候，我们可以容忍他的做法吗？

我们在发火的时候，绝不能打我们的仆人，每当我们心中有气、脉搏加快时,就先把事情搁置一下,等到心平气和了,对事情的看法就会是另一个样子。冲动的时候,说话的不是我们自己,而是情绪。

带着情绪看错误,就会让错误变得更大,就跟透过浓雾看物体看不清楚一样。肚子饿的人需要吃肉。而想使用惩罚手段的人,没有必要渴望惩罚。

谨慎而有分量的惩罚更能让受罚者接受,效果也更好。否则,他受到了一个狂怒的人的惩罚,并不觉得自己获得了公正的刑罚,反而觉得自己没错。他会给自己辩护,列举主人行为失控的举止:动作粗鲁,满口脏话,脸色发红,暴躁莽撞,气血上涌。

他因为愤怒而满脸通红,双眼喷火,
戈耳工见了也要自叹不如。

——奥维德

苏埃托尼乌斯说,卢西乌斯·撒图尼努斯在被恺撒判决之后,又要求人们予以裁决。他之所以能在人民面前胜诉,就是因为恺撒在判决中夹杂了敌意和严酷。

说和做是两码事,所以我们应该把布道和布道者加以区分。有些人在我们的时代偷奸耍滑,试图列举布道者们的罪行,对教会的真实性加以攻击。教会的真理可以从别处得到证实。把什么都混为一谈是非常愚蠢的做法。品行端正的人也难免会有错误的做法；而一个坏人就算不相信真理，也可以宣扬真理。言行一致是好事。我承认，说了接着去做，就会更有权威、更有效果。

斯巴达国王欧达米达斯在听到一位哲学家对战争大肆发表言论时，说："虽然这番话十分动听，可是连说话的人自己都不相信，因为他的耳朵并没有听惯军号声。"有一位修辞学家对勇敢夸夸其谈，克利昂米尼听到了，忍不住哈哈大笑。辞学家自以为受到了侮辱，可是克利昂米尼对他说："如果是一只燕子这么说，我会哈哈大笑。但如果是一只雄鹰来说，我就会洗耳恭听。"

我似乎从古人的著作中发现，相比言不由衷的人，直抒己见的人叙述问题更加生动有力。你可以听一听西塞罗谈热爱自由，再听布鲁图来谈这个问题。你很容易就会发现，布鲁图为了获得自由，不惜付出生命。西塞罗是雄辩术的开山鼻祖，他谈论了蔑视死亡，而布鲁图谈的也是这个问题。前者的叙述拖泥带水，会让你产生这种感觉：他想让你相信的事情，连他自己都不相信。他根本无法让你萌生勇气，因为他自己都没有勇气。而后者会让你激情澎湃，充满勇气。不管我读什么书，即便是写美德和公职的，我也会对作者进行探究，看看他到底是什么人。

在斯巴达，监察官看到一个道德败坏的人给人民提出一条好的建议，就命令他闭嘴，再把一位正派人请过来，把这些建议当成自己的建议，向人民推广。

仔细品读普鲁塔克的著作，就不难发现他的为人，并想洞悉他的灵魂。不过我希望，我们能够更多了解他的生平。格利乌斯在自己的著作中，留下了一件关于普鲁塔克生活习惯的趣事，这件事跟我论述的发怒有关。虽然这个故事有些偏离正题，我却非常喜欢。普鲁塔克有一个奴隶，此人虽然品行不端，却听了不少哲学理论。有一次，这个奴隶做错了事。普鲁塔克就命人剥掉他的衣服，用鞭子抽打他。一开始他还嘟囔着，说打得没有道理，自己没有做错事。最后他开始大声喊叫，对主人出言不逊。这个奴隶说，主人并不像他自己吹嘘的那种哲学家，因为他常说发脾气是一件坏事，还专门写了一部书对发怒进行论证，现在却大发雷霆，还让人鞭打他，跟他书中写的完全不符。

普鲁塔克听到这番话，神情十分平静，他从容地说："你这个蠢货，凭什么说我发脾气了？我的脸庞，我的声音，我的脸色，我的言语，哪一点证明我发怒了？我的眼睛没有露出凶光，我的表情也不激动，我也没大声吼叫，你看到我脸红了吗？你看到我口吐白沫了吗？我说了什么让我后悔的话吗？我气得哆嗦了吗？告诉你，这才是真正的发怒呢。"然后他转身对执行鞭刑的人说："在这个家伙跟我争论的时候，你要继续干活。"格利乌斯说的故事就是这样的。

塔兰托的阿契塔是一名统帅，他打完仗后从前线归来发现管家管理不善，把家务搞得一团糟，田野里生满了杂草，就把管家叫过来对他说："快点滚蛋，我要是没有发怒，一定会好好揍你一顿。"柏拉图也是这样。有一次他对一个奴隶发火，让弟子斯帕西普斯代替自己惩罚这个惩罚。他的借口是不愿意亲自惩罚让自己生气的人。

斯巴达国王卡里鲁斯看到一个奴隶居然敢顶撞自己，生气地说："我要是没有生气，一定会立刻处死你。"

这是一种自命不凡的冲动。当我们还没有搞清楚事情的真相就大动肝火，如果有人向我们说明道理，有多少次我们会不顾事实的真相和对方的无辜，变得又气又恼？关于这方面，我记得古代有一个很好的例子。

比索是一个各方面都非常出色的人。有一次，他对一个士兵大发雷霆，因为这个士兵和同伴一起去割草料，却独自回了营，还说不出将同伴丢在了什么地方。比索认定这个士兵一定是杀害了同伴，就要立刻处死他。正当这个士兵被拉上绞刑架时，那个迷路的同伴自己回来了。全军的人都非常高兴，这两个士兵更是热烈拥抱。之后，刽子手就把这两个人带到了比索面前。在场的所有人都认为比索会为此喜出望外，可是没想到，比索原本就在生气，这下更是恼羞成怒，于是想出了一个十分恶毒的主意。他原本以为这三个人中有一个是无辜的，现在却宣布他们三个都有罪，都判处死刑：第一个士兵是因为他原先的判决，第二个士兵是因为他导致了同伴被处死，而刽子手是因为没有执行他下达的命令。

跟固执的女人打过交道的人，可能都会有这种体验：当他们在这些女人面前，用沉默和冷静来回应她们的激动时，反而会让她们更加生气。雄辩家赛利乌斯生来就爱发火，有一次，他和一个人共进晚餐，那个人说话十分温和婉转，为了不惹恼赛利乌斯，就决定不管他说什么都表示赞同。赛利乌斯见没有理由发火，实在忍不住了，就说："谈话应该是两个人的事，你应该驳斥我几句呀。"

女人们也是一样。她们效仿爱情的规则，自己发怒只是为了惹对方发怒。福西昂在和一个人说话时，遭到了对方粗暴的辱骂。可是他只是默不作声，等到对方发泄完怒气，才接着刚才的话头继续说，对对方的干扰只字不提。这种轻蔑的态度，比任何回应都更加有力。

我常说，这位容易动怒的法国人（这是一种缺陷，但是对军人来说可以理解。因为在作战操练中，有一些场合难免让人动怒）是我认识的最有耐心控制怒火的人。愤怒让他十分激动。

青铜壶下，火苗熊熊，
水咆哮着要从壶里漫出来，
它再也控不住自己的力量，
化成一股黑烟升空而去。

——维吉尔

于是他只能强迫自己息怒。不过我没有激情花这么大的力量来克制自己的愤怒，我也不想花费这么大的力量来克制自己。我重视的不是他做了什么来遏制愤怒,而是为了不做出更坏的事情有多么努力。

曾经有一个人跟我夸耀说,他的生活很有规律、很有节制,这确实很不寻常。我告诉他,像他那样优秀的人物,能够在世人面前表现得从容安详,确实非常了不起。但是更要看内心如何。依我看,让内心备受煎熬也不是解决问题的良策。我担心的是,他只是表面稳重,内心备受煎熬。掩饰愤怒,就是把怒火闷进肚子里,就像第欧根尼对德摩斯梯尼说的——后者躲在山洞里,因为怕人发现就拼命往里钻。"你越往里钻,陷得就越深。"我提议,如果你的仆人做事出了格,宁愿甩给他一记耳光,也不要为了不失态而克制自己的脾气。我喜欢把怒火发泄出来,而不愿意隐藏怒火让自己受到折磨,怒火发泄出来之后,就会逐渐减弱。与其压制怒火,倒不如把它释放出来。"暴露在外面的缺点并没有多大危害,隐藏在健康外表下的缺点才是最危险的。"(塞涅卡)

对于那些在我家有资格发脾气的人,我提醒他们注意两点。第一,发怒要有分寸。不要随便发怒,这会影响效果,削弱分量。如果破口大骂成为家常便饭,只会让人不把他放在心上,听过就算了。你责骂一个仆人偷东西,他根本听不进去;特别是他因为没有洗干净杯子或者没有放好矮凳,已经被你骂过一百次了。第二,发脾气的时候不要漫无目的,要让那个挨骂的人当面听到。因为他们习惯在被骂的人还没到跟前时就开始骂,对方走之后还要骂上一个世纪。

> 骂昏了头就是在骂自己。
>
> ——克劳迪乌斯

他们对自己的影子破口大骂,骂得昏天黑地。他们似乎只会用责骂来进行惩罚。有些人在争论的时候,喜欢漫无目的地吹牛和发怒,这也应该受到谴责,吹牛应该是有目的的。

> 就像一头公牛在战斗开始时,
> 发出可怕的咆哮,在狂怒中,
> 试图用犄角撞击树干,四腿乱蹬,
> 在战斗前扬起阵阵灰尘。
>
> ——维吉尔

我发怒时会非常激烈,但会尽量缩短时间,尽量少喧闹。我会速战速决。虽然言辞激烈,但是不会让自己头晕,以致口不择言,骂出一些难听的话,把矛头对准最伤人的地方,因为我经常只用嘴巴发怒。

发怒有很多理由,有大有小。而我发怒的理由越充分,我的仆人们越方便脱身。有时候一些小事也会让我发怒,不幸的是如果你被推下了悬崖,那重要的就不是谁把你推下去的。你在坠落时会自然加速,越来越快。

每当我有足够的理由发怒时,大家都预料到一场暴风雨即将来临。如果我能够出乎大家意料,没有发怒,我会十分满足。我集中思想，准备对付脾气，那些脾气纠结在我的脑海中，我发怒会不可收拾。我轻而易举地控制了怒火，每当我要发怒时，就用自己的控制力压制下这种冲动，不管它的理由有多么充足。

可是我一旦落到愤怒手里，就会被它左右，哪怕很小的理由都会让我发怒。所以我跟那些会与我争论的人商量："如果您感觉到我已经激动了，不管我是对还是错，就让我先发泄。轮到我时也会对你如此。"一个人发不了多少怒气，只有双方都发怒，而且比着在发怒的时候，才会形成暴风骤雨一样的狂怒。等到大家都把怒气发泄出来，就会相安无事，虽然这个办法很有效，但是做起来很有难度。有时候我会为了管好家而生气，但并不会真正发怒。

上了年纪之后，我的脾气越发暴躁，我就开始研究如何少发怒，如果有可能，我会尽量少发怒，少挑剔，多体谅，多为别人着想，虽然我以前是比较爱犯愁和挑剔的人。

在结束这一章前，我要再说一句话。亚里士多德说，有时候可以把愤怒当成勇敢的武器。这句话有一定的道理，可是那些不赞同这一点的人风趣地反驳说："这是一种有新用途的武器。我们摆弄其他武器，却受到这个武器的摆弄。我们的手不指挥它，却受到它的指挥。我们不掌握它，却被它掌握。"

第二十一章
论盖世英雄

如果要选择我心目中的英雄,我觉得有三位凌驾于其他人之上。

一位是荷马。我并不是说亚里士多德或瓦罗(举例而已)不如他博学,也不是说维吉尔的才情比他逊色——这点我留给熟悉这两位诗人的行家来评论。而我只了解其中一位①,按照我的水平来评论,我觉得缪斯也超不过这位罗马人。

他弹起悠扬的里拉琴,唱起美丽的诗篇,
比起阿波罗的歌声都毫不逊色。
——普罗佩提乌斯

---

① 指维吉尔。蒙田觉得自己对希腊语不是很精通,无法对荷马进行评价。——译者注

可是在做出这样的评价时,也不要忘记,维吉尔的才情主要是受到荷马的启发。可以说,荷马是他的引路人和导师,这部伟大的《埃涅阿斯纪》,其主题和素材就来自《伊利亚特》中的一个章节。不过这不是我要说的,我要将其他很多因素加以衡量,这些因素让我看出荷马卓尔不群,几乎超出了人类极限。

其实我经常觉得奇怪,他用自己的权威给世界创造了那么多受人崇敬的神,他自己却没能得到神的地位。他是个一贫如洗的盲人,在各门学科还没有形成一定的规则和看法时,他就已经精通每一门学科。也因此,后来那些制订法规的、从事战争的、创导宗教的、研究各个学派的哲学的、提倡艺术的,都将他视为事事精通的祖师爷,将他的书视为包罗万象的知识宝库。

> 什么是诚实,什么是耻辱,什么是益处,什么是无用,
> 他说得比克里西波斯和克朗道尔还要清楚。
>
> ——贺拉斯

就像另一个人说的:

> 诗人读了他的著作,
> 就像喝到了永不干涸的泉水。
>
> ——奥维德

还有一位说:

荷马是缪斯所有的伴侣中,
唯一一位可以与日月同辉的。

——卢克莱修

还有一位说:

后世人从这丰富的源泉中给自己的作品汲取灵感,
一位天才诗人形成的大江,
可以分流为几千条小河。

——马尼利乌斯

  荷马创造出的杰作可以说前无古人后无来者,甚至不符合自然规律。因为初生的事物总是有些缺陷,之后才茁壮成长。而像其他学科一样,诗歌也是新生事物,因为荷马而变得成熟和完美。因此,荷马完全可以凭他的佳作,赢得诗人中第一人和最后一人的美誉,不管是在他之前还是之后,都没有人可以模仿他。

  亚里士多德说,在所有的语言中,只有荷马的语言最有动感和情节。在大流士的遗物中,亚历山大大帝发现了一个华丽的宝箱,就下令留下它,用来存放荷马的书籍,他还说,荷马的书籍是他在行军中最可靠、最出色的顾问。阿纳克桑德里德斯的儿子克利昂米尼也尊称荷马为斯巴达人的诗人,因为荷马堪称军事学的好教官。另外,普鲁塔克也称赞荷马是天下唯一的作家,不会让人陶醉,也不会惹人生厌,让读者每次都能读出新的含义。淘气鬼亚西比德跟一位文艺人士索要荷马的书,可是对方没有,于是他给了对方一耳光,那情形好像发现教士没有经文。有一天,色诺芬尼对锡腊库斯暴君希伦抱怨道:"我太穷了,连两个仆人都养不活。"暴君回复他:"你说什么?荷马比你更穷,可是他在死后也能养活上万人。"珀尼西厄斯甚至将柏拉图尊为哲学上的荷马。

除此之外,没有任何的荣耀能跟他的荣耀比肩。他的名字和作品流传千年,他笔下的特洛伊、海伦和她的战争几乎无人不知,虽然也许这些战争在历史上从未发生过。他三千多年前创造的名字,我们至今还用在孩子身上。赫克托耳和阿喀琉斯几乎无人不知。除了与他的作品有关的民族,其他的大部分国家都要从他的作品中溯流穷源。土耳其皇帝穆罕默德二世给我们的教皇派厄斯二世写了一封信,信中写道:"意大利人为何要结盟反对我们,我百思不得其解。我们的祖先都是特洛伊人,我跟他们都要因为赫克托耳的死而找希腊人报仇,可意大利人和希腊人结成同盟,一起反对我。"几个世纪以来,国王、政治家和皇帝们都各自扮演着自己的角色,对他们来说,这个世界就是一个舞台。这是不是很像荷马笔下的贵人闹剧?

希腊七座城市都争着说荷马诞生在自己这里,就算他身世不明，也给他带来很多荣耀：

斯米尔纳、罗德岛、科罗芬、萨拉米斯、希俄斯岛、阿戈斯和雅典。

另一位是亚历山大大帝。他很早就开始自己的功业，只用了很少的手段就完成了宏伟的事业。他还是个少年时，就在追随他征战的名将中树立了威信。他受到命运的眷顾，完成了很多偶然的，甚至有些被我称为狂妄的功勋。

他推翻了阻挡雄心的所有障碍，
器宇轩昂地在废墟中走出了一条路。
——卢卡努

他的伟大还在于，刚三十三岁就在大地上所向披靡，只用半辈子就做了别人一辈子应该做的事情。如果他能够有常人的寿命，在他合法行使权力期间，会取得多么繁荣的文治武功，你根本无法想象，更加无法想象他会做出什么。他提拔手下的军人当了王爷，在他离世之后，帝国由四个统治者分而治之。这些统治者原本是他军队里的普通将官，后来他们的后裔又在这块土地上统治了很久。他集很多美德于一身：正义、节制、豁达、信守承诺、笃爱、以人道对待被征服者。（似乎他的道德品质也无可指摘，虽然他有少数个别的、特殊的个人行为能够被谴责，但是正义的规则不能时刻发挥作用。)

要想评判这种人物，要看他们行为的主流。毁灭底比斯；谋害米南路和埃弗辛医生；大肆屠杀底比斯战俘；背弃了不处决印度军队的约定；屠杀科赛家族，连儿童都不放过，这些做法非常过分，不可原谅。可是他在克利图斯这件事上的赎罪又过于郑重，这件事跟别的事情意义，可以说明他虽然性格复杂，却又有宽厚的一面。善良占据他的性格的主导，所以有这么一句话：他的美德来自天性，罪恶来自命运。我认为他是因为少年得志，才会喜欢吹牛，不喜欢听坏话，将马槽、武器和马嚼子在印度随地乱扔。他不但在军事上雄韬伟略，还有很多别的优点，比如勤奋、先见之明、耐心、遵规守纪、敏锐、高尚、决心、幸福等，就算汉尼拔没有给我们指出来，他也是天下的翘楚。另外，他的身材和面貌也是宛如天人。

他沉浸在大海的波涛中，
像耀眼的明星。
他抬起圣洁的脸，
驱散所有乌云。

——维吉尔

他学富五车，能力过人，他的荣耀耀眼又持久，不染纤尘。直到他离世多年后，还流传着一种宗教一样的信仰，认为戴着他颁发的奖章的人会获得幸福。比起其他帝王，历史学家更喜欢给他写传记。考虑得到这一切，大家就不难理解我为什么不选择恺撒，而选择亚历山大——唯一能够让我对选择心生犹豫的，就是恺撒。诚然，恺撒之所以取得成就，更多是靠自己；而亚历山大取得成就，更多是靠命运。他们在很多事情上都不分伯仲，在某些方面，恺撒还要更优秀一些。

他们是两场燎原之火，或者两条奔流不息的江河，流过大地，震撼千秋。

> 就像干枯的密林燃起熊熊大火，
> 树枝断裂的噼啪声随处可闻，
> 就像江河滚滚冲下高山，
> 波涛汹涌，横扫一切，
> 奔腾入海。
>
> ——维吉尔

虽然恺撒的野心本身有更大的节制，却造成了毁灭性的后果，国家覆灭，整个世界陷入混乱。所以，经过多方面考虑，我只能选择亚历山大。

我认为第三位最杰出的人物是伊巴密浓达。

他的光荣远不及前面两位（光荣也算事物实质的一部

分）；他的果断和勇敢也不同于野心勃勃的人拥有的，而是聪明和理性的人拥有的。他的思想很有条理，几乎可以随心所欲。我觉得，他的美德并不比亚历山大和恺撒逊色。因为他虽然不是战无不胜，战绩也不耀眼，但是考虑到战功，再考虑到环境因素，他在军事上的胆略和计谋也不可小觑。希腊人一致认为他是国内第一人，可是希腊第一人也可以轻而易举成为世界第一人。关于他的学识，有一个流传已久的定论：像他那么博学却这么自谦的，只有他一个人。他是毕达哥拉斯派，他说的东西是最好的。他还是个出色的演说家，十分能够触动人心。

他的道德和觉悟能让所有管理国家大事的人都自叹不如。国家大事是最重要的，也是唯一能够真正表明我们是什么人的。我认为国家大事要重过其他所有事情的总和，在这方面，伊巴密浓达不比包括苏格拉底在内的所有哲学家逊色。

伊巴密浓达身上有着不可动摇的清白。这一点要比亚历山大强很多，因为亚历山大在这方面的完整性、坚定性和纯粹性都有些不足，非常软弱，还有偶然性。

古人在详细研究了所有的大将军后，都能发现每个人身上的过人之处。而伊巴密浓达是唯一时刻洋溢着德操和学问的人，他一生中都没有做过有损人格的事情。不论于公于私，不论战争还是和平，不论是生是死，他都为人坦荡。他的外貌和命运，会让肃然起敬。他的朋友说，他坚持要过贫穷的生活，我觉得这有些过分。这是一种高尚的行为，也值得称赞。我觉得，这是很难模仿的，因为太过苦涩。

唯一能让我对自己的选择产生怀疑的，就是西皮奥·伊米利埃纳斯，他的结局也同样壮烈，学问也十分高深。在普鲁塔克的书中，这两人最为高贵，是公认的希腊第一人和罗马第一人。这些生命的离世，是多么令人扫兴。这就是人生，这就是伟人！

身为大家所谓的雅士，和普通人过着同样的生活，却有着适度的优越感，过得十分丰富多彩。据我所知，亚西比德的一生才是这样的。

我还要列举几个事例，来说明伊巴密浓达的善良。

他说，让父母享受卢克特勒的胜利，是他此生最大的满足，他觉得，让父母享受这场胜利，比他自己享受获得的乐趣更多。

他觉得，无论如何都不能滥杀无辜，就算为了祖国的自由也不可以。因此，当他的战友派洛皮达发动了解放底比斯的战争时，他表现冷淡。他还认为，当在战场上遭遇敌方阵营的朋友时，一定要回避，并要宽恕对方。

比奥舍同盟因为他对敌人讲人道而对他产生怀疑。他神奇地让斯巴达人放弃驻守科林斯附近的莫莱关隘；他让部下在穿过他们的阵地中央时也不紧追不舍，并因此被免职；他虽然以被免职为荣，比奥舍人却以此为耻，并于不久之后恢复了他的职位，承认他们的光荣和贡献离不开他。他和胜利如影随形，他和祖国共同昌盛，共同灭亡。

第二十二章
论功利与诚实

说谎在所难免,可悲的是故意为之。

这个人花大力气说傻话。

——泰伦提乌斯

这事与我无关。我总是随口就能说出傻话,想说就说,想忘就忘,根本不用放在心上。我只按话语的价值来进行买卖。就算我把话语写在纸上,也像对着人说话一样。这是真的,下面说说原因。

每个人都痛恨背信弃义。提比略就曾经因为拒绝背信弃义,而蒙受了巨大损失。有人从德国给他写了一封信,说如果他同意,可以用毒药帮他把阿尔米尼毒死。(阿尔米尼是罗马人最强劲的敌人,在瓦鲁苏执政时,他曾经卑鄙地对待罗马人,并成为提比略在当地扩大霸权的唯一障碍。)他回复道:"罗马人向来光明磊落,只会堂堂正正地拿着武器找敌人寻仇,绝对不会偷偷摸摸,也不会耍阴谋诡计。"他诚实可靠,不讲功利。也许你会说:"他是个伪君子。"我相信,他这类人确实很可能十分虚伪。可是,憎恨道德的人也可以宣称尊重道德,特别是他受真理逼迫说出这样的话,就算他心里不想接受,也需要言辞来掩饰。

我们的制度并不完美,不管是公共领域还是私人领域。可是,自然界中并没有无用的东西,甚至连"无用"都不存在。宇宙中的万物都各得其所。我们每个人身上都有着病态的品性,比如野心、忌妒、羡慕、报复、迷信和失望,它们在我们身上根深蒂固,并对我们加以控制,就连野兽身上都有它们的影子。残忍——这个违背自然的恶行也是如此。所以在我们看到别人受苦时,心中在产生同情的同时,也会有一种说不出来的幸灾乐祸的感觉,这种感情连孩子都能体会到。

海上狂风怒号,浊浪滔天,
观赏者看着别人垂死挣扎。

——卢克莱修

如果谁要消灭人身上这些病态品性的种子,就相当于摧毁了人类生存的基本条件。同样,我们的制度中有一些必要的结构，它们非但恶劣，而且罪恶。这些罪恶在那里各得其所，而且被用来维持这个社会，就像靠毒药维持我们的健康。我们需要这些罪恶，而共同的需要又掩盖了它们的本质，让它们有了存在的理由。但是，只有那些更有魄力和勇气的公民才适合玩这个游戏。他们牺牲了诚实和良心，就像古人牺牲生命去保卫国家来让我们这些人比较懦弱，只适合承担一些没有风险的轻松的角色。公众利益要求人去背叛，去黑白不分，去自相残杀，就让那些听话又聪明的人去做这些事吧。

我确实见过一些司法官员在办案过程中运用了一些欺骗和无耻的手段，比如恐吓、承诺或者宽恕等手段来让犯人招供，这让我十分气愤。如果有人可以提供其他更合我心意的手段，那会对司法，以及赞成上述做法的柏拉图都很有好处。在我看来，这种不讲信义的法律受到的来自别人的伤害，并不亚于对自己造成的伤害。我在不久之前曾经说过，我不会为了某个人而背叛君王，更不会为了君王背叛某个人，以免让自己后悔不已。我痛恨欺骗，也痛恨别人利用我实施欺骗。我不愿意为欺骗提供内容，也不愿意为它提供机会。

我曾有几次参与了君王之间的谈判，在如今国家分裂，烽烟四起的情况下，我尽力避免他们对我产生误解，被我的外表迷惑。喜欢斡旋折中的人通常不会表露自己的心意，保持或假装中立，迎合别人的看法。而我则观点鲜明，也有自己的行事方式。我这个稚嫩的谈判新手，就算完不成任务，也不愿违背良心。幸好迄今为止一直都很顺利（多亏了我的好运），在敌对双方斡旋的人中，我最受信赖，也最受优待。我待人坦诚，交往几次就能获得别人的信任。不管在什么时候，淳朴和真诚都是受欢迎的。而且，不谋私利的人就算心直口快，也不会引起别人的怀疑和讨厌，正好可以用上伊比里德的那句话。雅典人说他说话尖刻，他回应："先生们，不要只看到我有什么说什么，而要看到我这么做并不是在给自己谋私利。"在我直言不讳时，我总是十分尖锐，不会顾忌说得过重，就算在当事人背后，我也不会说得更难听。

我的坦诚非常单纯，只是想到什么就做什么，不会去顾及长远的后果。每次行动都只针对事件本身，只希望事件能够成功。

另外，我并不急于对那些大人物表示爱憎，我的意愿也不受个人恩怨的束缚。我只以一个老百姓的正常感情来看待君王，不会因为个人利益而兴奋或者泄气。对此，我感到十分满意。我对公众的正义事业也是态度温和，不会一时头脑发热。对于蛊惑人心的承诺，我不会偏听偏信。如果愤怒和仇恨都超过了履行正当义务的范围，就是一种狂热，只对那些不以单纯的理性来恪守义务的人有用。所有正当合理的意图都是公平的，温和的，否则就会变得不合理。也因此，我能够昂首挺胸地走遍天下。

说真的，我也不怕承认，如果有必要，我可以学习民间故事中的那个老妇人，一手把蜡烛献给圣米歇尔，另一手把蜡烛献给他的对手苍龙，做到两不得罪。如果可以的话，我会为正义的一派赴汤蹈火。如果有必要的话，我愿意让蒙田庄园跟公共房屋一起毁灭，化成一堆瓦砾。可是如果没有这个必要，我就会感谢命运让它没有遭受这种厄运，而且我会尽最大的努力把它保存下来。站在正义一派的罗马骑士阿提库斯虽然失败了，却在这变幻莫测的乱世之中，靠自己的温和而和节制自保。

像他这样不参政的人，做到这一点很容易。而且我觉得在这类事情上，完全不要想着横加干涉。可是在国家动荡不安的时候，如果举棋不定，模棱两可，没有倾向，这种行为既不高尚也不诚实。这并不是一条中庸之路，而是不通的路。就好像有些人旁观事情的结局，好站到幸运者的那一边。

在邻国发生纠纷时，这种做法是可行的。叙拉古暴君吉朗在蛮族对希腊人发动战争时，采取的做法就是暂不表态。他往德尔菲派驻了一个带有大批礼物的使团，让他们窥探命运之神青睐哪一边，并趁机站到胜利者一方，表示支持。可是如果用这种方式来对待个人和家庭事务，就是一种背叛行为。在这种事情上一定要表明立场，但是我觉得，对于那些没有职务或者没有明确使命的人来说，不参与其中还是比置身战争之外更加可以原谅（不过我个人并不会原谅）。按照我们的法律，不是说谁想不参加战争就可以不参加。不过，就算是陷入纠纷的人，也可以保持某种分寸和克制。就算暴风侵袭，他们也不会遭遇灾难。当初我们希望已故的奥尔良主教德·莫尔维利埃大人①这么做，不是很有道理吗？在如今那些勇于表态的人之中，我也认识一些人，他们做事公正，态度温和。不管上天给他们安排怎样的坎坷，他们都会岿然不动。我觉得，帝王之间的仇怨是他们自己的，对那些兴高采烈地加入不符合他们地位和身份的纷争的人，我会嘲笑他们，因为我们不太可能跟某个君王有过节，甚至为了自己的荣誉或者根据自己的义务而公开地向他发动进攻。如果我们不喜欢某个大人物，那最好要尊重他。特别是国家的法律和防卫向来有规定，那些为了个人目的而扰乱国家的人，就算不尊重那些保卫者，也可以被原谅。

但是，由于个人利益和欲望滋生的深仇大恨不应该称为责任（不过我们每天都在这么做），而背信弃义、阴险狡诈的行为也不应该称为勇气。有些人将自己邪恶暴戾的天性称为热心，其实他们并不是为事业热心，而是为自己的利益。他们鼓动战争也不是因为这是正义的，而是因为想要战争。

就算我们是敌对双方，也可以做到合情合理，光明正大。这种情况下，就算你无法平等对待——因为感情上难免有所偏颇，也要讲分寸——你也不会过度依赖一方，要满足他的所有要求。对于他们适度的感谢也可以心满意足，做到能够在浑水中蹚过，但是不浑水摸鱼。至于全力为双方效劳的做法，不能算是有良心，也不能算是小心谨慎。如果双方都给

---

① 他是一个十分小心的人，参加过特兰托主教会议。——译者注

你同样的礼遇，而你为了一方背叛另一方，那这一方也会知道总有一天你会背叛他。于是他会把你当作小人，利用你的不忠为他谋利。因为两面派的用处就是会给他们带来什么，可是利用的人也会小心提防，尽量不让他带走什么。

我对一个人说的话，完全可以对另外一个人和盘托出，唯一的区别可能就是语调有些不同。我转述的只有那些不重要的，或者每个人都知道的，或者对双方都有利的事情。我不会因为任何功利而说谎话。别人出于对我的信任而告诉我的事情，我都会埋藏在心底。不过我知道了这些事情也无用，所以我会尽量少去沾染这些事情，因为给帝王将相们保守秘密是件很麻烦的事情。我经常乐意做这样的交易：让他们少把秘密告诉我，但是我告诉他们的事，他们可以大胆去相信，所以我知道的事总比我想知道的多。

坦率的言谈就像酒和爱情一样，能让别人也坦率说出自己的心事。

莱西马库斯国王问菲力彼代斯："在我的财产里，你想让我给你什么？"菲力彼代斯明智地说："只要不是你的秘密，随便给我什么都可以。"我知道，如果人家拜托我们，却不把实情告诉我们，或者向我们隐瞒事情的内在意义，每个人都会不高兴。而我更愿意别人不要把事情告诉我，不让我掺和他的事情。我不想知道太多，以免妨碍我说话。如果我必须做欺骗的工具，那至少不要昧良心。我不想做那种死心塌地、可以为主人出卖别人的奴才。对自己不忠的人，也有可能对主人不忠。

可是，君主们不接受那些做不到全心全意的人，鄙视别人有限度、有条件地为他们效力，这一点无法改变。我向他们坦白了自己效力的限度，因为就算是奴才，我也是一个有理智的奴才。就算这样我也不能完全做到。这也是他们自己的错误：要求一个自由人像他们的子女或者买来的奴仆一样，或者像因为某种特殊原因，将自己的命运跟他们的命运联系在一起的人那样，完全受制于他们，为他们效力。社会法律帮我消除了很大的隐患，给我选择了效力的对象，指定了主人。它是其他任何权威和义务的依据，相对于它来说，其他的都是次要的。因此只要是社会法律规定的，我都会马上着手去做，就算我的感情属意另一方。感情和意愿有自己的法则，而行动要接受公约的命令。我的这套行事方式跟现有的规矩似乎不太合拍，它既不会产生重大的效果，也顶不住社会风气。不管一个人多么纯真，都无法做到在谈判时不装腔作势，在讨价还价时不撒谎。因此，担任公职绝不符合我的脾性。我的职务要求我做的，我会尽力而为，并且尽可能以我独特的方式来做。我从年幼时就受到这种思想的熏陶，而且印象十分深刻。所以我早早就远离社会事务，避免接受，更不主动求上门，因为我不是个好大喜功的人。但是我不会像划桨的人那样以退为进。我没有卷入公务是因为我的运气，而不是我的决心。因为世上有些途径符合我的兴趣，也符合我的能力。如果命运召唤我通过这些途径去为大众服务，赢得社会声誉，我想我也许会不顾理智的逻辑，去追随命运的安排。

有些人并不把我的人生宗旨放在心上，认为我所谓的坦率、真诚和单纯只是一种手段，一种策略，其中谨小慎微多于善良，卖乖多于本性，合理多于幸运。这些人不但不会损伤我的声誉，反而会给我增添荣光。他们确实谬赞了我的聪慧和精明。任何一个仔细观察我的人，如果不承认他们的学派中没有一条规则，可以让人在这坎坷的世道上做得这么自然，始终保持这种不屈不挠的自由和宽容，自己就算用上所有的精力和智慧也达不到这种境界，那我心甘情愿让他做胜利者。真理的道路是唯一的、单纯的，牟取私利和投机取巧的道路却是双重的、坎坷的，充满了各种不测。我经常看到一些人装模作样，可大部分都不成功。就像伊索寓言里的那头驴子一样，它为了跟狗争宠，就把两只前蹄放在了主人的肩膀上，于是狗的讨好得到了主人的宠爱，而可怜的驴子这么做，却换来了两倍的棍棒。"最适合我们的东西就是最自然的举止。"（西塞罗）我不否认欺骗的用途，否则就会让世人产生误解。我知道欺骗有时候也会成全人们的好事，而且如今人的大部分天职都靠着欺骗来支撑和维持。世上有合法的罪恶，就像很多善良或者可以原谅的行动却是非法的。

自然界放之四海皆准的司法，其运用不同于那种文明和统治需要的司法，而且比后者更加高尚。"我们并不掌握法律和完美司法的正确模式，只是用的它的影子和图像。"（西塞罗）因此先贤丹达米斯听大家讲完苏格拉底、毕达哥拉斯、第欧根尼的生平后认为，虽然这些人在其他方面都是大人物，可是对于法律过于尊敬。为了支持法律的权威，真正的道德不得不失去了原有的威力。一些不道德的行为非但得到了法律的允许，甚至得到了法律的怂恿。"有些罪行是经过元老院批准和平民会议通过的。"（塞涅卡）我使用大众的说法，将功利和诚实区别开来。大众却把一些有用而且必要的本能行为，称为不光彩的肮脏的行为。

我们继续讲一个背信弃义的事例。有两个觊觎色雷斯王位的人，为了自己的利益展开了争斗。皇帝禁止他们诉诸武力。于是其中一个借口要跟对手达成一份友好协定，邀他到自己家中来参加宴席，并把他关起来杀掉了。司法要求罗马人惩罚这个滔天罪行，可是用普通的渠道非常难办到。于是，罗马人设法用暗算来解决这件通过合法手段可能引发战争和不测的事情。正好有一个叫庞波尼乌斯·弗拉库斯的人，对此事非常精通。他说了很多甜言蜜语，并许下承诺，把那人引入圈套，却没有兑现对他的承诺，而是把他绑起来送到了罗马。一名叛徒在出卖另一个叛徒时，经常会违背常理，因为他们满腹狐疑，用惯常的伎俩很难让他们上当，刚才我们看到这个让人心情沉重的故事就是一个很好的例子。

每个想做庞波尼乌斯·弗拉库斯的人都可以去做，而且愿意做的人还不少。而对我来说，我的诺言和信义跟其他的东西一样，都是我整个人的一部分。它们最佳的效用就是为公众服务，我把这个当成前提。可是如果有人命令我承担法官和辩护律师的职务，我会回答："我并不懂这个。"或者如果有人命令我去做工兵队长，我会说："我做这个太屈才了。"同样，如果有人让我去撒谎，或者出卖别人，或者让我做某件大事而违背自己的誓言、暗杀或下毒，我会说："如果我偷了谁抢了谁，你完全可以说让我去干苦役。"

斯巴达人被安提帕特打败后，在签订协定之前说："你们可以让我们干任何重活累活，就算有伤身体也无所谓，但是要让我们去做可耻的、偷偷摸摸的事情，只是在枉费心机。"一个正人君子完全有权说这样的话。埃及历代国王都要求法官庄严宣誓："不管是什么命令，就算是国王本人下的命令，在执行的时候也不能违背自己的良心。"我们每个人也要对自己这样发誓。显然，背信弃义是会被人谴责和唾弃的，让你这样做的人也会指控你。你要知道，让你这么做的人是在给你增加负担，让你为难。你把这些事情做得越好，事情就越糟；你做得越好，闯的祸就越大。命令你去做这种事情的人也会责怪你，这也不是什么新鲜事，看上去也挺公正。当且仅当背信弃义之举是用来惩罚背弃行为的时候，才是可以被原谅的。

还有很多的背叛行为不但被背叛的受益者拒绝，还会遭到他们的惩罚。法布里西乌斯对反洛斯医生的制裁应该是众所周知的吧①。但也有这种情况：某个人下了命令之后，又对执行命令的人严厉惩罚。因为他后悔给那个人太大的权利和信任，并且对这种俯首帖耳、唯唯诺诺的顺从十分厌恶。

俄罗斯大公雅罗佩克收买了一名匈牙利贵族，让他背叛波兰国王博莱斯拉斯，要么杀死他，要么给俄国人提供重创国王的机会。于是这名贵族优雅地来到波兰，殷勤地侍奉国王，不但当上了枢密大臣，还成了国王的心腹。之后，他利用这些有利条件，趁着国王不在国内，将波兰一个富裕的大城市维耶利奇卡出卖给了俄国人。结果就是，这个城市不但被俄罗斯人洗劫一空，最后还被一把火烧成了灰烬。不但城里的居民全部惨遭杀戮，就连被他有预谋地召集到城里的一大批贵族也不幸惨死。雅罗佩克痛快地报了仇，他的仇恨也是有原因的（博莱斯拉斯也曾经用同样的手段对付过他）。他对从那个贵族的背叛行为中获得的胜利果实十分满足，后来他突然意识到这种行为十分丑恶，再用一种正常的眼光来看待这件事，不免觉得十分内疚，悔恨不已，就让人挖掉了那个贵族的眼睛，还割掉了他的舌头和阴部。

安提柯说服阿吉拉斯庇德的士兵背叛他的对手欧麦涅斯统帅，可是在士兵们把统帅交给他之后，他不但下令处死了统帅，还扮演起了正义之神的角色，想对士兵们的罪行进行

---

① 皮洛斯的医生向法布里西乌斯提出建议，要毒死皮洛斯，反而遭到了法布里西乌斯的拒绝和惩罚。——译者注

惩罚。他把这些士兵交给了行省总督，并给总督下令：不管用什么手段，一定要把这些士兵折磨死。就这样，所有的士兵都丧了命。别人越为他效力，他就越觉得这种做法阴险，应该严惩。

那个奴隶把他的主人 P. 苏比西乌斯的藏身之处告诉了苏诺，于是苏诺遵守承诺，让这名奴隶变成了自由人。可是按照社会公理，这个自由人要被从塔尔塔雅山上推下来。叛徒的脖子上挂着奖金袋，就被绞死了。他们先完成了第二种特殊的信念，然后完成了第一种普通的信念。

按照民族的做法，穆罕默德二世的哥哥成了统治者，可是穆罕默德二世对哥哥心生妒忌，想要除之而后快。于是收买了吾哥的一名军官，用大量的水把哥哥呛死了。事成之后，他亲手将杀人犯交给了哥哥的母亲（他和哥哥是同父异母的兄弟），以此赎罪。于是，哥哥的母亲当着穆罕默德二世的面剖开了那名军官的胸膛，掏出他的心喂了狗。我们的国王克洛维买通了三名仆人，让他们出卖主人卡那克尔。事成之后，他下令吊死了这三个仆人。

就算是那些小人，在从一次恶行中尝到甜头后，也会安心地做一些善良正义的小事，似乎能够补偿和平衡良心的不安。另外，他们还会把那些受他们雇用的心狠手辣的杀手当成会指责他们的人，所以一定要置他们于死地，才能灭口。

有时候，为了社会的需要而不得不出此下策，而你也受到命运的垂青，为你的恶行得到了奖赏。那个奖赏你的人，绝对不会把自己，而是会把你当成一个坏人。他认为，你比被你背弃后干掉的人更加应该受到诅咒，因为他通过你的双手看到了你内心的恶毒。他利用你，就像人们用社会渣滓来执行死刑，这是一种有用却不光彩的差事，不但低贱，而且辱没良心。塞亚奴斯的女儿犯了罪，可因为她还是处女，无法用罗马的任何一条法律来处死，因此为了符合法律程序，就先让刽子手强暴了她，再把她掐死。他的手和他的心灵，都是国家利益的奴隶。

穆拉德一世的大臣们支持他的儿子杀父篡位，为了加重对他们的惩罚，穆拉德一世下令，由他们最亲近的人亲手为他们执行死刑。其中一些人宁愿不公正地去杀死别人的父亲，也不想服从法律杀死自己的父亲，我觉得这些人十分真诚。

我在年轻时曾经看到，在小要塞的攻克战中，一些卑鄙小人为了保命，同意去吊死自己的朋友和伙伴，我觉得他们比被吊死的人还要可悲。立陶宛亲王维托尔德曾经颁布过一条法律：死刑犯要亲手对自己处以死刑。因为他认为，让一个没有任何过失的第三人来执行杀人的义务，是一件非常奇怪的事情。

当出现紧急情况，或者某种不测的变故危害国家，让君王不得不违背自己的诺言和信仰，或者无法履行职责时，君王应该将这种迫不得已的事情看成神的鞭策。他抛弃了自己的理性，去接受一种更为普遍和强大的理性，是不是不道德？但这也是一种不幸，所以每当有人问我该如何补救的时候，我总会说:"没有办法,如果他在做与不做之间进退两难,'但他不要找借口来粉饰自己背弃诺言的行为。'(西塞罗)那他就必须这么做。可是他这么做的时候,如果不感到遗憾,也没有痛苦,就说明他的良心有问题。"

如果有的人的良心太过脆弱,认为世上没有任何疾病值得这种强效药去治疗,我依然会尊敬他。他若因此死去,也是非常体面的。我们不可能什么都做到,所以,就像航船抛下最后一只锚,我们经常要求助于上苍的保护和引导。上苍还有什么更加重要的事情要做吗?国王既然把誓言和信义看得比生命,甚至比民众的安危更加重要,那他怎么可能去做违背誓言和背信弃义的事情呢?当他交叉双臂,虔诚地呼唤上帝来帮助他。他应该想到,仁慈的上帝会伸出他无所不能的手,帮助一个纯洁正直的人。

上面列举的都是一些危险的例子,是我们的自然法则中罕见的、病态的例外。一旦出现这种事情,我们必须忍让,但是要注意节制。任何私利都不值得让我们的良心做出这么大的牺牲,如果是为了公利,而且是十分明显和重要的公利,还是可以的。

蒂莫利昂在为自己那非同一般的行为①辩护时,忍不住涕泪横流。他说,他是怀着手足之情杀死暴君的。为了公众的

---

① 他是古希腊军事政治家,协助科林斯人把自己的暴君兄弟杀死。——译者注

利益，他被迫牺牲了自己的光明磊落，这让他无比痛心。就算是由于蒂莫利昂的计谋才摆脱了暴君的元老院，也无法对他铲除暴君这件事给出圆满的评断，因为这件事有着两面性。就在这时，叙拉古派遣使者过来，要求科林斯人给他们指派一名英勇的将领，帮助他们恢复城市的自由，将压迫西西里的几名暴君清除出去。

元老院派出了蒂莫利昂，并声明，元老院会根据他此次使命的完成情况，来决定对他的裁决：是以国家解放者的身份予以宽恕，还是杀害兄弟的凶手的身份进行审判。鉴于这种事情的危险性和重要性，虽然这个决定比较奇怪，却也情有可原。元老们巧妙地避免了自己做出裁决，而是根据其他事件和第三者的评论进行判断。在这次出征中，蒂莫利昂表现得十分英勇，于是他的案件立刻变得明朗起来。在这个光荣的任务中，他顺利地克服了所有困难，有如神助，似乎神也有心为他辩护。

如果有什么错误的目的可以原谅的话，那元老院做出上述裁决的目的就是。可是，我在下面要说到的，罗马元老院以增加国家收入为借口做的卑劣的决定，却不足以为这件事情的不合理性辩解。事情的经过是：某些城邦在获得元老院的命令和批准后，花了一笔钱，从苏拉手中赎回了自由。后来，元老院又对这件事重新审批，判决城邦要像以前那样交人头税，也就是说，这些城邦为了自由而付出的钱白花了。内战经常会发生这种不光彩的事情。比如我们的地位改变后，就去惩罚那些曾经信任我们的人。同一位法官自己改变了主意，却让那些无力改变的人去承受痛苦。师傅因为徒弟听话而鞭打他，带路人鞭打瞎眼的人，这是多么可怕的公正啊。哲学上有一些规则是错误的，根本站不住脚。比如有人举例说私利应该高于公利，而且添加了一些情节，可是即便这样，这些例子也没有足够的说服力。强盗把你抓住，让你发誓会付一定的赎金，然后释放了你。如果说一个正人君子因为已经逃离了他们的魔掌，不用付赎金也是遵守了自己的承诺，这句话并不对，因为事情并非如此。你在恐惧时许下的诺言，当恐惧消失时也要履行。就算你因为害怕而口是心非，你也要兑现自己的诺言。对我来说，有时候我说话过于轻率，走在思想前面，可是如果让我收回说的话，我的心里还是会很不安，不然我们就会逐步剥夺他人让我们履行誓言和诺言的权利。"正直的人不需要别人去强迫。"（西塞罗）如果我们的诺言是丑恶的、不公正的，我们的利益才有权利原谅我们不信守诺言，因为道德的权利应该超越义务的权利。

我曾经将伊巴密浓达视为杰出人物里的翘楚，这个看法直到现在都不曾改变。他非常重视个人的职责，将它提高到一个极高的程度，他从来不伤害俘虏，就算是为了国家自由这样伟大的事业，他也会因为没有经过司法程序处死暴君及其同伙而感到内心有愧。他觉得不管一个人是多么好的公民，如果心狠手辣地对待在战场上遇到敌军中的朋友和客人，就是一个凶狠的人。伊巴密浓达是一个心灵丰富的人。他在世上最严酷、最残暴的行为中，也不放弃善良和人道的做法，甚至哲学学派中最细腻的人情味。面对痛苦，死亡和贫困，他的态度十分英勇，坚忍不拔。到底是天性还是修养让他的性格能如此温柔宽厚呢？他在铁与血的战场上让人生畏，战无不胜，摧毁那些只有他才能够战胜的城邦。可是在这样的鏖战中，他也会转身避开自己的朋友和客人。在战争最紧要的关头，他用宽容和温厚的原则控制住杀戮，这才是一个善于驾驭战争的将领。就像在一匹马眼睛发红、口吐白沫时，能够给它套上嚼头的人才是最优秀的骑手。在战争这样具有杀伤力的行为里还能够讲究正义，真是一种奇迹。但是，只有刚强的伊巴密浓达才能做到这样温和而清白。有一个人[①]对马墨提人说，法律在武装人员身上是行不通的。另一个人[②]对保民官说，公众的时代和战争时代是两回事。第三人[③]却说，兵器的乒乓声让他听不到文明和礼貌之声，也听不到法律之声。他不是曾经借鉴敌对的斯巴达人的做法，出征前祭祀缪斯女神，好让她的温柔抵消一些战神的狂暴无情吗？

有这样伟大的导师在先，我们就可以大胆认为，就算是对付敌人也有不符合道德和法律的地方。公众利益并不要求所有的人都牺牲个人利益。"就算在社会动荡不安时。也要记得个人的权利。"（李维）

---

① 指庞培。——译者注
② 指恺撒。——译者注
③ 指马略。——译者注

任何力量都不能允许侵犯友情的权利。

——奥维德

一个正派人就算为了效忠国王，为了服务大众事业和法律，也不是什么都能做的。"对祖国尽忠并不排斥他的其他职责，对于父母的孝道也符合国家利益。"（西塞罗）这是一条适合当代的训词。用不着用刀剑磨砺我们的心肠，我们有强劲的肩膀就够了。我们用笔蘸着墨水写就可以，用不着去蘸血。如果说为了公共利益和忠于职守而放弃友情和亲情，诺言和义务也是一种英雄气概和罕见的美德，但是——虽然我们可以原谅——这种气概根本无法和伊巴密浓达的气概相比。

另一个狂妄的人曾经用这么狂妄的语言来煽动他的士兵们，让我感到无比厌恶。

在剑出鞘的时候，
不要让任何景象牵动你们的孝心。
就算在敌方阵营里看到了你们的父亲，
也要举起剑，劈向他们的脸。

——卢卡努

不要听信那些残暴不仁、六亲不认的人宣扬的这种道理，不要理睬这种不可企及的正义，我们要效法最有人情味的行为。事情总会发生改变。在庞培和秦那的内战时期，有一次

第二十二章　论功利与诚实／317

双方交战，庞培手下的一名士兵不小心杀掉了敌方阵营中的亲兄弟，他感到羞愧无比，立刻自刎而死。几年后，在同一民族的另一场内战中，一名士兵杀死了自己的兄弟，还向他的将军邀功。

从行为的功利性出发，人们很难说他是高尚的，也很难说如果一个行为有用，就是适合每个人都去做的。

不是所有的事情都适合所有的人。
——普罗佩提乌斯

如果要选择人类社会最有用、最必需的一件事，应该是结婚，可是圣徒们的观点是不结婚更好。于是，他们将人类这种最高尚的行为排除出了自己的生活，就像把劣马送进了种马场。

第二十三章
论悔恨

不同于别的作家，当他们热衷于对人进行说教时，我却喜欢将某个在教育上有所缺失的人作为描写对象，并且如果我有机会教育他，那我肯定会让他改头换面。只不过，如今这一切早已是板上钉钉的事了。尽管我笔下的人物拥有无尽的面孔，但他们中的任何一个都并非虚构。地球无时无刻不处在变化之中，生活在这里的事物同样每时每刻都在变化，这之中包括我们生活的土地，也包括高加索的山峰和埃及的金字塔。更重要的是，世间万物在随着地球变化的同时，其自身也在不断地变化着。人们所说的"物质恒定"，仅仅是一种相对论罢了。我想要描写的对象，就像一个喝醉了酒的人，他不停左摇右晃地向前走着，以至我很难全面地了解他。我所能做的，就是将眼下我所观察到的他，尽可能真实地呈现出来。比起他的整个人生，我选择对他身上发生的变化进行描绘，要注意：这里的变化仅仅是指他在前一天和后一天、前一分钟和后一分钟的变化，而并非他在某个年龄跨度上表现出的变化。由于我的处境和目的处于不断的变化中，因此我必须将时间纳入我的描写范畴中。也许我早已不再是当初的我，也许我周围的客观环境早已改变，也许我的审视视角早已改变，如今我的文字里除了形形色色的复杂事情外，还有各种多变、冲突的思想。一句话，我极有可能会对自己之前的描述做出否定，不过，有一点是毋庸置疑的，那就是无论如何，我都不会无中生有，这一点，早已被德马德斯言中。由于我的思想一直在不停变化，因此我始终处于探索自己的状态，倘若我能摆脱这一点，那接下来，我肯定会对自己进行反思。

在这里，你们所看到的，是我平淡无奇的一生，虽然如此，但又如何。无论是光彩熠熠的人生，还是平平凡凡的人生，都会有道德和哲学的参与，这是因为每个个体都是人类史在生活中的一段投影。

作为一名诗人、文学研究者，我理应像其他作家一样，将自己的特长展现给人们，但是我，米歇尔·蒙田，愿意向人们展露我的一切，这是前无古人的举动。如果有人质疑我对自我的展露，那我肯定会指责他们不懂得审视自我。

然而，我之所以这样做，仅仅是因为我是个毫无包袱的人，我并不想将自己身上的柔弱气质当作武器，去在这个外在重于内在的世界里特立独行，从而吸人眼球。要知道，如果想让人们发自内心地接受一部作品，却不依靠丝毫的形式和技巧，这件事得有多难，简直就好比建造一面没有一颗石头的高墙！创作一部音乐作品，离不开技巧性的东西去引领，但是，我的作品都是灵感乍现后的结果。综观整个文学界，我算得上是最专业的人，首先，我对于自己笔下的对象是有着极其全面和深刻的了解的；其次，无论是创作的题材，还是创作的结构以及创作的目标，我都投入了百分之百的热情和精力，这一点无人可比。要想让作品变得完美，就必须让它包含忠诚，这一点我做到了。因为，在我的作品里，所有的话都是真话，并且都是我有勇气说出来的话。同时，随着年龄的增长，我可以更加自由地发表自己的真实想法，对自己进行更加真实地分析了。在我的作品里，绝对不会出现作者与其作品不相符的冲突，虽然这常常发生在其他人身上，比如一个高学历的人却创作出一部极其粗俗的作品，又或是一个资历平平的人却能创作出一部奥义深邃的作品……要知道，即使是博学多闻的人，也会遇到棘手的难题，但一个真正有真才实学的人，却可以在任何地方将他的才能表现出来。

我的作品，就是我本人。在阅读其他作者的作品时，人们有时会在脱离作者的情况下，对其作品做出赞扬或是评判，但在我这里，这一切是绝对不可能发生的，因为我的作品和我是一体的。如果有人想要撇开我去谈论我的作品，那他什么也得不到，只有真正理解我的人才能理解我的作品，这一点是我最大的欣慰。倘若人们在看完我的作品后，认可我通过自己的学识帮助了他们,那么比起某种成就感,我的内心将更加欢喜。

悔恨这个字眼很少出现在我的嘴边,因为作为一个人,我的内心总是感到十分欣慰,当然,这种欣慰并非天使或马所拥有的欣慰,对此我也会做出或多或少的解释,不过,在正式开始前,我还得说些人人都懂的俗理(这是我对上帝的敬畏之心,而并非流于形式),也就是每当我开口时,其实我的内心也是存疑的,所以我才渴望能在所有人一致的信仰中找到答案。这么看来,我仅仅是在描述事实,而并非在教育人。

罪恶,以及它的危害力是众所周知的,这也是人们对它恨之入骨的原因所在,毕竟罪恶是十分丑恶的,而且害人无数,它产自愚昧无知,理应受到人们的憎恶。人们心中的恶意,大多会被自身吞噬,但罪恶会在人们的心中划出一道悔恨的伤口,让它不断地腐蚀、溃烂。由于悔恨是产自人心灵的东西,因此比起诸如烦恼、苦痛之类的情绪,它显得更加难以消除,即便是能够化解大多情绪的理智,也拿它没辙,这就像一个正在发烧的人,比起外部的温度变化,其体内的温度变化更让他难以忍受。虽然不同的个体会对善恶做出不同的评判,但在我看来,罪恶不仅包括理性和自然层面所排斥的,而且包括公众舆论所谴责的行为,虽然这些舆论很有可能是毫无依据的,但一旦约定俗成或受到法律的肯定,就会颇有效力。

同理，任何一种出于善意的行为，都会令内心善良的人感到欣慰。诚然，任何一个人都会因为自己的某个善举而感到兴奋，内心感到十分满足，甚至会因此产生一种神圣的高尚之情。或许，对充满恶意、无所不做的人来说，他们会因此变本加厉，然而，在他们的内心深处，却永远无法感受到那种发自内心的满足感了。在我看来，人生的一大乐事，莫过于可以在纷乱的世俗中独善其身，莫过于可以告诫自己："尽管如今的世界走向颓败，人们的罪行日益猖狂，但我可以摸着自己的良心发誓，我并没有做任何一件伤害他人、对不起自己的事情，没有霸占他人的财产，没有让他人陷入苦痛，也没有做过违法的事情，我所有的一切，从始至终都是靠自己的努力得来的。"如此感人至真的快乐，才是人生乐事，也才是对善行最恰如其分的回馈。

在眼下这个日渐颓败的社会，倘若将别人的称赞当作回馈善行的标准，岂不是太过荒唐了，我们又该以哪个人的评价作为标准呢？我绝不愿意成为别人笔下的"烂好人"，希望上帝听到我的祈祷。"往日的罪行，如今已蔚然成风。"（塞涅卡）有时，我会听到朋友们发自肺腑的指责，在我看来，这种来自朋友的真心指责，胜过其他的任何帮助，所以我有时还会主动要求他们来责备我，并且每次我都会毕恭毕敬地聆听。然而，此刻倘若让我静下心来客观真实地说，那我会认为他们的指责或赞扬其实并没有太多的借鉴意义，甚至我认为倘若我听了他们的意见，那我肯定会走向失败。事实上，像我们这种长时间和自己独处的人，内心深处对自己的行为其实是有一个评判标准的。于我而言，比起向他人询问，我更愿意向自己内心的那个标准发起提问。当然，对于别人的建议，我有时也会予以思考，不过，我总是以我个人的思维去考量。在别人眼中，他们看到的只是你的外在，而并非你的内在，所以别人根本就看不透你究竟是怎样一个人，他们只能凭借表象去猜测你是否软弱、是否凶残、是否诚实，真正了解你的人，只有你自己。正因如此，你才应该多听听自己内心的声音。"学会用你自己的能力去评判是非。"（西塞罗）"一个人对是非善恶的判断力是至关重要的，一旦缺失这种能力，就会功亏一篑。"（西塞罗）

罪过伴随悔恨而来，说这句话的人，明显没有意识到那种早已在我们内心根深蒂固的罪行并不包含与此。对于那种因为一时间的冲动而发生的罪过，我们或许能表示悔恨，然而，这并不是说我们就能彻底改变那种埋葬在我们内心深处的罪过。要知道，悔恨其实是要推翻我们最初的信念，这会让我们感到慌乱。不信你看，悔恨竟能让一个人推翻自己过往的美好品行。

为什么孩童时期的想法会与现在的现实背道而驰呢？
为什么人一长大就会变得尖酸刻薄呢？

——贺拉斯

真正的美好人生，理应在与自己相处的时候，也不出现慌乱。在人生这个大舞台上，人人都是戏子，可以在明面上压抑自己内心真实的想法，而去努力扮成好人的样子，然而在别人看不到的地方，或在内心深处，仍然努力活成一个好人的样子，遵纪守法，这样的人，才算得上是德行极高的人。特别是在本应放松的环境里，比如在自己的房子以及日常起居中，依然能够做到如此的人，那更是极致了。对于自己家，比亚斯曾写过这样一段话："因为顾及法律以及他人的评价，主人会保持谨慎行事的态度，这一点到了家里亦是如此。"此外，尤利乌斯·德吕絮斯告诫工匠的话也是相当经典了，当工匠告诉他，如果他愿意拿出三千埃居，那么他家的房子再也不会被别人偷看偷听了，然而，他告诉工匠："我愿意拿出六千埃居，请你为我建造一座可以让别人一览无余的房子。"还有阿热奇拉斯，每次出游，他都会去教堂里住宿，目的是让众人和神明监视自己的举动，这一点常被人们称赞。不过，能够被自己的手下人称赞并非易事，比如有人获得了社会大众的一致好评，却无法得到自己妻子和仆人的称赞，这实在让人感到诧异。

无论是谁，都不会成为亲人以及族人眼中的圣贤，这是史书留给我们的告诫。这个道理不仅体现在大事上，还体现在小事上。比如接下来的这个事例。当我的作品被出版成书后，我的乡里乡亲感到十分诧异，要知道，换作别处，都是商家跑来掏钱印刷我的作品,但在吉耶讷①,我却不得不自掏腰包。可以说,我的名气和我与家乡之间的距离成反比。这就好比有的人宁愿为了死后出名,而不惜在活着的时候隐姓埋名,我的遭遇就如同这种境况。然而,比起名声,我更看重的是自己能从这个社会中获得多少欢乐和成长。除此以外,我都不在乎。

当一位官员解甲归田时,人们会满怀敬意地迎接他回家,而当他真正脱下身上的那身官服后,人走茶凉的遭遇便会在他身上发生。由于秩序本就是一种暗淡的存在,因此在他的家里,无论是什么,都显得无比混乱,一时之间,根本无法梳理清楚。能够彰显威仪的事情,包括治理国家、带军打仗、率团出使,而诸如教育孩子、管理家庭、买卖交友等,都是一些稀松平常的事情,但是,如果能在这些小事上做到仔细、公平,那便是极其不易的了。正因如此,我觉得比起身兼重任的人,那些解甲归田的人所担负的是更加繁重的担子。这就像亚里士多德讲的,比起官员,老百姓的道德传播和发扬才是最难的。事实上,人们之所以想要丰富的功绩和荣誉,其实是为了功利私心。但事实是只有凭着良心做事,才能获得功名荣耀。也正是因为这样,比起创下丰功伟绩的亚历山大大帝,我觉得默默付出的苏格拉底显得更加伟岸。倘若将苏格拉底放到亚历山大大帝的位子上,我很容易想象出他会

---

① 古代法国的一个省份,蒙田的家乡加斯科尼就在这个省。——译者注

做些什么；倘若将亚历山大大帝放到苏格拉底的位子上，我却难以猜想出他将会做些什么。如果我们问亚历山大大帝想要的是什么，他会说："成为世界的王者。"但如果我们问苏格拉底同样的问题，他的回答必然是"做一个真真正正的人"，对比之下，苏格拉底的追求显得更加深远。要知道，走得对不对才是精神追求所在，而并非你爬得够不够高。

克制和分寸，这是精神崇高的体现。对于我们的评判，有人会从我们内在的品行入手，我们于大众面前闪闪发光的才华，在他们看来都是毫无价值的外在表象，而有的人却与此相反，他们喜欢从外在的表象来评判我们，这种人往往会忽视他们自身所蕴含的某些长处。事实上，魔鬼一定是扭曲的，这不就是我们每个人一致的看法吗？再比如帖木儿，我们哪个人不是依据他的名字便认为他一定是长相凶残、高大威猛的呢？倘若我可以看到伊斯拉莫[①]，那么很大程度上，我会觉得他在与自己的家人和下人说话时，必定也是出口成诗的。要知道，那些高高在上的人，是很难被拉进普通生活中去的，这就好比我们能很轻松地从一个手艺人的打扮和他妻子的言谈举止来猜想他的生活，却无法通过一个高级法院院长的言谈举止来猜想他的生活。

对内心恶毒的人来说，他们偶尔会因为外部的某些刺激而选择去做善事。同理，当内心善良的人遭受外部的某些不

---

① 荷兰作家、学者、道德家，代表作品有《格言集》。——译者注

良刺激后，也会做出出格的事情来。正因如此，想要对一个人做出客观的评价，就必须将他置于平静的家庭生活中，或者最起码是要在他本人处于平静状态时进行。要知道，那种与生俱来的品性是无法消除的，只能通过后天的教养来予以控制。在我年轻的时候，我曾亲眼看见过许多人努力从和他们天性相反的教育中逃离出来，之后，便朝着两极的方向成长发展去了。

如果野兽被长时间的困在牢笼里，和森林产生了距离，那么它们就会在人类的驯化中，慢慢忘却昔日的野性，然而，一旦它们口中尝到血腥的味道，那沉睡的野性便会瞬间被唤醒，它们喉咙和身体会变得滚烫，就连驯兽人也惧怕这种狂暴。

——卢卡努

天性这个东西，我们无法让它消失不见。比起法语，我对拉丁语更为熟练，毕竟它是我的母语。尽管我已经有四十多年没使用过拉丁语了，但是每当我的情感达到顶峰时（大概发生过两三次，其中有一次是我亲眼看见父亲晕倒在地时），我嘴里都会不由自主地喊出几句拉丁语，而这就是天性使然。相信这个事例可以解释清楚很多疑问。

眼下这个社会，其根本的罪恶是无法被改变的，那些想要通过新思想来改造社会的人根本无法撼动社会内部的弊端，无非就是在呈现在表明的问题上做做文章罢了。当然，由于这些人对社会的改造仅仅停留在表面，因此他们很容易忽视那些扎根很深的罪恶，而这很有可能在无形中导致罪恶的增长。根据我们的经验来看：倘若个体能够对自身进行反思总结，就会意识到他们自身包含某种与生俱来的、可以起到决定作用的习惯，而它便可以与一切有悖于这种惯性的事物相抗衡。对我而言，由于我始终觉得自己就如同厚重的事物一般，总是保持常态，因此外部的刺激根本不会打乱我。即便我偶尔灵魂出窍，也不会做出出格的行为。要知道，我内心的狂放是无法让我们脱离常规的。换言之，我是不会做出令人诧异的出格行为的，只不过，在我的思想意识中会出现不少变化。

在人类的常见行为中，最应该被批评的行为有很多，比如所谓的闭门思过、改邪归正，往往是肮脏可耻的，此外，人类实施惩罚的方法也是错误的。有的人早已对罪恶失去了憎恶之情，因为他们要么在天性中包含了恶，要么已经对罪恶习以为常了。还有些人（包括我本人）会因为自己的罪过而感到内疚，但是很快，这种内疚就会被欢乐所取代，于是他们不得不付出一定的代价来为自己的罪过开脱，并由此陷入循环。正因如此，有人会因为想要得到某些微不足道的乐趣，而选择犯下弥天大罪的行为，其实也就不难理解了。这便如同我们之前提到的名利与诚实之间的利害关系。由于外部对人产生的吸引力是非常强劲的，甚至人类根本难以抵挡，因此不仅仅是那种偶发性的罪过，就连实质意义上的罪过也都是这样的。

有一天，我到位于阿马尼亚克的一个亲人家里做客，在他的领地里，我遇到了一个被人称作"小偷"的农人。关于他的遭遇，这位农人是这样表述的：他之所以选择去偷东西，是因为打他很小的时候开始，他就靠乞讨生活，但是这并不能真正让他吃饱肚子。于是，他开始以偷盗为生，整个青年时期，他凭借自己身体上的优势，成功进行着偷窃行为，将他人的粮食偷来食用。他聪明的地方在于，他会选择离家很远的地方作案，并尽可能让被偷者的损失保持均衡。如今的他早已上了年纪，没法再去偷窃了，但他早年通过偷窃所积攒的财富，足够让他过上富豪的生活，当然，他也开诚布公地向世人坦白自己犯下的罪行。眼下，他对外宣称自己想要求得上帝的宽恕，为此他正忙着帮助那些曾被他偷窃过的人，以此弥补他们的损失，此外，他还许下诺言，声称要让他的后人去帮他继续完成这件事（事实上，他到死也无法做完这件事），并给予那些人一定的赔偿。我们先不看这个农人自我辩解的真假与否，只看他对自己偷窃这件事的看法，不难看出，他是以这种行为为耻的，甚至对此感到厌恶（诚然，比起曾经经历的贫穷，他还是更爱偷窃的），而他弥补罪过的行为也是相当直白的，并认为自己弥补完罪过之后，就能获得谅解了。他的行为并未将个体自身与内在的善恶混合在一起，要知道那样做是不对的，也并未丧失内心基本的判断力和正常的心智。

一直以来，我虽然活得十分随性，但始终保持着言行一致的作风，也就是说，我的每一个行为，都获得了我身体和内心的许可，这使我免于慌乱。对于是非对错，我凭借自己的直觉去做出判断，并且一旦决定就毫不动摇。事实上，自从我具备了自身的判断能力后，我便一直如此，丝毫没有改变。而在面对一些常见的问题时，我在很小的时候，就选择以长远的目光去审视它们。

对于那些突如其来的罪过，我们暂且不说。除此之外，还有些罪过是长久地存在于人的内心之中的，它有可能已经经历了无数次的内心挣扎，也有可能是性格方面的原因导致的，更有可能早已成为一种常规化的存在，对于这样的罪过，他内心的理智和善良怎么会予以批判呢？由此看来，他所鼓吹的悔恨，其实根本就是无稽之谈。"当人靠近神像的那一刻，他便已经焕然一新了。"这是毕达哥拉斯学派的观点。对此，我持保留意见。当然，倘若这个观点是在说，人的灵魂必须在靠近神像的那一刻改头换面，只有这样才能以最纯净的灵魂去领受神的旨意，那我或许会表示认同。

对于斯多葛主义，毕达哥拉斯学派几乎是与它背道而驰的，往往反其道而行之。斯多葛主义告诉我们要善于认识自身的缺点，但千万不要因此沮丧。毕达哥拉斯学派向我们展现了他们对自身缺点的懊悔，但没有表现出一丝一毫的悔过之意。但是，要想恢复健康，就必须根除疾病。倘若我们对悔恨和罪过的重量做出比较，就会发现，罪过远远不及悔恨。倘若我们违背了神的训诫，那么，在我看来，对神所表现出的虔诚，其实都是虚假的。要知道，虔诚的表象是虚伪浮夸的，但其内在的实质是深邃的。

对我来说，由于我觉得自己生性懦弱，因此我或许会向上帝发出虔诚的祷告，希望他能让我活成另一个自己。但是，这样的忏悔并不是真正意义上的悔恨，就好比对自己出生后不是天使、不是卡图而感到遗憾的心情，同样不能算作悔恨一样。我的所作所为，都是按照一定的规则来进行的，同时也与我的社会角色相契合。由于我早已倾尽全力，因此对于那些无力改变的事情，我问心无愧。在我看来，就如同我的身体和意志并不会因我凭空想象而变得健硕一样，即使我觉得比自己优秀的人有很多，我也不能因此就强行要求自己改变自己的天赋和品行。换言之，如果对美好事物的幻想可以让人感到悔恨，那我们几乎要对一切行为感到悔恨的，毕竟比我们出色的人总能做到事无巨细。对于我年轻时的所作所为，如今当我以老年人的目光回顾时，我深感这一切我尽力了，并且做到了。甚至我可以放下豪言，即使再来一遍，我也会如此行事。要知道，这不是我人生的一个暗影，而是我为人处世的准则。在我看来，真正的悔恨，就如同在上帝面前发自内心地悔过一样，那种停留在表面的作秀式的悔恨，我毫不了解。

提起做买卖这件事，我曾因为不善管理而错失了许多赚钱的机遇。当然，由于我的决策都是适时适地的决定，因此它们都毫无过错可言。稳定可靠、简单快捷，这是我做决定的准绳。自我看来，我过往的决策都是正确的，即使是在遥远的未来，我亦会如此。比起事物本身的样子，我更关注此时此刻它的状态。

要知道，世间万事万物都是不断变化的，因此时间是一切决定的温床。由于时机不对，我这一生中曾遭遇过数次致命的失误。我们所要面对的一切事物，都有其深不可测的一面，特别是难以揣摩的人，其所隐含在内心深处的某种东西常常会突如其来地降临。正因如此，倘若我的谨慎和理智不足以将这些东西觉察出来，我也不会感到懊悔和气愤，毕竟我的谨慎和理智能力有限；倘若我的判断最终被证实是错误的，那我也不会自怨自艾，因为如果我将此归咎于命运的捉弄，那这就算不上悔恨了。

福基翁[①]曾向雅典人献策，不仅没有被认可，而且最终的事实证明他的预测是错误的。对此，有人向福基翁提问："福基翁，事已至此，你会感到开心吗？""当然，不过，对于我之前的预测，我并不后悔。"我也是这样，每当朋友们有求于我，我都会毫不遮掩地将自己的想法告诉他们，至于这其中有可能出现的变数以及最终可能出现的事与愿违，我从不考虑，因为这些对我而言都毫无益处。要知道，对于他们的求

---

① 雅典著名政治家、军人。——译者注

助，我无法拒绝，而对我进行的指责，则是他们的事情，错不在我。

倘若我犯了错或是倒了霉，除了自己，别无他人可怨。这是因为我几乎不怎么接受他人的建议。对于那些需要凭借自己的直觉去做判断的事情，我只会把别人的建议当作参考，但始终以我个人的决定为主。虽然我会对别人的建议表示礼貌性地聆听，但是到目前为止，我依然只信自己。在我看来，别人的建议只会让我变得杂乱无章，这就如同在我眼前干扰我思考的苍蝇一般。就像不怎么欣赏自己的建议一样，对于别人的建议，我同样冷漠对待。如此看来，命运倒是满足了我，我不听他人的建议，同样地，我也不怎么给他人出建议。如此一来，有求于我的人很少，愿意听取我建议的人更少，甚至迄今为止，我还没有听说哪件事是因为听了我的建议而有所改变的。尽管彼此间毫无联系，但就是有那样一些人，非常乐于让别人的思想控制自己。对我而言，我本身是个非常喜欢享受行使自己职权的人，同时我又不想别人来打扰我，所以少有人求助这件事对我来说不失为一件好事：我既能获得安静，又能独享自己的权利，对于这种状态，我非常享受，并乐在其中。

无论结果如何，一旦过去的事情，我不会再去懊悔。原因在于，我把它们的结果看作必然的结果，如此便不会庸人自扰了。要知道，一旦结束了的事情，就不受你控制了，它们会进入新的循环程序，这可不是你轻易就能改变的，万事万物始终如此，过去将来始终如此。

再者，对于因为年纪而产生的偶发性的悔恨，我感到厌恶。在古代，曾有人表示自己很感谢年纪的增长，因为这让他远离了情欲的困扰。对此，我感到认同。对于无能所带来的益处，我绝不会开口道谢。"对于自己的孩子，上帝不会如此无情，更不会将懦弱看作是好的东西。"（昆体良）随着年龄的增长，人内心的欲望会逐渐流失。虽然年迈时候的疲弱和孤寂，让我们烙上了病弱群体的符号，但这和自觉性毫无瓜葛。换言之，我们不能因为身体的衰老，而让自己的判断力同样衰老。要知道，年轻的时候，我并没有错过在情欲中寻找罪恶的机会，如今到了老年时期，我也不应该因此而丧失在情欲里发现罪恶的能力。现在，我虽然不能像年轻时享受情欲，但我依然可以像过去那样去审视情欲。比起年轻时期的理智，如今我的理智似乎并没有变得多强硬，相反，随着年龄的增长，它似乎变得脆弱了，不过，就和过去为了阻止我迷失在情欲中一样，眼下，我的理智依然在为了我的身体健康而努力地让我远离情欲。虽然我的理智早已在这场决斗中缺席，但我绝不会因此就认为它是勇敢的。原因在于如今我所遭遇的引诱，根本就算不上是引诱，也就无须理智地干预了。如果让我以现在的状态去面对年轻时期的情欲，那我的理智必定无法进行搏斗。除了自身外，我并未感受到理智发挥了什么作用，甚至觉得它比以往更模糊了。正因如此，倘若我要重构自己的理智，无异于是在垂死挣扎。

在我看来，最悲哀的救治方式，莫过于通过疾病来渴求健康！正确的做法，应该是凭借自身的能力去争取健康，而不是用伤痛来乞求。对我而言，我不会因为受伤受挫来改变初衷，这只会让我徒增鄙视。要知道，这种做法，只对那些懒散的人有用。在温馨的环境中，我的理智向阳而生，比起感知快乐，它对苦痛的感知更加耗时耗力。晴朗安静的环境，我会看得更清、想得更远。比起生病，我更愿意通过健康来意识到保护身体的重要性。生病后，我会拼尽全力地去重构和维持身体的健康。如果让我丧失美好的青年时代，而落入年老体弱的老年时代，我肯定会后悔至极；如果只让人们根据我此刻的年迈模样来评价我，那我肯定会心存忌妒。在我看来，比起奥蒂斯泰纳斯[①]主张人应该笑着死去的观点，我更愿意笑着活，这才是人生最大的快乐。让哲学家的观点附着于一个冰冷的身体，抑或是让这个毫无说服力的观点来驳斥我人生中最幸福的日子，都是我不能容忍的。我想要让人们看到的，是一个完完整整的我。无论是过去，还是未来，我都毫无怨言，倘若人生重来一次，我依然会以这样的方式活一回。我始终都是表里如一的，也从不会对自己感到绝望。我的身体和生理稳步成长着，从发芽、开花、结果到枯萎，我经历了生命的完整旅程，这实在是太棒了，而这也是我对命运最充满谢意的地方。对于疾病，我毫无怨言，它们来得

[①] 古希腊犬儒学派哲学家。——译者注

不早不晚，并且唤起我对往日美好生活的回忆。无论是青年时期还是老年时期，我都是睿智的，只不过年轻时候的我充满了朝气和稚气，如今的我似乎有些啰唆和迂腐了。正因如此，我打算任由其发展，不再予以改变了。

  有了上帝的触碰，我们才会心怀憧憬；有了理智的强化，我们的良知才能被唤醒，只凭借抑制欲望的办法，是不能让我们有所改变的。情欲这个东西是客观存在的，它并不会因为我们的审视而发生变化。为了践行上帝对我们克制和贞洁的品德要求，也为了体现它们的价值，我们才会如此看重它们，佢是如果我们只是出于身体原因而做到克制和贞洁，那它们的性质就有所不同了。要想展示我们对情欲的控制力，前提是我们必须了解并体验什么是情欲，否则就无从谈起了。我这么说是有理有据的。当然，在我看来，人一旦进入老年时期，精神层面的缺陷会显得更加突出，甚至比青年时期更惹人厌恶。对此，我从始至终都是这么觉得的。事实上，我们所谓的睿智，常常是指脾气古怪、满肚子怨气的状态。然而实情是我们根本就没有改掉坏习惯，相反还染上了更坏的习惯。比起青年人，老年人显得十分愚钝、自负、唠叨、古怪、暴躁、吝啬，更重要的是，老年人比青年人显得更容易忌妒，常常怀有私心，甚至是恶意。比起脸上的褶皱，老年人在思想意识上的褶皱显得更多，那种年老后依然充满善意的人少之又少，几乎没有。要知道，人的生理和心理是一同随着时间变老的。

当苏格拉底年近七十时，他的思维也跟衰老了，原本聪明的大脑也跟着迷糊了，所以他才会在老年时期写下那样愚昧的箴言，也才会做出那样不负责任的判决。

要知道，面对身边熟悉的那几个人，我每天将会亲眼看到他们在思维上的改变是何其巨大。要知道，衰老是悄然进行着的，它并没有特效药。正因如此，我们才要不断地努力学习，这样才能减轻衰老所带来的退化。虽然我竭尽全力地防范着衰老的逼近，但我依然能感受到它强有力的进攻。虽然我并不知晓它会将我推入如何的境地，但我依然顽强抵抗着。无论怎样，我都只想让人们探究出我是在哪个地方坠落的，这便是我最大的心愿，仅此而已。

第二十四章
论交谈艺术

从我国的司法程序上看,杀鸡儆猴是一个普遍现象。

就像柏拉图讲的,倘若人刚一犯错就被定罚论罪,这样的举动是盲目愚昧的。原因在于,已经犯下的错误是无法弥补的,而定罪论法的目的是为了避免错误的再次发生。①

由于已经被处死的人是无法改正其行为的,因此只能以他的结局来警示其他人。我就是这样的。因为我犯的错误是完全无法纠正的,有别于老实人的利民行为,我所做的一切都是出于保护自己的目的。

阿尔比尤斯的儿子生活得多么捉襟见肘,
还有巴路斯有多贫困?这都是你难以想象的,

---

① 柏拉图作品《法律》与《普罗塔哥拉斯》中的观点。——译者注

> 作为众人仿效的楷模，
>
> 是绝对不能放弃遗产的。
>
> ——贺拉斯

倘若我将自己的缺点袒露出来，就会有人因此受到警示。比起毛遂自荐，我更喜欢刁难自己，这是最令我自豪的事，而这也完美地解释了我为何会常常与自己较劲。然而，解释清楚这一切后，再拿自己说事也就无伤大雅了，增加的只能是自我反思，赞扬也会变得越来越少。

无论是对立与范例，抑或是回避与盲从，一直以来，我总是从前者中受益良多，或许会有人和我抱有同感。像我们这样的人，所做的练习都得益于大加图，因为他认为聪明人会从愚昧的人身上学习到更多[1]。在讲到一位古希腊竖琴表演者时，勃萨尼亚斯[2]说这个人会让自己的学生们去聆听自家对面的一位音乐家的表演。由于这个音乐家的技艺很糟糕，因此学生们可以从中学到演奏时应避免的问题。比起从仁慈的主对人们的宽厚中学习，我会从反感残忍这件事中学到更多的善良。和出色的骑手相比，我从骑马的检察官和威尼斯人身上更能学到骑马技术；再出色的表达方式，也不如我从糟糕的表达方式中学到的多。正因如此，我总是能从他人的错

---

[1] 出自普鲁塔克的作品《监察官加图生平》。——译者注
[2] 11世纪希腊著名地理历史学家，代表作《游记》。——译者注

误中获得不断的警示。那些让人感到难过的事物，总是能比那些让人快乐的事物，给人以更清醒的感知和触动。要想让我们得到纠正，唯有时间倒流。虽然正面榜样能让我学到不少，但我总是习惯于从反面案例中获得警示。我总是从别人身上汲取反面经验，那个人表现得有多讨厌，我就表现得有多受人喜欢；那个人表现得有多脆弱，我就表现得有多强大；那个人表现得有多粗鲁，我就表现得有多儒雅，这是我曾付诸实践的。我也曾为此付出过许多。

在我看来，人与人之间的交谈，是提升思维的最佳途径。由于我觉得生活中的任意一种行为，都不及交谈带给人的快乐，因此倘若让我在视力和听力中保留一样，那我会毫不犹豫地选择听力。在柏拉图学院里，雅典人和罗马人十分看重语言课的练习。甚至如今的意大利人依然延续了这样的传统，至于效果如何，将我们和他们的智力加以对比，就能知道答案了①。比起交谈，读书就是一件没有活力的事情，不仅无法让人感到快乐，而且学习效果不如交谈来得迅速。正因如此，每当我和出色的辩手交谈时，我都会因为他在语言上和想象上的攻击而感到紧绷，我的思想、尊严乃至忌妒心都会因此高涨，不断逼着自己向更好的方向发展。要知道，交谈若是没有了争论，就毫无意义了。

结识思路清晰、充满活力的人，能够让你获得正能量；

---

① 蒙田对自己之前在意大利生活的回忆。——译者注

相反,与性格有缺陷并且思路模糊的人交往,就会让你有一言难尽的负面发展。这种负面的发展速度,是任何传染病都无法企及的。对于这个道理,过往的经历早已让我有所领悟了。在我看来,一个真正体面的人是不会为了吸引他人的目光或炫耀自己的才华,而去和别人争论不休的,正因如此,我虽然是个热衷于与人辩论的人,但我仅仅是出于维护自身而已。

蠢话连篇并不是一件好事,而且我会因为蠢话而感到气愤,并因此难受不已,事实上,这种状态并不健康,甚至算得上一种病态的反应,正因如此,如今的我十分热衷于为难自己。

无论别人说什么,全都无法刺痛我,也无法对我造成多大的影响,所以我经常会与他人交谈或是争论,并且这种情况都是偶发的。要知道,我并不会因为丝毫的建议而惊讶,也并不会因多样的信仰而难受。在我看来,无论是什么样的思想,都能和人类精神的产物相契合。由于我们没有做决断的权利,因此在面对各种各样的建议时,我们表现得十分镇定自若;倘若我们无权做判定,我们却依然能淡然地面对一切。倘若天秤的一边是空的①,那我的心里会浮现一个旧天秤,并由着放了东西的那一边自由晃动。倘若我更中意单数,那吃饭的时候,我会更喜欢双数的座位;倘若我在穿鞋的时

---

① 蒙田之前曾将平衡状态的天秤作为参照物。——译者注

候先左后右，并且我希望旅途中突然出现的野兔可以与我并行，而非从我面前跑过，在我看来，以上这些都是无伤大雅的。我们身边那些值得信赖的人，对于他们的想象，我们似乎可以试着去聆听一番。在我看来，他们的想象会打消许多无益的行动。灵光一现的大众建议，在某种程度上是具有一定高度的，并非一无是处。那些对这类建议充耳不闻的人，即使不是受到了蛊惑，也一定是老顽固。

如此一来，那些反对的声音不仅不会对我造成伤害，反而会提升我的素质。通常来说，对于别人的建议，我们习惯于回避，事实上，对于这种交谈式的建议，我们应该积极地接受。对于反对的声音，比起关注这种声音的对与错，人们更习惯于去研究这种声音是否有一定的依据，并且想尽办法去回避它们。换言之，对于反对的声音，我们采取的态度是拒绝而非欢迎。倘若我的友人骂我："你是个笨蛋，你满嘴胡话。"我也不会生气。即使是文人，我也希望他们在交谈时可以更坦诚一些。此外，我们也要提升聆听的能力，能够听懂话外之音，这样才可以不被别人话语中的客套话所迷惑。对于人际关系，我更倾向于彼此坦诚且亲密的往来。对于友情，我希望朋友之间可以更大胆和真诚一些，就如同爱情关系中时常发生的冲突一样。

倘若友情中缺少了争吵和冲突，只剩下礼仪约束和瞻前顾后，那这样的友谊并不牢靠。

> 争论的发生，必定是有冲突的存在。
>
> ——西塞罗

对于和我意见不同的人，比起生气，我更愿意观察他这个人，要知道，我更喜欢去接近那些对我产生启发和影响的人。对于真理的探究，本就是彼此间的一致目标。当他被气愤和愚昧冲昏头脑后，他会说出怎样的答案呢？为了解决争论和冲突，人们要么会用抵押物做注，要么会以彼此的损失来衡量，比如我的下人很有可能告诉我："由于您的固执己见，去年您已经赔了两千埃居了。"或许，以上的方法都会有所作用。

不管是什么人，只要真理存在，我就会高举双手表示欢迎，并努力朝它走去，甘愿臣服。不管是对我还是对我的作品，只要点评中肯，我都愿意接受，但前提是这种点评必须是态度和善的人做出的。虽然并不正确，但时刻警醒我的人，我更愿意以和善的态度对待他们。但是，对我的同龄人来说，由于他们无法接受别人对自己的点评，并且总是羞于表达，因此想让他们来警醒我着实困难。对我来说，由于我喜欢别人对我评头论足，因此我并不在意具体的评论内容。要知道，就连我自己也时常非难自己，而我所顾虑的，仅仅是我希望那些评论我的人不要越过我给他们的评论范畴。相反，对于那些处在社会顶层的人，我却无法和他们融洽相处。举个例子，某个相识的人喜欢训斥别人，一旦别人对他不予理睬，他便会进一步解释，而当别人对他采取拒绝态度时，他就会爆粗口。对于人们的意见，苏格拉底采取的态度是时刻保持微笑的聆听，他之所以能做到这样，主要原因是他内心深处的淡定，因为他知道主导权始终是在自己手中，他人的点评只是对他的嘉奖。反过来，当别人给予我们带有挑衅意味的意见，我们就会感到反感，换言之，只有那些懦弱的人才会盲从别人对自己的建议。坦白地讲，比起对我抱有敬畏感的人，我更愿意与那些指责过我的人经常往来。要知道，和我们的崇拜者交往，结果只能是有害无利。就像安提斯泰纳对自己子女们的告诫，千万别对称赞你们的人心存感谢。当辩论抵达高潮时，比起抓住对方的漏洞而获得的胜利，我更为自己理性的屈服而感到骄傲。

一句话，比起那些对我无法形成影响的打击，我更愿意接纳那些对我产生或多或少影响的打击。在我看来，建议本就是独一无二的，因此我并不会关心建议的具体内容。如果辩论顺利地进行着，那我会老老实实地遵守辩论的规则。事实上，对于交谈这件事，我并不会拿辩论的具体要求来规范说话。争吵中的秩序存在于人和群体的辩论之中，却在我们的辩论中消失了。倘若类似店员那样的人在争吵中掉链子，那就表明我们的工作起效了。只不过，他们并未受到别人情绪的影响，继续正常地进行着他们的交谈。倘若他们彼此间开始争夺话语权，那前提一定是他们至少要听清对方的意思。在我看来，最完美的答复，必定是问啥答啥。只是，一旦辩论的秩序被打乱，比起辩论的核心，我更在意形式方面的问题，并且会气冲冲地陷入这种无理取闹的争论中去，这最终会让我感到惭愧。

和愚昧的人是无法进行真诚的交流的。不管国王的统治多么专制，我的判断力和良知都丝毫不会被影响。

就像别的口头之祸一样，我们的辩论很有可能也被惩罚。换言之，一旦辩论被气愤所影响，就必定导致不好的结果！一旦我们彼此仇视，那么最先被诟病的就是理性，而后便是人这个主体。我们之所以学习辩论，只是出于反驳别人的目的，要知道，每个人都是生活在反驳和被反驳之中的，于是就会导致真理消失的结局。基于这种事实，柏拉图才会在《共和国》里指出，要将蠢人和坏人拒之门外。

对那种既没有礼貌又没有规矩的人，为什么要和他们探寻问题的真谛呢？在探讨主题的方法时，需要暂时地放下主题，这本身是毫无问题的；这里我所讲的，是天性使然的解决方法，而非学院派的解决办法。如此一来，问题的真谛到底是什么呢？当两个人朝东西两个方向走去，他们就已经将最重要的东西给抛弃了。即使花费一个钟头的时间去辩论，他们也依然搞不清楚自己寻找的本质是什么，并且依然四分五裂。这时，有人会因某句话或是某个比喻而选择辩论，而有人又会因为一心扑在辩论上，而无暇顾及他人在说些什么。对于那些底气不足的人，辩论刚一开始，他们就选择打乱规则，让一切变得杂乱无章；又或者，他们会在大家进入佳境时，故意装出清高或是恼怒的样子，以此来回避自己承担的责任。有的人一开始辩论，便毫不在乎自我是如何展露在众人面前的。而有的人则会思考再三，反复掂量自己的言论。还有人只能扯着嗓子大吼大叫。也会有人在做最后的总结陈述时，跑到了对方的阵营。更有人会用喋喋不休的废话来轰炸你的耳朵！甚至有人会在自己不如对手厉害的情况下，选择破口大骂。最终，还会有人做出牛头不对马嘴的回应，用自己生搬硬套的理论来将辩论维持下去。

"那些对疾病毫无作用的文字"（塞涅卡），在认真思考这句话所能产生的影响时，又有什么人会相信知识的力量呢？人们会觉得疑惑：是否真的可以通过学习知识来指导生活呢？究竟有谁是因为接触了逻辑学才变得聪明了呢？而逻辑学的实际功用又会表现在什么地方呢？"无论是好的生活，还是好的推理，它都无济于事。"（塞涅卡）比起那些当众争论的人，难道你不觉得妇女口中的争论显得更清晰点吗？正因如此，我才愿意送自己的孩子去小酒馆学习，而不是去专门的语言学校。当你和一个艺术教师交谈，虽然他的言论有理有据且十分动听，但为何你没能领略其中的妙处，同时也未被他吸引呢？为什么他没能让我们相信他，就像他所期望的那样？当一个高智商并且德行较好的人击剑时，为何他会变得狂躁和粗鲁呢？如果我们将他身上的光鲜亮丽的衣着扒掉，让他不再说拉丁语，也不再谈论亚里士多德，那么这时，他和我们并无两样，甚至不如我们。在我看来，他们对我们采取的语言攻击，就如同戏耍一般，虽然我们的感官会因为这些把戏而有所动摇，但如果撇开这些外在的把戏，他们的所作所为就不值得一提了，而我们也不会因此被他们说服。要知道，当他们表现得越是无所不知，实际就显得越是愚蠢无知。

在我看来，知识是人类最崇高的结晶，因此比起那些博学的人，我对知识的渴望同样炙热。只不过，我却厌恶以下几类人身上的知识：一类是依靠知识来树立个人价值的人，一类是在智商和记忆力方面基本雷同的人，一类是"以国外的幌子粉饰自己①"的一无所知的人。这几类人占人类的大多数，我对他们的厌恶超越了对愚昧的厌恶。要知道，今时今日，人们会因为知识而变得富有，但内心并未产生多少的变化。倘若内心迟钝的人拥有了知识，那么知识会变得生硬、迟钝；倘若内心敏锐的人拥有了知识，那么知识就会变得更加顺畅和简洁。从知识的本质上来看，不管是对出色的人而言，还是对普通人而言，知识都不是至关重要的东西，相反，它可能就只是一种陪衬而已。不同的人拥有知识后，会产生不同的效果，比如有人会因为知识而获得权力，有人却会因为知识而陷入窘境。虽然如此，我们的话题却依然要继续下去。

向你的对手宣战，告诉他胜利属于你，难道不正是你所期望的结局吗？如果你是因为自己的意见而获胜，那这就是

---

① 出自塞涅卡《书简三十三》。——译者注

真理的力量。如果你是因为自己的德行而获胜，那这才是属于你的胜利。阅读柏拉图和色诺芬尼①的作品，我觉得比起对辩手辩论技术的关注，苏格拉底更愿意在辩论中关注对手自身的言行，并愿意给予他们一定的指导。对这些问题做出解释，倒不如找出关键问题，例如，只有对人的思想进行磨砺，才能达到净化思想的效果。我们所能做的就是辩论和追寻，倘若这两件事都不能做好，那着实不应该，由于我们从出生的那刻起，就是要寻找真理的，就像德谟克利特②讲的，真理在无法触及的高处，只有神仙可以见到它们，因此，缺失和得到终究不是一回事。人间，只不过是一间用于求索的院校。比起都有谁来到这里，人们更关注跑得最好的那个人是谁。由于我们讨论的是讲话的内容而非方式，因此也就无所谓真话假话了，毕竟这是笨蛋都明白的事。我个人的行事风格是：内在与外在一样看重，阿尔西巴德③就曾这样要求过手下。

每一天，我都会阅读书籍，比起书本里的内容或作者的知识，我更关注其写作的方式。我的目的是想去了解而非受教，这就和我一直以来与某个名人保持密切联系一样。

说真话这件事，人人都可以做到，但是，只有很少的一部分人才可以把真话说得简明而又睿智。正因如此，对于那

---

① 指代以厄提代姆斯和普罗达哥拉斯的名字作为书名的对话集。——译者注
② 希腊哲学家。——译者注
③ 伯罗奔尼撒战争期间，表现不坚定的将军。——译者注

些无知的人说出的假话错话，我并不觉得有多生气。有好几次，因为和我进行交易谈判的对手，在表达不同意见的时候竟然口出狂言，我就结束了这样的交易，虽然它们能为我带来不少利益。一年下来，比起那些不如我的人所犯下的失误，我会更因为那些固执己见的笨蛋的无理取闹而感到气愤和恼怒。他们不仅没有听明白别人的话，还无视别人的话，答得牛头不对马嘴，在我看来，他们的存在简直令人感到挫败。唯有在遇到这种固执己见的愚昧的人时，我才会感到头昏脑涨，正因如此，我宁愿宽恕下人的大错，也不愿和那些愚昧的人和解。当然，如果他们可以多多少少地做点实事，也是可以的。然而，你对他们这种人的期望是多余的，毕竟对一个根深蒂固的老树桩来说，是压根没有期望和价值可言的。

　　这是不是表明我对事物的态度并不取决于它们的本相呢？或许是吧，但是我需要为自己的暴躁道歉，因为这种性格确实会对他人造成伤害（毕竟暴躁被看作面对与自己持不同意见的人时所特有的一种独断反应），况且，从本质上来看，因为他人的无聊而生闷气，这其实就是一种自我伤害式的无聊举动。由于那位先贤①十分珍爱自己，因此一有机会伤心难过，他必定会以眼泪相待。作为七位圣贤中的一位，米松②的

---

① 古希腊哲学家赫拉克利特。——译者注
② 选自狄奥热纳·拉尔斯《米松生平》。——译者注

性格中既包含了提蒙①的特色，也兼具了德谟克利特②的特点，因此当有人看到他独自发笑时，会忍不住询问原因，而他的答复无非是："这就是自娱自乐。"

事实上，我每天都要和无数的蠢话打交道，这一点我是深知的！而且在别人眼中，从我口中说出的蠢话占了大多数！如果我因此就住口不言，那其他人又会作何反应呢？总的来说，人应该和人往来，这就如同从桥下流过的河水，即使没有我们的干预，它也能经久不息地流淌着。确实如此，只是，当我们看到一个身材有缺陷的人时，我们不会感到愤怒；但当一个胡言乱语的人出现在我们面前时，我们却按捺不住内心的怒火。对于这种前后矛盾的态度，真正该追究责任的，并非那些被看的客体，而是我们这些看的主体。时刻谨记柏拉图的话："我所看到的事物的对与错，难道不是取决于我自己的态度吗？"③而我并不是完全正确的，不是吗？我对他人的训诫同样有可能适用于我，难道不是吗？对人类共存的失误，我们用至高无上的圣贤之语来训诫。除了我们彼此间的不满外，有时在辩论中，我们还会被自己的观点和论据给绊倒，而这是经常发生的，就如同自作自受一般。对于这一点，古人身上曾出现过十分典型的先例。再也没有比下面这句话

---

① 古希腊哲学家。——译者注
② 古希腊哲学家，认为幸福来自对欲望的节制。——译者注
③ 选自普鲁塔克《应如何听》第六章，《怎样才能吸取敌人的有益之处》第五章。——译者注

更恰当的了：

每个人都不会对自己的大便感到嫌弃。

——伊拉斯谟

眼睛长在脑袋前边，因此身后的一切都是无法看见的。当我们在一天内反复议论自己的邻居时，其实是在自欺欺人，而当我们对别人的不足感到气愤时，殊不知我们身上也有同样的缺陷，然而，我们以一种令人惊讶的不自知忽视了自身的缺陷。就在昨天，我亲眼看见了一个貌似和善的聪明人，在看到别人的蠢笨行为后，风趣地对其表示蔑视，在他看来，这个人向大家炫耀的家族关系和婚姻关系，几乎都是编造出来的（他口中的这些吹嘘之词，只能哄骗那些目的不纯的人）；然而，倘若这个聪明人回想一下，就会发觉，当他向人们炫耀自己妻子的亲属势力是如何厉害时，同样让人感到厌恶。啊！这令人生厌的盲目自大，居然是这样产生的！倘若那些人听得懂拉丁语，那么他们肯定会说：

别害怕！倘若她还没闹够，
那就再帮帮她！

——泰伦提乌斯

心虚的人是不会主动去告状的，即使是犯了罪的人，如果心虚，也是不会告状的，对此，我并不是很理解。然而我知道，当犯了错的人接受审判时，其内心会受到一定的审判和质问。在还没有解决掉自身的毛病时，就绞尽脑汁地去帮别人解决同样的毛病，这算得上一种助人为乐的行为，同时也能让自身的担忧减少许多。在我看来，如果有人指明我的不足，而我却反过来说对方也有同样的不足，那这样的做法是不合理的。为什么呢？因为别人的指导永远都是有益而无害的。如果我们的鼻子变得更敏感点，那么对于从我们身上散发出去的臭味，我们会更清晰地闻见。在苏格拉底看来，如果一个人连同自己的儿子和朋友犯罪，那么他最应该做的，就是先自首赎罪，然后再依次为他的儿子和朋友请罪。倘若这个要求定得太高，那么这个人至少应该主动在内心里进行忏悔[①]。

虽然我们的个人感觉可以帮我们做判断，但那毕竟只是停留在表层的判断。倘若我们的政府最引以为傲的作用，就是它的行政部门都只有表面的客套和程式化，那么这对我们来说，并不是什么令人震惊的事情。由于每个个体都是不一样的，因此面对交往的对象，也就没有固定的模式了。早年间，曾有不少人想让我们接受一种精神层面的宗教式修炼[②]，倘若参与者无法在修炼中思考关乎地位、头衔之类的东西，

---

① 源自柏拉图《戈尔吉亚斯》。——译者注
② 宗教改革。——译者注

那么他就无法静下心来好好修炼，当然，这样的状况肯定会让那些发起者感到诧异。而这就和人与人的交流别无两样：就算一个人说话再愚蠢，但只要他的官够大、钱够多，那么人们就会无条件相信他的话。如此一来，想都不用想，那个备受人们尊敬和崇拜的人，极有可能就是个平庸之辈；一个高傲自大的录用者，或许压根就比不过那个礼貌谦虚的落选者。除了这些人口中说的话，人们还会费尽心思地对他们的神情做出解读。如果这些高高在上的人突然和普通人交流，那么除了尊敬和崇拜，人们还会被这些人的所见所闻震慑，那感觉就如同被无数的举例团团围住一般。然而，我想让人们明白的是，对一个外科医生来说，实际活动的罗列并不等同于实验的最终结果，比如人们知道他拯救了七个病人的生命，然而，倘若这个医生不对自己的救治过程进行总结，那么这些临床救治也就不能算作他实际活动的结果了。举个例子，就拿听音乐这件事来说，比起音乐中包含的各种乐器声，我们真正聆听的，应该是各种乐器组合在一起所产生的美妙乐声，这就是这些乐器共同演奏的结果。倘若人们因为旅游和工作而有所不同，那么他们实践出的产物就是这一改变的体现。要知道，单纯地积累经验是不行的，关键在于要学会将各种经验融会贯通，经过对比分析总结，最后得出一个理论性的总结。这就是历史学家比较稀缺的原因。由于历史学家能够说出许多宝贵的经验和道理，因此听他们讲话是一件受益匪浅的事情。毫无疑问，这就是让我们受益良多的地方，只不过，眼下我们需要探讨的重点，应该是那些将历史总结并阐述出来的人，究竟该不该被称赞。

对于蛮不讲理的霸道、虚伪和巧舌如簧，我向来是看不惯的。对于那些炫富的人，我向来是十分敏感的，因为我觉得他们和普通人并无两样，况且对于这种感官层面的刺激行为，我本身就是十分抵触的。

扬扬得意的情况下，是不会有什么内涵出现的。

——朱维纳利斯

或许，由于他们承担了太多的重担，出面的次数也太过频繁，因此才被人们看轻。要知道，想要担起重担，就一定要有超乎寻常的体能和耐力。倘若无法达标，那就免不了会让人们怀疑他的实际能耐，甚至认为他就这点本事，根本扛不起重担。如此一来，也就不难理解为什么会有那么多笨蛋钻入学者的队列，因为他们在一出生时，就各自命定了各自的前途，比如管家、商人、工匠等。要知道，知识的重量可不是一般人能负担得起的，所以他们才成为知识的囚徒。面对知识这个高深且重要的课题，他们的脑袋是绝对不够用的，况且他们本身就不具备这种能力，而真正能掌握这门课题的人却是少之又少的。在苏格拉底看来，"如果哲学落入愚昧的人手里，那么哲学就会一塌糊涂了"。也就是说，如果将这些交给不够格的人，那么它就会变质，以上提到的那些人，就是如此。

> 就像猴子一样，
> 孩子们将丝绸挂在身上，
> 却只挂在胸前，
> 这一幕令人捧腹大笑。
>
> ——克劳迪乌斯

事实上，那些拥有权力的人，其实就和我们普通人一样，有时甚至他们还不如我们。不过，倘若他们处在比我们高一等的位置，那他们就应该多承担一点。对这种人来说，保持沉默不仅会让他们看上去儒雅肃穆，还会为他们提供更好的机会。比如墨伽彼斯①，在来到阿佩尔的画室后，他一开始选择了保持沉默，不久，他便开始对阿佩尔的作品评头论足。不过，这一举动却遭到了阿佩尔的斥责："当你一言不发的时候，你身上的衣着打扮让你看着像个知书达理的人，但是如今听完你的点评，就连我的店员也对你嗤之以鼻了。"虽然有了精致的装扮，他却不能轻易开口，更不能随意评头论足，否则，他就会变得和普通人一样愚昧。要知道，这种一言不发的举动，在如今不知帮过多少笨蛋摆脱困境呢！

事实上，人们常常误解了国王，因为比起功劳、爵位和

---

① 选自普鲁塔克《如何鉴别阿谀者和朋友》。——译者注

职位的授予，更多时候他做事是碰运气的。与之相反，那个学识尚浅的国王，却拥有了人们羡慕不来的幸福生活，这着实令人费解：

关注子民，这是王公最需要的品德。

——马提雅尔

然而，国王压根就没有了解臣民的能力，他不仅无法看出臣民的才华，也无法看透臣民的心意。于是，他们只能通过一些片面的依据来做出推断，比如臣民的家世背景、财富状况、学问多少以及追随者多少等。倘若有谁可以总结出一种建立在理性和公正基础之上的选人标准，那这个人就可以构建起一种更加完美的政府管理模式。

"没错，这件事他抓住了关键。"虽然这句话没问题，但是由于人们一致觉得"结果只能用来当作参考"，因此这句话并不能服众。虽然战争最终表明首领们并没有过错，但伽太基人还是觉得军队的首领们有错，并惩罚了他们①。由于军队首领的行事风格并不受罗马人认可，因此即使战争获得了胜利，他们也冷漠相待。结合人类的经验，不难看出，命运之神为了让人类明白她的伟大，总是习惯于让愚昧的人拥有幸福而非聪明，并以此来向我们示威。此外，由于在这一过程

---

① 摘自茹斯特·李普斯《政治》。——译者注

中命运的脉络得以呈现，因此命运之神还会积极地关照那些将自己的意志付诸实际的人。正因如此，不管是公事还是私事，我们总会亲眼见证那些并不怎么聪明的人，成就一番伟大的事业。西拉内斯①是个睿智的人，然而，令人不解的是，这样的他总是和成功失之交臂，对于这一点，他本人却看得比较开，认为自己的成功与否，并不靠自己决定，而是靠命运之神决定。这个解释，如果反过来看，应该可以被上述的那些人拿来挡箭。要知道，这个世界上绝大部分的事情，还是依赖于事情本身的。

命运自有安排。

——维吉尔

并且最终，那些愚笨的举动总是能解释得通。即使我们进行干预，也只不过是一种程式化的举措，其间涉及的并非理性思考，而是习惯和示范性的举动。以前，如果我对某件事的影响难以接受，我会去采访完成这件事的人，然而，他们给予的答复通常都是极其普通的。虽然常见的畏惧并不能用来装门面，但它至少是十分牢靠的，并且能被付诸实践。

那些反复推论得出的道理，往往会比那些一般的道理显得严谨和实用，这是为什么呢？只有阻止普通人，才能确保

---

① 源自普鲁塔克《古代国王中之所谓显要者》。——译者注

枢密院的威严不被干扰。要知道，声誉的维护是需要一定的盲目崇拜的。对于这个问题，我的见解只不过是整体上的简单构想，至于其最关键的解读，和往常一样，我打算交由上天来解释。

剩下的，都交给各位神灵。

——贺拉斯

在我看来，幸与不幸各自拥有无穷的能量。觉得人类的大脑能够替代命运之神的作用，这种想法是愚昧的。有谁能晓得自己能同时掌控开头和结尾，有谁能晓得自己能为自己的行为助力，凡此种种都只不过是浪费时间，特别是在探讨和战争有关的问题时，更是徒劳一场。或许是出于对意外的恐惧，军事行动中实力并没有全力释放，甚至他们的小心和谨慎也比不过我们。

事实上，不管是我们的智商，还是我们的判别力，在很大程度上会受到偶然性的影响，这是我想继续探讨的。我的看法总是飘忽不定，时刻变幻着，特别是这之中的很多念头不受我的控制，而是自动地在那里变幻。每一天，我的理智都会被我内心的亢奋袭击。

心里的情绪是不断变化的，
眼下，是这种情绪占了上风，

> 然而，等风头一过，
> 又会有另一种情绪产生。
>
> ——维吉尔

仔细观察你会发现，那些有权又出色的城里人，往往都是些不怎么聪明的人。之前有这样一件事：某些大国的领袖，居然是女人、儿童甚至精神异常的人，但他们的能力并不亚于最出色的将相。正如修昔底德认为的，比起要求完美的人，那些不修边幅的人往往更适合统治国家。在我们看来，这些人之所以能有这样的幸运，完全是因为他们的智商。

> 唯有命运的垂爱，
> 才能步步高升，如此，
> 人们都会称赞他的能干。
>
> ——普洛图斯

正因如此，我认为个体的能力和价值是通过结果来判定的，这是我再次想要强调的。

甚至，我觉得只要以一个三天前还是个庸庸之辈，但现在早已青云直上的人为对象进行研究，一切也就明了了。悄然间，优雅和聪明闯入了我们的脑海，由此，我们会通过他的权威的增长来判定他的功劳。换言之，比起他的个人价值，我们更倾向于通过他的地位来评判他所获得的权利。当然，等他不幸地从高处摔落,并再次成为普通人时,我们才会一脸惊愕地询问导致他跌落的原因。"确定是他吗?难道他之前就什么一窍不通吗?难道权贵们都这么不贪婪吗?一直以来,我们是被这样一个牢靠的人掌控着呀!"人们会发出这样的疑问,对此,即使是在现在,我也目睹过不少。甚至他们在台上的神情变化,也会让我们为之动容。这也是我羡慕国王们的一点,那就是拥有一群人追随着他们。不过,虽然世间的一切都对他们表示臣服,但唯独智力绕道而行。比起习惯性弯下的膝盖,我的理智是绝对不会弯下的。

针对德尼的悲剧,曾有人问梅郎提乌斯有何想法,他的回答是:"这部戏几乎被各种评论掩埋了,我压根就还没看。"① 如此一来,在对大人物做出点评时,人们的话语应该是"他的话几乎充满了优雅和庄严,我压根就没听见"。

某一天,在看到被人控制的雅典人后,安提斯泰纳告诉他们,除了马,驴也可以种地,然而,雅典人却答道,这不是驴的本职。安提斯泰纳驳斥道:"并非如此,这完全是你们可以自行掌控的。虽然你们让一群无才能的人去发号施令,但事实表明他们干得还不错。"②

大多数民族是如此,除了给予他们亲自挑选出来的国王以荣耀,他们还会对其表示完全的臣服。比如墨西哥人,当

---

① 源自普鲁塔克《该如何听》。——译者注
② 源自狄奥热纳·拉尔斯《安提斯泰纳生平》。——译者注

国王登基后，他们就会将国王看作神，不敢再和他对视。事实上，人们对国王提出了许多期望，并让他一一发誓完成，如维护国家的宗教、法律、自由，也要实现公平和仁厚，还要让太阳听命于国王，让云朵、江河、大地等适时造福人民。

不同于一般人，当我看到那种因为权贵和追捧而产生的睿智能干时，我会本能地予以防范。有一点我们必须明确，那就是适时适地的开口，是何其重要；插话或是强行转移话题，又或者在对你完全崇拜的人面前表现出否决的态度，这将会产生怎样的影响。

当一个如日中天的幸运儿来到饭局后，他必定高谈阔论，并以这样的话开头："只有骗子和笨蛋才会与我意见不同，等等。"面对这有理但却尖酸的话，你们就手握刀具继续听下去吧。

接下来的这个忠告，对我十分有益：在交谈的过程中，并不是每一句我们自认为有理的话，都能马上被人采纳。绝大部分人都是十分聪敏的。虽然有的人在开口时并没有多想自己的话会产生什么后果，但他依然很有可能说出一句出彩的玩笑话、一句精彩的反驳或一句有见解的名言。要知道，那些不属于自己的东西，并不是马上就能掌控的，有时还需要我们自行鉴别。即使那些话听上去十分出彩，也无须立即予以点头称赞的回应。我们应该主动地学会思考，以没听见为由，来为自己争取时间，多角度地对这句话进行思考和鉴别。事实上，有时候我们会助长对方的气焰，从而让自己受到伤害。以前，我不遗余力地看重反击对方的重要性，而我也取得了超乎预期的反击效果；原本，我只期望在数量上获胜，但最终是分量方面的胜利。这就好比当我和一个势均力敌的对手辩论时，我会赶在他下结论前，将他辩解的机会夺走，并将他脑海里正在成型的想法遏制住（倘若他的见解合理，我就会岌岌可危），但是，在面对其他人时，我的态度截然相反，事事都会让他们自行思考。倘若他们都会以"此好彼不好"的语式做出定论，那我会思考这种不谋而合是不是偶然性导致的。

希望人们可以用"为何这样""凭什么这样"之类的范式，来对他们的话语进行规范。就如同人类对某个民族群体的盲目崇拜[1]，那些老掉牙的普遍性建议，简直不值一提。唯有真正了解这个群体的人，才会通过辨识出其中的某个个体来向其表示敬意。只不过，这要担负一定的风险。关于这一点，几乎每天我都会碰到这样一些人，他们的意志并不坚定，并且总是喜欢跟风，特别是当他们在品读某个作品时，总是想显示自己的鉴赏能力，但事实是他们的举动反倒让我们看到了他们最无知最搞笑的一面。"看，太美妙了！"这句感叹是没问题的，当别人朗诵完维吉尔的作品后，可以发出这样的感叹，只不过，这么做也会让最精彩的部分销声匿迹。然

---

[1] 源自普鲁塔克《论苏格拉底习以为常的机智》。——译者注

而，如果你想认认真真地全部听完，并对作者做出独到的点评，指出作者的优秀表现在什么地方，甚至想要从字词句等入手来点评，那你能做的，就是赶快走人！"除了每个人都在用的表达方式，还应该研究作者的看法及其依据。"（西塞罗）几乎每一天，在谈论美的事物时，我都能遇到一些看似不聪明的人说出聪明的话。如此，我们有必要去看看他们是从什么地方、通过什么方式获得了这样的见解。由于他们还没有完全消化那些美妙的字词和哲理，所以我们可以帮他们进行更好的理解，或许未来某天，他们会自主地再创作，而我们也让他们对这种美好产生了感情。

这么做，其实是在帮助他们。这又是为何呢？要知道，他们并不会因为你的帮助变聪明，也不会感谢你。因此，别再帮他们了，就让他们自生自灭吧。今后，除了防骗，他们绝对不会再对这方面进行过深的探讨和研究。即使这方面有着无穷的魅力，但只要你稍微提升一点难度，他们就会知难而退了。那虽然是一些不错的武器，但组装得并不是很好。像这样的事情，我不知碰到过多少！倘若你在听完他们的话后，进行说明，他们就会立即接过你的话茬，然后自说自话："我也是这么认为的；这就是我想说的；我和你说的一样，除了语言上有些不足。"瞎吹！面对这种桀骜不驯的愚昧之人，就应该狡猾一点。正如赫热西亚所坚信的，放下仇恨和抱怨，学会用教导的方式，这一点虽然有道理，但在这里并不适用。对我而言，我不会干涉，而是会让那些人继续自说自话，让他们慢慢陷入尴尬、糊涂的底部，最后，他们越陷越深，也才会再次审视自我。

要知道，一次警示并不能改变愚蠢的行为和混乱的感受。对此，我们唯有拿出居鲁士的话来应对。在战争马上就要开始的时候，有人想让居鲁士鼓舞将士，对此，居鲁士说："就像人不会因为一首音乐而马上成为音乐家一样，战场上的将士们也不会因为一次鼓舞就变得无所畏惧。"① 要知道，艺术方面的某项才能，是要通过先期的长时间的教导才能学会的。

对身边人，我们可以不辞辛劳地予以关怀和教导，然而，对于一个过路人或是初识的人，这样的说教是不可取的，我本人也很反感。就算是和别人随意聊天时，我也不会如此，哪怕让我失去一切，我也不会以如此蛮横的方式来教导他人。正因如此，我的性格决定了我不适合去给新人指导。不过，即使人们讨论的话题在我看来非常荒诞，我也不会通过言语或是举止来予以干涉。一句话，愚昧无知但扬扬得意，这样的行为在我看来是最可气的。

聪明的大脑会让你免于自傲，但不幸的是，在别人率性而为的领域，它却又让你感到痛苦和忧虑。只有愚笨的人才会自傲，也才会在打完战争后，大摇大摆地凯旋。由于听众无法分得清什么是真正的优势，所以他们往往会对言语上的

---

① 源自色诺芬尼《居鲁士全书》。——译者注

自傲和神情上的快乐避而远之。一味地固执己见，便是愚笨的最佳证明。世间还会有什么如同驴一样傲慢和肃穆呢？

在和朋友相处期间的那些开心打闹、愉快争吵以及你一言我一语，难道就不能算作交谈和交往吗？就像吕库古斯[①]认为的，这样的往来虽然没有之前提到的庄严，却乐趣无穷，并让人受益良多，我的性格就非常适合这样的交往方式。从我自身而言，处在这样的交往方式中，比起风趣和创作，我会表现得更自由和快乐，并且，还要对方没有误解我的言论，无论他们的攻击是以何种方式进行，我都能轻松应对。倘若我在对方进行攻击时不能立即予以反击，我就会对这样的辩论感到疲劳，如此就显得不灵活了：为此，我会先让对方完成攻击，然后再找个恰当的时机予以反击。要知道，生意人也会有赔钱的时候。绝大部分人在心力不足的时候，会改变神情和语调，此时如果控制不当，就会令人生厌，最终不但没有成功反击，反倒会让人识破自己的短板。高兴的时候，对于自身的短板，我们可以笑谈；然而，在严肃的时候，一旦触碰到这些短板，我们就会发生冲突，况且，这时也不能相互提醒了。

此外，我对另一种法国式的粗鲁游戏感到深恶痛绝，原因是我的肌肤非常脆弱且敏感，而我曾目睹了这个游戏葬送

---

① 古希腊演说家、政治家。——译者注

了两位王公的性命①。要知道，在嬉戏中斗殴，这是绝对不能容忍的。

另外，在我看来，如果要对一个人做出评判，就必须了解他对自己本身以及自己的言行举止、职业是否满意，满意的程度又是如何。在这之中，"我花了一个钟头不到的时间，纯粹就是为了娱乐，之后也再没干过了"，这是我最反感的理由。

还没干完这活，
就已经有人抢了饭碗。

——奥维德

我会说："不过，比起那些，我们更想了解能够展现您总体面貌的那一件，这样人们才能对您的能力做出评判。"接着："对于您的这个作品，您觉得最满意的是什么？这里还是那里？是品质还是创造性？是见解独到还是意义非凡呢？"在我看来，由于人们不仅受到情感的左右，而且在鉴赏力方面也有不足，因此他们往往会对自己的作品以及别人的作品产生误解。要知道，作品有时能够让作者的能力得到提升，甚至对他起到引领的作用，就像我，比起评价自己的作品，我

---

① 1546 年，恩格希姆公爵在赌博中死亡。1559 年，法国国王亨利二世在一次比武中，意外受伤身亡。——译者注

在评价别人的作品时，可能会表现得更迷糊，好比《随笔》这本书，我对它的评价时高时低，非常混乱。

虽然很多书因其主题而备受欢迎，但它的作者依然没有成名，而有的书虽然像优秀的工程一样好，其作者反倒会被误解。未来，我要把我们的饮食方式、着装打扮写进书里，将它们写得粗俗不堪；我还要把现如今政府发布的所有文件发表出去，比如赦令、公告、书信等；我还打算创作一本愚昧无知并且很可能赔本的书，还有很多类似这样的打算。等后人们看到这些作品，会收获不同寻常的内容，对我来说，这难道不是我的幸运吗？要知道，绝大部分出名的书，都是如此。

若干年前，我看到了知名作家菲利普·科米内[1]的作品，其中有句话我觉得很不错，那就是："你为主人的付出，等同于你所受到的嘉奖即可。"由于前段时间，我刚从塔西陀的书里看到了一段文字："在能得到报酬的前提下做好事才有意义，否则，怨恨会比感谢来得凶猛。"[2] 由此，我觉得应该得到赞赏的并非菲利普本人，而是他的作品。此外，塞涅卡也曾说："对于不愿欠别人人情的人来说，他们会因欠人钱而感到羞耻。"[3] 西塞罗的说法更自由点："在没还清欠债之前，对方是不会成为你的朋友的。"

---

[1] 法国历史学家。——译者注
[2] 源自塔西陀《年鉴》。——译者注
[3] 源自塞涅卡《书简八十一》。——译者注

根据个体的不同，一部作品的主题有不同理解，不过，想要知道这个个体所特有的特征是什么，并对他的内心做出判断，那就必须分清楚他个人所拥有的东西有哪些，同时也要对那些非他所有的东西进行分析，知道他在这部作品的选题、排版、语言等方面给出了哪些建议。为何如此呢？这是因为在无数例子中，作者虽然有很多素材，但最后弄砸了作品。我们这类人面临的苦难，就是我们不懂得如何与书交往：当我们被某个新诗人的才华所吸引，当我们从某个传道者身上感受到有理有据时，当我们想要从学者口中知晓哪些知识才是他们自己拥有的，哪些知识是学习而来的，在做这些事之前，我们绝不敢妄自表现出恭敬的态度，时至今日，我都非常在意这一点。

就在刚才，我读完了塔西陀的历史著作（从二十年前起，我就舍弃了看书看一个小时的习惯，我已经很久没有这样了），这是一位法国人眼中优秀的贵族①推荐的作品，要知道，这个人自身的价值及其身上表现出的才华和和善，完全吸引了法国人。在政府文件的集子里，他居然混杂了许多对民情的见解以及自身的喜好②，我实在想不出哪个作者可以和他相媲美。为了达到这样的目的，他就需要时刻关注当时帝王生活的每时每刻及其丰富性，特别是帝王在惩罚臣民时的冲突

---

① 蒙田的邻居和友人特朗侯爵的三个公子中的一个。——译者注
② 源自塔西陀《年鉴》。——译者注

举动，为此，比起战争等题材的作品，他的叙事更显宏大，而他也因此忽略了一些英雄人物牺牲的故事，就好像他担心我们会因看到这类故事而难过似的。然而，如此一来，他的作品在我看来是无聊的，甚至并不是他本人的真实想法。

然而，这样的描写方式是恰当合理的，对公众来说，其活动是受偶然性影响的；而对个体而言，其行为多受命运的影响。由于这部作品里的箴言过多，因此说它是历史书，倒不如看作一种中肯的评价①。这部作品适合研究而非阅读，其中含有大量的名言警句，有对的也有错的，可以说，它就像是一个培育政治看法的花园，能为掌控世界秩序的人给予指导。无论是为谁辩解，它给出的依据总是有理有据，并且辩词极具时代风范，由于世界的掌控者热衷于表现得傲慢，所以他们总会通过这部作品里的犀利言辞来武装自己。与塞涅卡的作品相比，这部作品没有那么激烈，相对朴素一些。对于处在战乱中的国家，比如我国，这部作品是非常实用的，甚至你可以认为我们就是这部作品的描写对象。而对这部作品有所质疑的人，他们的动机不纯也刚好被暴露出来了。这部作品的观点是合理的，甚至对于发生在罗马的所有事情，它都选择站在对的那一边。然而，我对书中评价庞培的内容感到不满，比起那些曾和庞培相处过的人的评价，它的评价

---

① 蒙田与让·彼丹对此抱有同样的看法。——译者注

显得更为严苛，甚至它指出，庞培完全不同于马略①和塞洛②。对于他想管理国家的欲望，人们是认可的，当然也包括他想要报仇的念头，虽然他的朋友们会担心胜利让他迷失理智，却没有觉得他会走到那一步：因为纵观他的人生，是没有什么令人震慑和恐惧的东西存在的。正因如此，就不需要为了质疑，而去忽略真实的史实，否则，我必然表示不解。作者的表述十分朴素，也许作者是觉得他做出的评价是从个人角度出发的，所以他才会给我们提供凌驾于他的感受之上的材料，并由此做出评价。也由此，他对当时的法律表示臣服，并对当时的宗教表示认可，这一点，他完全不需要道歉。要知道，这并非他的问题，他也是个不幸的人。

我很看重他的点评，但并不能完全弄懂。例如，当提比略③拖着病躯给元老院写信时，其中有这样一段话："先生们，我是否该写信给你们，如何写，写些什么，又或是眼下我不该告诉你们的是什么呢？倘若我可以感知的话，那么天上的神仙每天会让我意识到，我将会比自己感知到的结局惨很多。"这段话被放在提比略自我反思和懊悔的地方，对此，我并不是很能理解作者这样安排的意图；至少当我极有可能看懂的时候，我也并不想去看懂。

对提比略执政时期的成就进行说明后，他表明自己这样

---

① 罗马政治家、军事家。——译者注
② 引自塔西陀的话。——译者注
③ 罗马帝国的皇帝。——译者注

做并不是想要炫耀，然而在我看来，这似乎不太可信。由于没有胆量剖析自己，便揭示出某种内心疾病，而且这样的写法也让人物带有了懦弱的色彩。但凡是能对事物做出恰当可靠、独到见解的人，往往十分善于运用内在与外在的事例来说明，因此当他阐述自己时，也会如此。为了保持真理和自由，他会对一切的礼教规矩进行反抗。要知道，虽然我常常会在写别的事时跑题，却有胆量对自己进行解读。当然，我并不会对自己表现出一味的溺爱，也不会自我迷恋，相反，我会像我的邻居一样，远远地审视自己。不知道自己的价值，或高估自己的价值，两者并无差别。由于我们并不懂爱，因此比起给自己，我们应该把爱给予上帝，这样才能更兴奋地谈论爱。

　　他的基本情况在这本书里都有简单介绍，他确实是一个有胆量有骨气的伟人，在他身上的英勇是高贵而非迷幻的。当他做出这样的证词"那个背着木头的士兵，手早就被冻坏了，粘在木头上取不下来，并且已经和手臂分离了"[1] 时，我们或许会觉得堂皇。每次遇到这种情况，我就会认为这是伟人的威严所在。

　　此外，这部作品中还提到，在萨拉匹斯神[2]的保佑下，韦

---

[1]　摘自《年鉴》卷十三，第三十五章。——译者注
[2]　希腊—罗马时期的埃及神灵。——译者注

伯芗①用自己的口水治好了一个亚历山大城盲女的眼睛②，此外，还有很多闻所未闻的传奇故事。可以说，在创作这部作品时，作者很好地借鉴了史学家们提供的经验：史学家会将一切大事记载下来，同时，这些故事里还会掺杂来自民间的观点。至于史学家的职责，比起纠正人们的信仰，他们则是机械地将人们的信仰表述出来。由此，纠正信仰的工作就落到了神学家和哲学家身上，毕竟他们被看作人类灵魂的指引者。然而，作为和他一样高贵的友人，却表现得十分聪明："事实上，由于我无法对心存疑惑的地方进行确定，也无法将传承下来的东西进行筛选，因此比起我确信的事实，我所写下的事实更多。"（昆图斯·库蒂乌斯·卢弗）此外，另一位伟人的表述也很睿智："我们要做的理应是相信名望，而非花力气去对那些事实加以辩驳。"（李维）由于塔西陀不想为了自圆其说而把自己崇敬的先贤写进《年鉴》这本书里，因此他便从人类对奇迹失去憧憬的时期写起。这简直太棒了。希望他所写出的历史能够更写实一些，而非依赖于自己的崇敬之情。对我而言，我的写作素材就是我本人，我只按照自己的意愿创作，只是这并不意味着我是桀骜不驯的；要知道，我也时常试着让自己的语言幽默一点，虽然我本人根本不相信那些字眼。此外，我还会试着让自己的辞藻更华丽一些，

---

① 罗马皇帝。——译者注
② 摘自《故事》卷四，第八十一章。——译者注

虽然我对此感到不快，但也还是让它们留在我的作品里。只不过，我发现有的作家将这类技术当作写作的重头戏，并以此为傲。对于这种现象，我觉得不能只有我一个人出面去评价。在描写我本人的时候，我将自己所有的习惯全部展露出来，无论是我的站姿还是睡姿，无论是我的前胸还是后背，无论是我的左边还是右边，全都真实地表现出来。要知道，就算人们的大脑思维完全一样，那也不能表明人们在美的运用和观赏上拥有相同的能力。

虽然并不可信，但上述就是我通过回忆想起来的总体情况。任何总体的情况都是残缺的，也都是不可信的。